हिन्द पॉकेट बुक्स

नायिका

विमल मित्र प्रख्यात बांग्ला लेखक व उपन्यासकार थे। विमल ने सन् 1938 में कलकत्ता विश्वविद्यालय से बांग्ला साहित्य में एमए की उपाधि ली और रेलवे में विभिन्न पदों पर नौकरी की। जून 1956 में डिप्टी चीफ कंट्रोलर के पद से इस्तीफा दे दिया और स्वतंत्र लेखन करने लगे। उन्होंने भारतीय साहित्य को लगभग साढ़े तीन दशकों तक लिखते हुए 60 से अधिक उपन्यास और कहानी संग्रह दिए हैं। उनकी सर्वाधिक चर्चित कृतियों में *साहिब बीवी और गुलाम* शामिल है, जिस पर एक लोकप्रिय फिल्म का भी निर्माण हुआ। मुजरिम हाज़िर नामक उनकी एक अन्य कृति पर एक लोकप्रिय टीवी धारावाहिक का निर्माण हुआ।

नायिका

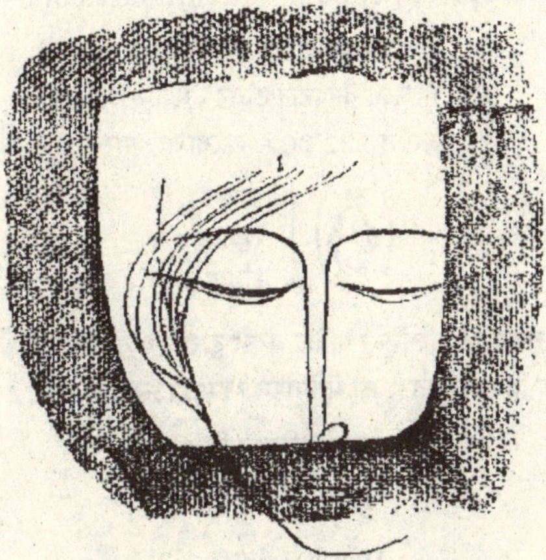

विमल मित्र

हिन्द पॉकेट बुक्स
पेंगुइन रैंडम हाउस इम्प्रिंट

हिन्द पॉकेट बुक्स

यूएसए। कनाडा। यूके। आयरलैंड। ऑस्ट्रेलिया। सिंगापुर
न्यू ज़ीलैंड। भारत। दक्षिण अफ्रीका। चीन

हिन्द पॉकेट बुक्स, पेंगुइन रैंडम हाउस ग्रुप ऑफ़ कम्पनीज़ का हिस्सा है,
जिसका पता global.penguinrandomhouse.com पर मिलेगा

पेंगुइन रैंडम हाउस इंडिया प्रा. लि.,
चौथी मंजिल, कैपिटल टावर -1, एम जी रोड,
गुड़गांव 122 002, हरियाणा, भारत

पेंगुइन
रैंडम हाउस
इंडिया

प्रथम संस्करण हिन्द पॉकेट बुक्स द्वारा 1972 में प्रकाशित
यह संस्करण हिन्द पॉकेट बुक्स में पेंगुइन रैंडम हाउस द्वारा 2022 में प्रकाशित

10 9 8 7 6 5 4 3 2

ISBN 9789353496524

मुद्रकः रेप्रो इंडिया लिमिटेड

www.penguin.co.in

FSC
www.fsc.org
MIX
Paper from responsible sources
FSC® C047271

This is a legitimate digitally printed version of the book and therefore might not have certain extra finishing on the cover.

नायिका

स्टूडियो के भीतर उस वक्त शूटिंग चल रही थी।

मानवीय दुनिया के अन्दर वहां एक और दुनिया का निर्माण होता है। वहां भी एक ओर हंसना, रोना, गाना चलता रहता है तो दूसरी और ईर्ष्या और झगड़े की लीला। सभी कुछ होता है वहां, पर ऐसा लगता है मानो सब कुछ दिखावा हो।

बलाई सान्याल प्रोड्यूसर हैं। वे खड़े हैं, और खड़े-खड़े एकटक सभी कुछ देख रहे हैं। उत्तेजनावश उनका कलेजा धक्-धक् कर रहा है। ब्लडप्रेशर तो था ही, उसपर से डायबटीज़ अलग। उन्होंने पूछा, 'हरीपद वहां गाड़ी भेजी गई कि नहीं?'

हरीपद आगे बढ़ आया। पूछा, 'कहां, सर?'

'तुम लोगों से और माथा-पच्ची नहीं कर सकता, बाबा! गाड़ी कहां भेजनी है, क्या तुमको मालूम नहीं है?'

हरीपद बोला, 'हां, वह तो मालूम है, सर!'

'तब फिर? भला बात समझते क्यों नहीं, बताओ?'

दरअसल सारा सिरदर्द बलाई सान्याल को ही था। दिमाग रहने पर ही सिरदर्द भी होता है। पर बलाई सान्याल का सिरदर्द जन-

साधारण से बहुत अधिक था। अधिक होना स्वाभाविक भी था, क्योंकि केवल फिल्म बनाने का ही झंझव तो नहीं था; बल्कि प्राटिस्टों के कदमों में नाक भी रगड़नी पड़ती थी। विशेषकर वह आर्टिस्ट यदि टॉप-स्टार हो।

यद्यपि बलाई सान्याल ने आज पैसा कमा लिया है, पर जो कुछ भी कमाया है, वह सब उन्हीं टॉप-स्टारों की बदौलत हो तो!

बलाई सान्याल की इस फिल्म की हीरोइन भी टॉप-स्टार मंजरी सेन है।

मंजरी सेन अगर आज बलाई सान्याल के मुंह पर थूक भी दे, तो वह भी बलाई सान्याल को चाटना पड़ेगा और कहना पड़ेगा 'आहा! आपका थूक बहुत मीठा है, मैडम!'

बहुत ही निकृष्ट धंधा है यह।

हारकर यही बात बलाई सान्याल सभीसे कहा करते। वे कहते, इस धंधे में अब कोई मज़ा नहीं रहा, भाई!'

लोग कहते, 'जब मज़ा ही नहीं रहा, तो आप इस कारोबार को बन्द भी तो कर सकते हैं!'

'ऐसा करना कहां संभव है, भई? जगह-जगह कितने ही रुपये अटके पड़े हैं। छोड़ दूंगा, यह सोचने से ही क्या छोड़ा जा सकता है? जिस समय धन्धे का जाल फैलाया था, तब कहां मालूम था कि इस जाल को वापस समेटना इतना मुश्किल होगा!'

न जाने कहां···शायद कहीं कोई जलपाईगड़ी हाउस के पास ही दस हज़ार रुपये बाकी हैं। वे रुपये आज तक वसूल नहीं किए जा सके हैं। गौहाटी में एक पार्टी के पास चार लाख रुपये अटके पड़े हैं, जिसके लिए मामला भी चल रहा है। यह धंधा बन्द करने से अन्त में ये रुपये भी अटके रह जाएंगे।

बलाई सान्याल ने शौकिया ही हाई ब्लडप्रेशर नहीं बढ़ा रखा था।

गोवर्धन बलाई सान्याल के ऑफिस में प्रोडक्शन मैनेजर थे।

गोवर्धन ने कहा, 'आप इतनी फिकर क्यों करते हैं, सर?हम लोग

तो हैं ही…’

बलाई सान्याल भड़क उठे। बोले, ‘क्या खाक हो तुम लोग? तुम लोगों के भरोसे पर सब कुछ छोड़ देने से ही तो मेरा यह हाल हुआ है। तुम लोग मैडम को सम्हाल सकोगे?’

सचमुच, मैडम को सम्हालना बड़ा ही टेढ़ा काम था। मैडम का किस वक्त कैसा मूड रहता है, यह शायद मैडम के सृष्टिकर्ता को भी नहीं मालूम था। रुपयों की या किसी फैशनेबल चीज़ की ज़रूरत हो, तब तो समझ में भी आए। लेकिन यह लड़की कब किस चीज़ के लिए खीज उठेगी, यह समझना किसीके वश की बात नहीं थी। बलाई सान्याल ने भी कम कोशिश नहीं की थी।

उधर अब तक लाइट वगैरह का सारा इंतज़ाम हो चुका था। मेक-अप-मैन सब कुछ सजा-संवारकर तैयार था। साउंड-ट्रैक भी रेडी था। ‘पथचारिणी’ का हीरो भी मेकअप किए बैठा था और हाथ में एक नॉवेल पकड़े सिगरेट के कश खींच रहा था।

हीरो, जिसका नाम अजय भादुड़ी है, अचानक पूछ लेता है, ‘क्यों रे, कहां तक हुआ?’

एक असिस्टेंट ने उठकर जवाब दिया, ‘अजय दा, मैडम को लाने आदमी गया हुआ है।’

‘क्या बात करते हो? ग्यारह बजने को आए, और अभी लाने ही गया है? तुम लोगों की यह मैडम अभी तक सो रही है क्या?’

असिस्टेंट छोकरे ने जवाब दिया, अब यह कौन जाने, अजय दा!’

‘अपने प्रोडक्शन मैनेजर को तो बुला ज़रा।’

पुकार सुनते ही गोवर्धन आ पहुंचा। पूछा, ‘क्या बात है, अजय दा? आपने मुझे बुलाया था?’

अजय ने पूछा, क्यों रे, मैडम को आने में इतनी देर क्यों हो रही है?

‘पता नहीं, अजय दा! गाड़ी तो सुबह ही भेज दी गई थी, पर अभी तक नहीं लौटी है।’

बात खत्म होने से पहले ही बाहर न जाने कैसी गड़बड़ शुरू हो गई थी। बलाई सान्याल चीख रहा था।

गोवर्धन दौड़ते हुए बाहर निकल गया।

ड्राइवर ने आकर बताया, 'मैडम घर में नहीं है।'

बलाई सान्याल अपना धीरज खो बैठे, 'मैडम घर में नहीं है, तो तू इतनी देर वहां क्या कर रहा था? वहां बैठा-बैठा क्या घास काट रहा था? इससे पहले आकर खबर नहीं दे सकता था? अब क्या करूं मैं? मेरी क्या दशा होगी?' बलाई सान्याल अपने बाल नोचने लगा, 'मेरा ब्लडप्रेशर फिर बढ़ रहा है। मेरे सिर में मानो अग्नि धधक उठी है। अरे गोवर्धन अब क्या करूं, भाई! बोल अब मैं क्या करूं?'

गोवर्धन पास खिसक आया। बोला, 'आप यहां से जाइए, सर! मैं देखता हूं।'

बलाई सान्याल ने कहा, 'तुम उससे पूछो तो सही, मैडम कहां गई है, वह जानता है क्या?'

अभी तक ड्राइवर चुप्पी साधे था। अब बोला, 'सुना है, गौहाटी गई है।

'अब क्या होगा, गोवर्धन? मैं गौहाटी जाऊं? पर मुझे ब्लड-प्रेशर जो है।'

गोवर्धन ने दिलासा दी, 'आप फिक्र न करें, सर! आप चुपचाप देखते रहिए। मैं जा रहा हूं गौहाटी। आप शान्त होइए।'

उसके बाद, पता नहीं क्या हुआ। सभी कुछ मानो शांत हो गया और मिनट-भर में ही सारा स्टूडियो खाली हो गया।

फिलहाल यह बात छोड़ें। इसके पहले एक दूसरी कहानी कहूं—वही कदमफूली की कहानी। कदमफूली के 'संस्कृति-संघ' की कहानी। और? और भी बहुतों की कहानी। अच्छा, तो कहानी शुरू होती है।

2

धीरे-धीरे गांव-गांव में वह बात फैल गई थी।

गांव-गांव कहने का तात्पर्य यह नहीं कि कदमफूली निपट देहात ही था। दरअसल किसी समय कदमफूली गांव उन्नति पर था। उस वक्त विष्णु बाबू के पूर्वज इस गांव के कर्ता-धर्ता थे। वे जिस दिन हाट-बाज़ार चले जाते, उस दिन हाट के सभी व्यापारी अपना सौदा उनके कदमों में रख देते और सिर झुकाकर प्रणाम करते। वे लोग भी ठीक वैसे ही थे। सबका कुशल-क्षेम पूछते, उनके प्रभावों-अभियोगों की बातें सुनते; जैसे, किसके पोखर पर जाकर ज़मींदार के प्यादे ने मछली पकड़ी। मालगुज़ारी न दे पाने के फलस्वरूप किसके नाम सदर कचहरी में मुकदमा दायर किया गया, आदि-आदि बहुत-सी बातें।

हां, अब विष्णु बाबू की हालत पहले-सी नहीं रह गई है। विष्णु बाबू का मतलब विष्णुचरण राय। उनके पूर्वज तो 'राय' पदवी के साथ 'रायान' शब्द भी लगाते थे यानो 'राय रायान' लिखा करते थे, लेकिन कांग्रेसी शासन के समय से उन्होंने वह शब्द हटा दिया और सिर्फ 'राय' लिखने लगे।

उस दिन सुबह-सुबह ही उनको खबर मिली। बारहयारीतल्ला के सामने पहुंचते ही देखा कि बाज़ार के ठीक बीचोबीच बहुत बड़ा शामियाना बांधने का इन्तज़ाम हो रहा है। पूछा, 'क्या बात है, भई निरापद?'

निरापद मुहल्ले का नामी लड़का है। आजकल के लड़कों से बराबरी के स्तर पर बात करनी पड़ती है। अब ज़माना बदल गया है। पुराना ज़माना होता तो विष्णु बाबू के सामने खड़े होकर बात करने तक की हिम्मत नहीं होती किसीको।

फिर भी निरापद बहुत श्रद्धा के साथ आगे बढ़ आया। बोला, 'क्या बात कर रहे हैं, ताऊजी? क्या आप सब कुछ भूल गए? आगामी बुधवार को हम लोगों का फंक्शन जो है! आपके पास चन्दा लेने गए थे

न ?'

इतनी देर बाद विष्णु बाबू को याद आया। एक महीने पहले से ही सब लोग इन्तज़ाम में लगे हुए थे। निरापद ही उस दल का अगुआ था। विष्णु बाबू के पास से पचास रुपये चन्दा ले आए थे वे लोग, पर यह बात बिल्कुल ही भूल गए थे विष्णु बाबू।

यूं तो विष्णु बाबू तड़के ही घूमने निकला करते थे, आज ही कुछ देर हो गई। घूमते-घूमते एकदम स्टेशन तक चले गए थे। तमाम चीज़ें कितनी बदलती जा रही थीं! ज़माने के साथ-साथ शायद सभी चीज़ें बदल जाती हैं।

निरापद ने पूछा, 'फंक्शन की तारीख तो याद है नं, ताऊजी ?'

विष्णु बाबू चलते-चलते ठहर गए। बोले, 'कौन-सी तारीख को है ?'

'यही···आगामी बुधवार को।'

'हां, हां, बुधवार को, अब याद आया। पर वहां ज़्यादा देर तो नहीं ठहरना पड़ेगा न ?'

निरापद ने कहा, 'नहीं, ताऊजी! आपको अधिक तकलीफ नहीं देंगे। आप सिर्फ मीटिंग में शरीक होकर ही जा सकते हैं।'

'कुछ भाषण-वाषण भी देना होगा क्या मुझे ?'

'थोड़ा-बहुत बोल दीजिएगा, क्योंकि सभीने आपका भाषण सुनने का विशेष आग्रह किया है।'

यह बात विष्णु बाबू के मन लायक हुई। तो क्या लोग अब भी उनका भाषण सुनने को उत्सुक रहते हैं ?

बारहयारीतल्ला से इधर पाने के बजाय विष्णु बाबू विपरीत दिशा की ओर चले पड़े—कदमफूली की तरफ। विष्णु बाबू के पूर्वजों की इज़्ज़त थी। उनको बाद देकर कोई भी काम नहीं होता था। लेकिन आज भी ये लोग जो नाटक कर रहे हैं, उसमें विष्णु बाबू को रखना ज़रूरी है। विष्णु बाबू ने पचास रुपये चन्दा दिया है। पचास रुपये चंदा देने में मन ही मन तकलीफ तो ज़रूर हुई थी। कारण, अब पहले वाला समय भी तो नहीं रहा। चीज़-वस्तु के दाम भी तो आजकल बहुत बढ़

गए हैं। सारी चीज़ो के भाव आग की तरह बढ़ रहे हैं। लेकिन यह सोचने से क्या फ़ायदा? मुहल्ले के आवारा लड़के नाटक कर रहे हैं, उसमें भी चन्दा दो, और न दो तो तुम्हें खराब आदमी सिद्ध कर देंगे!

'नमस्ते, बाबू साहब!' बगल से न जाने कौन जा रहा था। उसकी तरफ इतनी देर बाद नज़र पड़ी।

'क्यों रे भैरव! इतने सबेरे-सबेरे कहां जा रहा है?'

भैरव सामंत उत्तरपाड़ा का रहने वाला है। आर्थिक स्थिति ठीक ठाक ही है। खेती-बाड़ी करके गृहस्थी चलाता है। दरअसल यही लोग मज़े में हैं। वह खाली पैर चल रहा था; जूते का जोड़ा हाथ में लिए हुए था कि शहर के नज़दीक पहुंचकर उन्हें पैरों में डाल लेगा, 'जी, नैनागंज जा रहा हूं।'

'नैनागंज? नैनागंज किसलिए?.क्या तुमने नैनागंज में भी खेती बाड़ी की है?'

भैरव सामंत ने कहा, 'नहीं, बाबू साहब! मैं भला इतना पैसा कहां से लाऊंगा? नैनागंज में मेरी लड़की की शादी हुई है न? उसको लाने जा रहा हूं।'

'क्यों? इस गर्मी में लड़की को लाने जा रहे हो? लड़की गर्भवती है क्या?'

'अज़ी नहीं, हुज़ूर! लड़की ने ही लिवा लाने की खबर भेजी है। नाटक देखेगी।'

'नाटक?'

'जी, आपने नहीं सुना? बुधवार को बारहयारीतल्ला में नाटक हो रहा है न? कलकत्ता से नाटक कम्पनी आ रही है।'

विष्णु बाबू अवाक् रह गए। नाटक कम्पनी आ रही है? कलकत्ता से? कहां? निरापद ने तो ऐसा कुछ बताया नहीं। उन्होंने तो यही सोचा था कि मुहल्ले के आवारा लड़के मिलकर कोई नाटक करेंगे क्योंकि कभी-कभार वे लोग ही ऐसा किया करते थे। फिर एकाएक यह कलकत्ता के दल को बुलाने की क्या ज़रूरत थीं? 'क्या तुम्हें पक्का मालूम है कि

नाटक-कम्पनी कलकत्ता से आ रही है?'

'जी हां बाबू साहब? नहीं तो क्या नैनागंज से लड़की ने यों ही आने की इच्छा व्यक्त की है? कलकत्ता का नाट्य-दल उसने कभी देखा नहीं है न!'

विष्णु बाबू अब वहां अधिक नहीं ठहरे। अपने खयालों में खोए हुए ये सामने की तरफ चलने लगे। निरापद ने या उसके साथियों ने तो उनसे कुछ कहा नहीं था? या हो सकता है, उन्होंने कहा हो, उनको ही याद न रहा हो। फिर मान लो, नाटक करना ही था, तो नाटक कम्पनी कलकत्ता से भला क्यों बुलाने लगे?

दरअसल नाटक, जलसा, सिनेमा आदि सभी चीज़ों के विरोधी हैं विष्णु बाबू। पर दकियानूस कहकर सभी उनका मज़ाक उड़ाएंगे, यही सोचकर वे अपनी ज़ुबान से कुछ नहीं कहते। फिर ये सब बातें कहने से फायदा भी क्या? आजकल के लड़के भला उनका कहना क्यों मानने लगे? इस निरापद को ही लो। मुंह पर तो कैसे हंसकर बात कर रहा था उनसे, पर नाटक को लेकर इस क़दर पागल हो जाना क्या भले लड़कों के लक्षण हैं? वैसा ही निरापद का बाप भी था। मुक्तिपद का लड़का है निरापद। गंज में मुक्तिपद की मनिहारी की दुकान थी। उस मनिहारी की दुकान द्वारा ही उसके परिवार का किसी तरह भरण-पोषण होता था। युद्ध के समय कुछ रुपये बना लिए थे उसने। और कदमफूली में पक्का मकान उठ गया। इससे पहले टीन की छत वाला घर था। बाप के मरने के बाद दुकान तो रफा-दफा हो गई और अब लड़का नवाबी करने निकला है।

जाने दो, सबको भाड़ में! दुनिया में कौन किसका है, बस, पूछो मत! सभी तो यहां दो दिन रहने को आए हैं। उसके बाद तो बस, सब फक्कम-फक्का।

और दिनों तो सुबह उठकर विष्णु बाबू चहलकदमी करते हुए बाहर निकल जाते और घंटेभर बाद ही लौट आते। उसके बाद हर रोज़ का दैनिक कार्यक्रम शुरू हो जाता। पहले लेनदार और कर्ज़दारों का आग-

मन होता। विष्णु बाबू तमाखू लेकर बैठ जाते और आने वालों से भेंट करते। इसमें दोपहर के बारह-एक बजे जाते। उसके बाद खाने-पीने और विश्राम का वक्त आ पहुंचता।

लेकिन आज सब गड़बड़ हो गया।

आज तो स्टेशन तक जाना भी नहीं हुआ। उधर वाले नये हाई-वे पर शीतल, ताज़ी हवा चलती है। वह भी आज नसीब नहीं हुई। वे बीच रास्ते से ही लौट आए थे।

और अब बारहयारीतल्ला के रास्ते से वापस लौटना संभव नहीं है। शायद और लड़के जुट गए हों। संभव है, उन लोगों से फिर भेट हो जाए। इसलिए सीधा रास्ता न पकड़कर, वे लम्बे वाले उल्टे रास्ते से घूमकर आए। थोड़ा समय ही तो अधिक लगा, पर समय की उन्हें कोई चिन्ता नहीं। भैरव सामंत के भण्डार-घर की खिड़की वाले रास्ते से होकर मल्लिकों के पोखर की ओर एक आदमी के चलने लायक संकरी पगडंडी पर पैदल चलते हुए, वे अपने घर में घुसे।

मल्लिक परिवार की बड़ी बहू इतने सबेरे गोबर थापने के लिए हाथ में बाल्टी लेकर, खिड़की की तरफ चली आई थी। बड़े बाबू को सामने देखकर लम्बा-सा घूंघट खींच लिया और साथ ही दो कदम पीछे सरककर एकदम से घर के भीतर घुस गई।

छोटी लड़की मालती ने पूछा, 'क्यों, मां, क्या हुआ? तुम लौट क्यों आईं?'

बड़ी बहू ने कहा, 'अचानक देखा कि बड़े बाबू खिड़की के रास्ते होकर लौट रहे हैं। आखिर बात क्या है?'

मालती समझ नहीं पाई। मालती की मां भी नहीं समझ पाई कि विष्णु बाबू सदर रास्ता छोड़कर खिड़की के रास्ते छिपकर घर क्यों लौट रहे हैं, शर्म से या डर से? अगर यह भी मान लें कि उन्होंने शर्मवश ऐसा किया, तो आखिर ऐसी कौन-सी शर्म की बात थी? और अगर डर से किया तो डर आखिर किसका था?

क्षणभर बाद ही मालती ने झांककर देखा कि बड़े बाबू सामंत-

घर के भंडार-घर के बगल से तेज़ी से कदम बढ़ाते हुए अपने घर की ओर चले जा रहे हैं।

3

कदमफूली का वर्तमान इतिहास अतीत के इतिहास से किसी प्रकार का सामंजस्य नहीं रखता, क्योंकि कदमफूली अब वह पुरानी कदमफूली नहीं रही। अब तो फाइव-ईयर प्लानिंग के फलस्वरूप वहां इलेक्ट्रिक-लाइट तक लग गई है। डाइंग-क्लीनिंग की दुकान भी खुल गई है। इस कदमफूली में सिनेमा-हॉल भी बनने की बात पक्की हो ही रही थी कि बड़े-बूढ़ों के विरोध पर, बात वहीं खत्म हो गई। सिनेमा हाउस नहीं बना तो क्या हुआ, सिनेमा की लहर तो यहां तक पहुंच ही गई थी। लड़के एक अनोखी कट वाले कोट-पैन्ट पहनने लगे थे और दिनभर विचित्र स्वर में गाना गाते रहते। कदमफूली के बड़े-बूढ़े कहते, 'ज़मानां बदल गया है, महाशय!'

बड़ा खराब ज़माना आ गया है—इस बारे में सभीकी एक ही राय थी, और हर समय नये ज़माने की बात को लेकर आलोचना चला करती। ज़माना खराब तो था ही, पर कहां तक खराब था, इसीपर वाद-विवाद चलता रहता। साधारणतः विष्णु बाबू इन आलोचना-गोष्ठियों में शामिल नहीं होते। वे इन सबसे ऊपर थे। उनसे विचार-विनिमय करने के लिए लोगों को उनके घर जाना पड़ता। गांव के प्रमुख व्यक्ति थे, अतः उनके लिए सब जगह, सभी गोष्ठियों में सम्मिलित होना कैसे संभव होता?

पर जो नये ज़माने के लड़के थे, वे खुद अपने को ही बहुत होशियार मानकर चलते थे। बड़े-बूढ़ों की वे कुछ भी परवाह नहीं करते थे।

निरापद ने कहा, 'हम क्या उनसे कुछ कम हैं, रे? हमारा भी तो कोई अपना विचार है!'

सुखेन्दु बोला, 'फिर भी, विष्णु बाबू को प्रेज़िडेंट बनाना पड़ेगा।'

निरापद ने पूछा, 'क्यों? इसमें उनको बुलाने की ही क्या ज़रूरत है? आकर बेकार ही हम लोगों के काम में अड़चन पैदा करेंगे। सिनेमा तक से उनको कितना विरोध है, यह तो उस बार तुम लोग देख ही चुके हो?'

यह बात सचमुच ही सबको याद थी। नैनागंज के ही एक धनी सेठ ने इस कदमफूली में सिनेमा हाउस बनाने की इच्छा व्यक्त की थी। इस इलाके के अगल-बगल उसका बड़ा भारी व्यापार फैला पड़ा था। उन्हीं रुपयों के बढ़ते हुए प्रोफिट के बल पर नैनागंज में भी सिनेमा का व्यवसाय चल निकलता।

अतः सेठजी ने सोचा, इस कदमफूली में भी एक सिनेमा हाउस बना दें। जगह-ज़मीन भी खरीद चुके थे। पर कदमफूली के वृद्ध-संप्रदाय के विरोध की बात मुख्य एस॰ डी॰ प्रो॰ तक पहुंच गई थी इसलिए सिनेमा हाउस नहीं बन सका। उसी समय से निरापद का दल विष्णु बाबू से नाराज़ रहता है।

निरापद कहा करता, 'इसीलिए तो मैं कहा करता हूं कि इस कदमफूली में कभी कोई उन्नति नहीं होगी।'

उस वक्त निरापद का दल बूढ़ों पर सच में ही बुरी तरह से क्षुब्ध हो उठा था। कदमफूली में एक सिनेमा हाउस नहीं, कोई सांस्कृतिक संस्था नहीं, इसमें सबसे अधिक शर्म निरापद के दल को ही महसूस होती थी। और नैनागंज में सब कुछ है—बड़ी-बड़ी फैक्टरियां हैं, नाटक-क्लब भी हैं, जहां वे लोग रवीन्द्र-जयती मनाने के लिए कलकत्ता से बड़े-बड़े नामी गायक-गायिकाओं को बुलाते रहते। टिकट लगाकर जलसा भी हुआ करता। जिनके पास धन होता, वे मोटी रकम चन्दे में दिया करते। नैनागंज के लड़कों का चारों तरफ नाम फैल जाता और यहां इस कदमफूली में न तो एक भी क्लब है और न और कुछ है।

इसकी प्रतिक्रियास्वरूप ही निरापद और उसके साथियों ने यहां क्लब शुरू किया है। सरस्वती-पूजा के अवसर पर एक बार दल बनाकर हंगामा भी कर लिया था। वहीं के एक कुम्हार से एक मूर्ति बनवा ली थी, ठीक नैनागंज की सरस्वती-प्रतिमा जैसी ही और इसी हंगामे में कई दिनों बावलों-से घूमते रहे थे। घर-घर घूमकर चन्दा इक्ट्ठा किया था। विष्णु बाबू ने मोटा चन्दा दिया था। सिर्फ विष्णु बाबू ने ही नहीं, सभीने मोटा चन्दा दिया था।

दूसरे साल फिर सरस्वती-पूजा हुई थी। पर इस बार पूजा ही नहीं, साथ में नाटक भी था। नाटक का नाम था 'चन्द्रगुप्त'। मुहल्ले के लड़कों ने ही लड़कियों का पार्ट किया था। दर्शकों की अपार भीड़ लगी थी। करतल-ध्वनि से हॉल गूंज उठा था। किसी-किसीने एकाध तमगा भी प्रदान किया था।

लेकिन दूसरे साल निरापद मण्डली के लड़कों ने लड़कियों का पार्ट करना पसन्द नहीं किया। निरापद ने अपनी कुंआरी बहन से हीरोइन का पार्ट करवाया।

तब बुड्ढों को होश आया। सभी इकट्ठे होकर विष्णु बाबू के यहां हाज़िर हुए। बोले, 'कर्ता महाशय! आपके होते यह कैसे संभव हुआ! आखिरी समय में अब अपनी कदमफूली में क्या यह अनाचार भी देखना होगा?'

विष्णु बाबू ने सब सुनने के बाद पूछा, 'यह सब उस मुक्तिपद के छोकरे का कांड है न?'

'अजी हां,साहब! उसी छोकरे का, जिसका नाम निरापद है। उसकी कुंआरी बहन ने ही यह बेशर्मी का काम किया है।'

मन ही मन असन्तोष प्रकट करने के अलावा और कोई नतीजा नहीं निकला। थियेटर का तामझाम अभी खत्म ही हुआ था कि 'रवीन्द्र-जयंती' की बारी आई। और इस बार भी लड़कों के बिल्कुल पास बैठकर लड़कियों ने गाना सुनाया था। कदमफूली का यश दूर-दूर तक फैल गया था।

उसके बाद जब फिर सरस्वती पूजा का अवसर आया तो निरापद-मंडली फिर विष्णु बाबू की बैठक में इकट्ठी हुई।

विष्णु बाबू हुक्का पी रहे थे। निरापद को देखते ही बोले, 'क्या हुआ? अब क्या बात है?'

निरापद ही दल का अगुआ बनकर गया था। सुखेन्दु भी साथ था। दल के और भी कई लोग साथ थे।

कमरे में घुसते ही निरापद विष्णु बाबू की चरण-धूलि माथे से लगाकर बोला, 'इस बार फिर हम लोग सरस्वती-पूजा कर रहे हैं। आपका चन्दा, ताऊजी?'

विष्णु बाबू को सरस्वती-पूजा की बात सचमुच ही याद नहीं थी। बोले, 'इस बार भी नाटक करने का विचार है क्या?'

निरापद ने कहा, 'जी हां, नाटक सभी पसन्द जो करते हैं।'

'ओह! तो सभी पसन्द करते हैं बस इसीलिए तुम लोग नाटक करोगे? पर नाटक-वाटक करना क्या ठीक है, रे? मैंने या तुम्हारे पिताजी ने भी कभी नाटक किया है? यह सब आवारा छोकरों का काम है।'

'पर, ताऊजी! आपके ज़माने में भी तो थियेटर होते थे?'

'हांऽ··उस समय होते थे, क्या इसीलिए अब भी होना ज़रूरी है? उस ज़माने में सभी शराब पीते थे, क्या इसलिए तुम भी शराब पिओगे?'

'लेकिन, ताऊजी! हमने सारी तैयारी जो कर ली है। हमने यह भी सोचा है कि इस बार के फंक्शन में आपको प्रेज़िडेण्ट बनाएंगे।'

'प्रेज़िडेण्ट?' हुक्के को एक बार गुड़गुड़ाकर विष्णु बाबू ने नली को मुंह से निकाल दिया। पूछा, 'प्रेज़िडेण्ट किस बात का?'

'जी, हमने सोचा है कि इस बार फंक्शन कुछ बड़े रूप में करेंगे। मतलब हरदम जैसा नहीं। सिर्फ गाना-बजाना और नाट्य-प्रदर्शन से सांस्कृतिक कार्यक्रम पूरा नहीं होता। इसीलिए इस बार इन सबके साथ-साथ एकाध भाषण भी हो, तो अच्छा रहेगा।'

'भाषण! तो मुझे भाषण भी देना पड़ेगा क्या?'

निरापद ने देखा कि भाषण की बात सुनकर विष्णु बाबू का मन कुछ नरम हो आया है। अतः उसने फिर कहा, 'देखिए, ताऊजी! आप बुज़ुर्ग लोग यदि हमें कुछ उपदेश वगैरह दें, तो देश का भी भला होगा और हम लोग भी कुछ सीख सकेंगे।'।

विष्णु बाबू ने जवाब दिया, 'पर मुझे तो भाषण-वाषण देना आता नहीं।'

निरापद बोला, 'आपको भाषण देने को कौन कह रहा है? आप सिर्फ कुछ उपदेश दे दीजिएगा। इस बार बाहर से पार्टी आ रही है न।'

'बाहर से पार्टी आ रही है? मतलब?'

निरापद ने कहा, 'हमेशा तो हम लोग खुद ही नाटक किया करते थे, पर इस बार सभीने कहा कि अगर कलकत्ता से नाटक-पार्टी बुलाई जाए, तो कार्यक्रम ज़्यादा शानदार होगा।'

'लेकिन वे लोग तो बहुत लेंगे।'

'हां, लेंगे तो ज़रूर, ताऊजी! लेकिन अधिक नहीं। पांच सौ रुपये देने पर वे खुद ही आकर प्ले कर जाएंगे। हां गाड़ी-भाड़ा, यातायात एवं खाने-पीने का खर्च अलग से देना होगा।'

'हूं···!' गले से अजब-सी हुंकार निकाली विष्णु बाबू ने। पर वे सच में नाराज़ नहीं हुए थे और न ही इसे उनका समर्थन समझा जा सकता था। उसके बाद ज़ोर से चिल्लाकर आवाज़ दी, 'गिरि गोविन्द!'

गिरि गोविन्द विष्णु बाबू का मुनीम था।

उसके आते ही विष्णु बाबू ने कहा, 'पांच रुपये देना तो गिरि गोविन्द, इन लोगों को चन्दा देना है।'

निरापद ही मुखिया था। इसलिए वही बोला, 'अजी नहीं,ताऊजी! इस बार पांच रुपयों से काम नहीं चलेगा।'

'क्यों?'

'ताऊजी, बात यह है कि पांच सौ रुपये तो नाटक-पार्टी को ही देने

पड़ेंगे। ऊपर से उनका गाड़ी-भाड़ा है। खाने-पीने का खर्च वगैरह भी क्या कम है? इस बार सभीसे हमने ज़्यादा चन्दा लिया है।'

'अच्छी बात है। गिरि गोविन्द! दस रुपये दे दो भई, इनको।'

'जी नहीं, दस रुपयों से काम नहीं चलेगा। आपके नाम इस बार पचास रुपये लिखे हैं।'

'क्या मुसीबत है? पचास रुपये तो मुझे काट डालो, तब भी नहीं मिलेंगे। पाट की बिक्री के दाम मुझे अभी तक नहीं मिले हैं। मैं क्या उपवास करूंगा?'

यह निरापद की बहादुरी ही मानी जाएगी कि विष्णु बाबू के दो बार विरोध करने के बावजूद, उनसे पचास रुपये उसने वसूल ही लिए। उसके बाद निरापद ने कहा, 'हां, आपको हमारे फंक्शन में प्रेज़िडेण्ट बनना है, यह मत भूल जाइएगा। और वह फंक्शन हो रहा है इसी आने वाले बुधवार को। आज सोमवार है। कल मंगल के बाद, परसों बुधवार है। मतलब केवल कल का दिन बीच में है।'

यह कहकर सभी प्रणाम करके चले गए।

4

कलकत्ता का ड्रामा-डाइरेक्टर सत्य मल्लिक पढ़ा-लिखा लड़का था। बाप के पास कोई खास पैसा नहीं था। इसीलिए लड़कियों की मांग के सिंदूर जितनी नाममात्र की एक नौकरी ठीक कर ली थी उसने। सिंदूर सधवा होने की निशानी है। इससे लोग सतवंती समझते हैं। ठीक ऐसे ही नाममात्र की नौकरी भी उसके कामकाजी होने का प्रमाण थी।

लेकिन असली नशा तो नाटक का था। किसी ज़माने में मुहल्ले-मुहल्ले में नाटक करता फिरता था। वह ब्रिटिश शासन का ज़माना था।

उस ज़माने में यह पेशा हीन समझा जाता था। नाटक करने पर लोग कहते कि लड़का हाथ से निकल गया।

लेकिन 1947 के बाद से इस काम को नाटक कहकर किसीने नहीं पुकारा, बल्कि इसे 'जातीय संस्कृति' के नाम से पुकारा जाने लगा।

'रूपक' नाम सत्य मल्लिक का ही दिया हुआ था। पहले 'रूपक' दल छोट था तब इधर-उधर स्कूलों के हॉल मांग-जांचकर ये लोग थियेटर किया करते। उस समय नाटक कम ही थे। उसके बाद सत्य मल्लिक ने स्वयं कलम पकड़ी। चुनिन्दा अंग्रेज़ी नाटकों से कहानी लेकर नाटक लिखे और कलकत्ता महानगर को भी चकित कर दिया।

उसी समय से 'रूपक' का नाम फैलने लगा था और तभी से सत्य मल्लिक ने अपने दल का नाम रजिस्टर्ड करवा लिया। रजिस्टर्ड करवाने के बाद दिल्ली नाटक-अकादमी को एक दरख्वास्त भेज दी। शुरू में सत्य मल्लिक साल में बारह नाटक तैयार कर लेता था, इसलिए उसे दिल्ली से पांच हज़ार रुपयों का ग्रांट मिला। उन्हीं रुपयों से उसने दल के लोगों को कुछ-कुछ वेतन देना शुरू किया। उसके साथ हॉल का किराया एवं टिकट बिक्री वगैरह तो था ही।

देखते ही देखते 'रूपक' का अपना ऑफिस भी हो गया। छपे हुए लेटर-हैड तैयार हो गए। ऑफर भी आने शुरू हो गए।

दल में जो पहले से मौजूद थे, वे अमीर बन गए। सत्य मल्लिक हुए मालिक के बराबर, क्योंकि वह दल सत्य मल्लिक का ही बनाया हुआ था। पर उसकी तकदीर अच्छी थी, यह मानना ही पड़ेगा। न जाने कहां से मंजरी सेन नामक एक लड़की भी मिल गई उसे।

सत्य मल्लिक को वह उसी समय जंच गई थी।

उसने पूछा था, 'तुमने इससे पहले भी कभी नाटक में काम किया है?'

मंजरी ने जवाब दिया, 'नहीं, कभी नहीं किया।'

'तो अचानक नाटक में पार्ट करने की इच्छा कैसे हुई?'

'कुछ न कुछ तो करना ही पड़ेगा। अपना पेट तो भरना ही पड़ेगा।'

'सत्य मल्लिक को यह उत्तर बहुत पसन्द आया। इस धंधे में स्पष्ट कह देना ही अच्छा है। वह यह भी तो कह सकती थी कि आर्टिस्ट वन कर नाम कमाना चाहती है, फिल्म-स्टार बनना चाहती है। इस सबकी जगह पेट भरने की बात कहकर मंजरी ने ठीक ही किया था। इसीलिए जैसे-जैसे 'रूपक' का नाम फैलना शुरू हुआ, उसके साथ ही मंजरी का भी नाम बढ़ता गया। चारों तरफ से जब मंजरी सेन की मांग आने लगी, तब भी 'रूपक' दल की बात मंजरी नहीं भूली थी।

मंजरी ने कहा, 'नहीं, सत्य दा! मैं इतनी नमकहराम नहीं हो सकती। ऐसा करने पर भगवान मुझे कभी क्षमा नहीं करेंगे।'

आज के ज़माने में जब सभी रुपयों के पीछे पागल बने फिरते हैं, ऐसे समय में मंजरी का यह कृतज्ञता-प्रदर्शन सत्य मल्लिक को अच्छा ही लगा था।

मंजरी ने कहा था, 'उन दिनों, जब कोई मुझे जानता-पहचानता नहीं था, तब आपने ही चान्स दिया था। यह बात भला मैं कभी भूल सकती हूं, सत्य दा?'

तो यह था आज के युग की विख्यात अभिनेत्री मंजरी सेन का आदि इतिहास। फिल्मों में काम करने के ऐवज़ में डिस्ट्रीब्यूटर मंजरी सेन को मोटी रकम पेशगी देते। अब तो मंजरी सेन ने अपनी गाड़ी भी खरीद ली है। मकान भी खरीद लिया है। पर वह उस मकान में खुद नहीं रहती। उसे किराये पर उठा दिया है, क्योंकि हर महीने किराये की मोटी रकम आ जाती है। वह खुद किराये के मकान में रहती है। किसीसे सहज ही मुलाकात नहीं करती। पहले से 'अप्वाइन्टमेंट' करने पर ही मंजरी देवी मिलने को राज़ी होती है। तभी कोई उनसे भेंट कर पाता है।

पर सत्य मल्लिक की बात दूसरी थी।

सत्य मल्लिक की गति-विधि अनन्त थी। उस घर के नौकर-नौकरानियां, आया-महाराज तक, सभी जानते थे कि सत्य मल्लिक का इस घर में एक अलग ही स्वागत-सम्मान था। उनको कोई कभी नहीं

रोकता। अगर कोई बाधा देता, तो वह अपराध माना जाता।

सत्य मल्लिक की इच्छा हो तो उसे मंजरी के बेडरूम तक में जाने की छूट थी। उसको कोई भी कुछ नहीं कह सकता।

ऐसा था सत्य मल्लिक। 'रूपक' नाट्य-दल का डाइरेक्टर!

कमरे में घुसते ही सत्य मल्लिक कहता, 'क्यों जी, इतनी देर तक सो रही हो? उठो न, उठो!'

यहां यह कह देना समुचित होगा कि सत्य मल्लिक और मंजरी सेन में बहुत ही घनिष्ठता हो गई थी, जिसके पीछे थी कुछ तो कृतज्ञता और कुछ आंखों की शर्म।

मंजरी जब पहले-पहल सत्य मल्लिक के पास आई थी, तब न तो रुपये थे उसके पास, और न गाड़ी-वाड़ी या ज़ेवरात। निहायत ही श्री-हीन चेहरा था उसका—दूसरी साधारण लड़कियों की तरह ही। लेकिन तकदीर अच्छी थी, इसीलिए अधिक दिन रगड़ना नहीं पड़ा।

पर तब भी मन नहीं भरता मंजरी का।

सत्य मल्लिक कहा करता, 'होगा, होगा, सब कुछ हो जाएगा। होने में अब रह ही क्या गया है?'

मंजरी कहती, 'आप भी क्या बात करते हैं, सत्य दा? अभी मुझे मिला ही क्या है? अभी तक एक 'प्राइज़' भी तो नहीं मिल पाया।'

'प्राइज़ तो थोड़ी-सी कोशिश करके ही पा सकती हो। उसमें भला कौन-सी बहादुरी की बात है?'

'तो तुम ही ज़रा-सा प्रयत्न कर दो न!'

सत्य मल्लिक हंसने लगता। कहता, 'मैं क्या तुम्हारी सिनेमा-लाइन का आदमी हूं, जो मेरे कहने से काम हो जाएगा?'

मंजरी कहती, 'देखो न, उस बार मेरे बर्लिन जाने का सारा इंत-ज़ाम हो गया था, पर आखिर जाना रुक ही गया।'

इसी तरह सत्य मल्लिक का दल चल रहा था। सिनेमा की शूटिंग के दौरान बीच-बीच में जब कहीं बाहर जाने का मौका मिलता तो दल का नाम बढ़ाने के लिए मंजरी सेन स्टेज पर उतरती, जिससे 'रूपक'

दल के लिए रुपयों का भी जुगाड़ हो जाता और ख्याति भी बढ़ती। सत्य मल्लिक के हक में तो सोलह आने फायदा था।

5

हां, तो इस प्रकार मंजरी बहुत जगह घूमी थी। कूचबिहार, जलपाईगुड़ी, शिलांग, गौहाटी, विशेषतः दिल्ली आदि जाने कहां-कहां उसने ड्रामे में हीरोइन का रोल किया। दिल्ली के ड्रामा-अकादेमी-समारोह में मिनिस्टर लोग भी आए थे। बड़े-बूढ़े मंत्री तक आए थे। ऐसे तो किसी काम के लिए उनको-फुर्सत नहीं मिलती, पर नाटक देखने के लिए अपने लड़के-लड़कियों एवं पत्नी समेत आते। फोटो उतरवाते समय मुस्कान बिखेरते हुए कैमरे के सामने खड़े हो जाते।

उस दिन सत्य मल्लिक अचानक आ पहुंचा। उस वक्त उसके आने की बात नहीं थी। मंजरी शूटिंग के लिए जा रही थी। सारी तैयारी भी हो चुकी थी। सुबह दस बजे स्टूडियो में हाज़िर होने की बात थी। मेकअप करने में भी तो कुछ समय लगता।

'सत्य दा, तुम? इस वक्त? मैं तो अभी बाहर जा रही हूं।'

सत्य मल्लिक को ज़रूरी काम था। कहा, 'यह मुझे मालूम था, फिर भी चला आया हूं।'

'क्या बात है, कहो न?'

सत्य मल्लिक बोला, 'एक बढ़िया ऑफर मिला है, काफी रुपयों का।'

'इस वक्त ऑफर?'

मंजरी मानो सोच में पड़ गई। इतनी फिल्में हाथ में हैं। कौन-सी फिल्म की शूटिंग में किस वक्त पहुंचे, इसीको लेकर प्रोड्यूसरों में

खींचातानी चलती रहती थी।

सत्य मल्लिक ने कहा, 'नहीं, इस समय नहीं। सरस्वती-पूजा के वक्त।

'सरस्वती-पूजा के समय? कब है पूजा? उसमें शायद अभी बहुत दिन हैं?'

'हां, अभी तीन महीने बाकी हैं। पर तुम अपनी डायरी में लिख लो। कहीं ऐसा न हो कि अंत में किसी पार्टी से तुम एडवांस ले लो और मैं मुसीबत में पड़ जाऊं।'

मंजरी ने डायरी खोली।

'सत्य दा, तुम ऐसे समय आते हो कि क्या बताऊं! अब एक मिनट भी वक्त नहीं है। इसी बीच दो बार बलाई सान्याल ने टेलीफोन पर ताकीद कर दी है। हमेशा देर से उठती हूं, इसलिए टलीफोन द्वारा उन्होंने मुझे जगा भी दिया था।'

'बलाई सान्याल?'

'अरे, बलाई सान्याल को नहीं जानते? 'पथचारिणी' का डिस्ट्री-ब्यूटर। हां, तो कितनी तारीख बताई थी?'

'पच्चीस तारीख। जनवरी की पच्चीस तारीख। बुधवार।'

मंजरी ने कलम खोलकर तारीख नोट कर ली।

'पच्चीस तारीख को अगर गौहाटी जाना पड़ा, तो जाने से पहले दो दिन हाथ में रखना चाहता हूं। बाद में भी दो दिन यूं ही निकल जाएंगे।'

'क्यों, दो दिन किसलिए? कैसे जाओगे? प्लेन से ही तो जाना है न?'

'प्लेन से तो तुम जाओगी। दल के बाकी लोगों को तो ट्रेन से ही भेजूंगा। यूं अभी से कुछ नहीं कह सकता। मेरे कहने का मतलब था कि तुम कोई खास काम अपने हाथ मत लेना। परदेश का मामला है। क्या होगा, क्या नहीं होगा, यह पहले से नहीं कहा जा सकता।'

हां, तो तीन महीने पहले से यही तय हुआ था। उसके बाद भी कई

बार मंजरी के साथ मुलाकात हुई थी। दो हज़ार रुपयों का मामला था। नाम, यश एवं घूमना-फिरना अलग से। मंजरी गौहाटी इससे पहले भी गई थी। इस बार सत्य मल्लिक को पार्टी ने खत लिखा था कि अगर मंजरी हीरोइन का रोल करना स्वीकार करे, तो रुपयों की बाबत कुछ सोचने की ज़रूरत नहीं पड़ेगी। प्लेन का एवं होटल का किराया, खाने का खर्च, आदि बाद देकर 'रूपक' दल को दो हज़ार रुपने नकद दिए जाएंगे।

उसी समय और भी कई जगह से पत्र आए थे कि उसके यहां आकर अगर 'रूपक' दल नाटक करे, तो वे भी कुछ-कुछ रुपये देने को तैयार हैं। हां, गौहाटी जितने तो नहीं, पर एक-एक हज़ार भी मिले तो एक ही ट्रिप में बहुत रुपये आ जाएंगे।

सत्य मल्लिक ने मंजरी सेन से यह बात छिपा ली थी और बार-बार सिर्फ एक ही बात पूछता रहा,... 'तो तुमने वह डेट मेरे लिए खाली रक्खी है न, मंजरी?'

मंजरी कहती, 'हां,बलाई सान्याल ने वही तारीख बहुत बार मांगी, मैंने कह दिया कि नहीं, पहले सत्य दा का काम, उसके बाद आपका।'

सत्य मल्लिक ने कहा, 'तो आज मैं चलूं?'

'ठीक है।'

'तो फिर तुम्हारी बात पर यकीन करके मैं उन लोगों का चेक स्वीकार कर लेता हूं?'

'वह चाहो तो ले लो,पर देखना, मेरी बात के खिलाफ कुछ न हो। कौन-सा नाटक खेलना है?'

सत्य मल्लिक ने बताया, 'उन्होंने 'रूप नहीं रूपो' खेलने के लिए कहा है।

'रूप नहीं रूपो' नाटक सत्य मल्लिक का लिखा हुआ था। प्रोडक्शन की दृष्टि से भी खूब नाम कमा रहा था। पहले-पहल उसी नाटक द्वारा 'मंजरी का यश फैला था। उसमें मंजरी द्वारा अभिनीत एक 'मैड सीन' था। उसी सीन ने सबको पागल कर रखा था। तालियों की गड़गड़ाहट

के साथ-साथ टिकट के दाम भी आग की तरह तेज़ हो गए थे।

6

हमेशा की तरह सत्य मल्लिक उस शाम भी 'रूपक' के ऑफिस में बैठा था। साथ में दो-चार लोग और थे। हर समय कुछ न कुछ लोग इसी तरह जुटे रहते थे। वे उसी दल के लोग होते थे। उनके बीच आपसी विचार-विमर्श चला करते एवं दूसरे दलों की निन्दा की जाती। हां, प्रशंसा भी होती, पर वह अपने ही जान-पहचान के दलों की।

उस शाम दो व्यक्ति अचानक कमरे में घुस आए।

'आप लोग कौन हैं? कहां से आ रहे हैं?'।

निरापद पहली बार ही 'रूपक' के ऑफिस में आया था। पत्र लिख-लिखकर जब थक गया और कोई जवाब नहीं मिला तो हारकर ट्रेन से कलकत्ता आना पड़ा।

'आपका शुभ नाम?'

'मेरा नाम निरापद हाज़रा है। कदमफूली के संस्कृति-संघ का मैं सेक्रेटरी हूं।'

'मेरा नाम सत्य मल्लिक है। हम लोगों के यहां से आपके खत का जवाब नहीं जा सका, क्योंकि हम लोग बुरी तरह बुक्ड है। आपके यहां इस बार हम लोग प्ले नहीं कर सकेंगे। हम लोगों के पास समय नहीं है।'

निरापद इस जवाब के लिए तैयार ही होकर आया था। उसने कहा, 'लकिन सिर्फ एक रात के लिए यदि आप समय निकाल सकते, तो हम लोग बहुत निहाल हो जाते। हमारे यहां सभी लोग मंजरी सेन को देखना चाहते हैं।'

'असंभव!' कहकर सत्य मल्लिक ने सिगरेट का एक लम्बा कश खींचकर बहुत सारा धुआं छोड़ा और फिर कहा, 'जिन्होंने पहले से बुक कर रखा है, उनको तो हम लोग निराश नहीं कर सकते। उन लोगों के चेक तक हमने कैश कर लिए हैं।'

निरापद ने कहा, 'इसीलिए, सर! हम लोग नकद रुपये लेकर आए हैं कि आप चेक शायद न लें।'

सत्य मल्लिक के लिए रुपयों का लालच सम्हालना बड़ा मुश्किल था। सिर्फ सत्य मल्लिक हो क्यों? बहुतों के लिए मुश्किल है। खासकर थियेटर-दल में, जहां बहुत-से झमेले हैं, वहां मिट्टी के टुकड़ों की तरह रुपये छितराने पड़ते हैं।

निरापद था घुटा हुआ लड़का। इन सबसे भली भांति परिचित। सारे रुपये दस-दस के नोटों में थे। नोटों को उसने टेबल पर फैलाकर रख दिया।

सत्य मल्लिक 'हें-हें' कर उठा। बोला, 'हैं, हैं, यह क्या? वहां पर मत रखिए! चाय के दाग लग जायेंगे।'

कुछ देर पहले ही चाय पी गई थी। पॉलिस से चमकती हुई टेबल पर कप के पेंदे के दाग पड़ गए थे। सत्य मल्लिक ने झटपट वे सब रुपये उठा लिए और बोला, 'तुम लोग रुपये दे रहे हो, भाई! पर जाने की तारीख अभी नहीं दे पाऊंगा।'

निरापद ने कहा, 'आप लोग तो उधर से ही लौटेंगे। नैनागंज स्टेशन पर आप लोगों की ट्रेन ठहरेगी, तब एक रात के लिए यदि उतर जाते···।'

'स्टेज कैसा है? हॉल तो बढ़िया है न?'

निरापद ने कहा, 'नहीं, हॉल तो नहीं है। हम लोग खुद ही स्टेज तैयार कर देंगे।'

'बांस खड़ा करके, उसपर पाल टांककर?'

'यह तो आप खुद ही देख लीजिएगा।' निरापद ने जवाब दिया।

'तुम्हारे कदमफूली में कोई सिनेमा हाउस-टाउस नहीं है?'

'निपट देहात है , सर! कुछ भी नहीं है।'

'जब कुछ भी नहीं है, तो नाटक देखने का इतना शौक क्यों है, भाई?'

निरापद ने जवाब दिया, 'क्या कुबड़े व्यक्ति का कभी सीधे होकर सोने का मन नहीं करता, सर? बस ऐसी ही हमारी इच्छा समझिए। बहुत बैकवर्ड है हमारा गांव। यूं हम कोशिश कर रहे हैं कि सबको मिलाकर यदि एक सांस्कृतिक संघ का निर्माण हो जाए···।'

सत्य मल्लिक ने रुपये जेब में ठूंस लिए, 'ठीक है। रसीद बाद में कभी ले लेंगे, कि अभी ही दूं?'

निरापद ने कहा, 'रसीद की हमें खास चिन्ता नहीं। हमारी तो बस यही इच्छा है कि आप हमारे यहां अपना 'रूप नहीं रूपो' नाटक खेलते। उसकी बहुत ही चर्चा सुनी है। उसमें मंजरी सेन का पार्ट भी बहुत बढ़िया है।'

सत्य मल्लिक ने कहा, 'मंजरी सेन जा सकेंगी कि नहीं, इसका मैं कोई वर्ड नहीं दे सकता।'

'यह आप क्या कर रहे हैं?' निरापद और उसके दल का लड़का दोनों एकसाथ चौंक उठे और दोनों साथ ही बोल पड़े, 'यह आप क्या कह रहे हैं? मंजरी सेन को देखने के लिए ही तो सब टिकट खरीदेंगे। उनके गए बिना काम कैसे चलेगा?'।

सत्य मल्लिक ने कहा, "मैं ज़बान नहीं दे सकता। वह बहुत व्यस्त आर्टिस्ट हैं।'

निरापद बोला, 'नहीं, सर! मंजरी सेन नहीं गईं तो लोग बेंच-कुर्सी तक तोड़ डालेंगे। उनका जाना तो हर हालत में ज़रूरी है।'

सत्य मल्लिक ने फिर कहा, 'देखो, भई! इसकी गारंटी अभी से नहीं दे सकता। यह आप लोगों को मैंने पहले ही बता दिया है।'

'ठीक है। न हो तो हम कुछ और रुपये देने को तैयार हैं।'

सत्य मल्लिक नाराज़ हो गया। बोला, 'तुम लोग मंजरी सेन को रुपयों का ललाच देते हो? जानते हो, उसके पास कितना रुपया है?

मालूम है, वह कितने रुपये इन्कम-टैक्स देती है?'

निरापद ने कुछ शर्मिन्दा होकर कहा, 'नहीं, नहीं, हम उस खयाल से नहीं बोल रहे, सर। हम तो यह कहना चाहते थे कि मंजरी सेन के न जाने से हम लोगों को बहुत दु:ख होगा, क्योंकि उनको सभी देखना चाहते हैं।'

'तुम्हारे यहां रहने-वहने की जगह तो है न?'

'मतलब!' निरापद की समझ में नहीं आई यह बात। अतः वह फिर बोला, 'इसका मतलब?'

'इसका मतलब यह है कि हम जो इतने लोग वहां जाएंगे, वे पेड़ के नीचे तो नहीं रह सकते न। एक बढ़िया मकान का इन्तज़ाम हो जाएगा न? अटैच्ड-बाथरूम रहने से ठीक रहेगा। मंजरी सेन सिर्फ ईटों के मन्दिर में तो रह नहीं सकतीं? उनके लिए स्पेशल इन्तज़ाम कर सकोगे न?'

निरापद ने बात सम्हाल ली। बोला, 'ज़रूर कर सकेंगे, सर! यह आप कैसी बात करते हैं? आप क्या यह समझते हैं कि हमारी कदमफूली में कोई भला आदमी नहीं रहता?'

'तो ठीक है, बाद में खबर लीजिएगा।' कहकर सत्य मल्लिक गम्भीर हो गया।

निरापद ने पूछा, 'बाद का मतलब? आप अभी पक्की बात नहीं कहेंगे? हम लोगों को भी तो आखिर सारा बन्दोबस्त करना पड़ेगा।'

'हांऽ··पर अभी तो बहुत दिन पड़े हैं। तुम लोग बीच में कभी आकर पक्की खबर ले जाना। अगर नहीं जा पाएंगे, तो तुम लोगों का रुपया रिफंड कर दिया जाएगा।'

पहली बात तो यह है कि ऐसी अनिश्चित बात भी मिलनी कठिन थी। खासकर मंजरी सेन के मामले में, क्योंकि मंजरी सेन कोई फालतू स्टार तो थी नहीं। वह स्वयं पहले से कुछ नहीं कह सकती कि अगले दिन क्या होगा। खैर, जो भी हो, निरापद-दल पहली बार तो यही इन्तज़ाम करके लौट गया था।

उनके जाते ही सत्य मल्लिक ने कहा, 'यह बात और किसी दूसरे के कान में नहीं पड़ना चाहिए। याद रखना, मैडम के कानों तक भी यह बात न पहुंचने पाए।'

और सचमुच ही मंजरी सेन खुद भी नहीं जानती थी कि उसको कदमफूली जाकर 'रूपक-दल' सहित-स्टेज पर उतरना पड़ेगा। बलाई सान्याल काइयां डिस्ट्रीब्यूटर था। अगर कहीं भूले से भी उसको पता लग गया तो दिवाला ही निकाल देगा।

बलाई सान्याल ने जब पहले-पहल सिनेमा का कारबार शुरू किया था, उस समय मंजरी सेन भी पहली बार ही इस लाइन में आई थी। एक ही समय से दोनों की उन्नति शुरू हुई। इसीलिए बलाई सान्याल कहा करता था, 'आप ही मेरी लक्ष्मी हैं, मैडम!'

बलाई सान्याल को अगर एक बार भी खबर मिल गई कि सत्य गल्लिक मैडम को तीन-चार दिन नाटकों में व्यस्त रखेगा, तो वह शूटिंग की तारीख भी ठीक उसी समय निश्चित कर देगा, 'मेरी पिक्चर ज़रूरी है या नाटक? आप ही कहिए, मैडम! आपको फिल्म पैसा दे रही है या नाटक कम्पनी? आपको इसी वक्त एक कार खरीद देता हूं। ड्राइवर तक का वेतन आपको नहीं देना पड़ेगा। गाड़ी दिन-रात आपके दरवाज़े के सामने लगी रहेगी। आप जब चाहें घूमती फिरें और अगर गौहाटी जाने की इतनी ही इच्छा हो, तो चलिए न मेरे साथ। मसूरी, दार्जिलिंग, कुलू वैली, मनाली, नेतारहाट, कहां जाने की इच्छा है? सिर्फ ज़बान खोलकर एक बार कहिए तो सही, मैडम!'

हां,तो इस बार सचमुच ही बलाई सान्याल को पता नहीं लग पाया।

सत्य मल्लिक ने इस घटना को बहुत ही गुप्त रखा। सवेरा होते न होते मैडम को प्लेन से गौहाटी भेज दिया था और स्वयं भी दल-बल सहित उसी दिन रवाना हो गया। सरकिट हाउस में अपार भीड़ जमा हुई थी। टिकट के भी खासे दाम उठे थे। वहां से जलपाईगुड़ी, कूच-बिहार आदि घूमकर मंजरी सेन की उसी दिन लौटने की बात थी।

सत्य मल्लिक उसको गाड़ी में लेकर रवाना ही हुआ था कि अचा-

नक मंजरी ने पूछा, 'ऐ, सत्य दा! अब कहां जा रहे हो?'

सत्य मल्लिक ने कहा, 'चलो न, तुमको एक जगह ले चल रहा हूं।'

'कहां?'

सत्य मल्लिक ने जवाब दिया, 'ये लोग बहुत ही परेशान कर रहे हैं। एक शो नहीं दे पाए, तो ये लोग पब्लिक के सामने बहुत बेइज़्ज़त हो जाएंगे।'

'मुझे पहले क्यों नहीं बताया?'

'पहले बताने से क्या बलाई सान्याल छोड़ता तुम्हें? अरे, भाई! सिनेमा तो तुम्हारा है ही, पर नाटक का भी एक अलग चार्म होता है, यह तो तुम मानती हो न? तुम्हारी नज़रों के सामने ही प्रशंसकों की भीड़ लग जाएगी।'

घर्र-घर्र की आवाज़ करती हुई गाड़ी ऊंचे-नीचे रास्ते पर लुढ़कती हुई चली जा रही है। कूचबिहार में नाटक रात साढ़े दस बजे टूटा। और सभी लोग तो उसी रात चले गए थे; एक जीप मिल गई थी भाड़े पर। सत्य मल्लिक ने उसीमें सब लड़कियों को भरकर भेज दिया था। वे सब उदीयमान आर्टिस्ट थीं। अभी साइड-रोल करती थीं। दल के और लोग ट्रेन से रवाना हो गए थे।

सत्य मल्लिक ने एक सिगरेट सुलगा लिया। भोर से ही यात्रा पर निकल पड़े थे वे लोग। भोर का मतलब, रात खत्म होने पर। ऐसा नहीं करते तो सरकिट हाउस के सामने हज़ारों की संख्या में प्रशंसक लोग घेर लेते और परेशान कर डालते। पुलिस आती, टीयर-गैस छोड़नी पड़ती, लाठी-चार्ज होता।

सत्य मल्लिक ने कहा, 'देख लिया न, अपने प्रशंसकों को? दाल-रोटी तक का ठिकाना नहीं और कांड कैसे-कैसे हैं, देख लिया न? नार्मल हालत होती तो वह सब तुम्हें शायद बिना चबाए ही निगल जाते।'

मंजरी ने कहा, 'सत्य दा, किसी दिन मैंने भी इसीकी तमन्ना की थी।'

'ऐसा ही होता है। अपने-माप कुछ मिल जाने के बाद मांगी हई चीज़ से जी ऊब जाता है। इसीलिए तो कहता हूं कि थियेटर-नाटक एकदम से मत छोड़ो। बीच-बीच में यह सब भी करती रहो। यह बात सच है कि इस लाइन में खास रुपये नहीं मिलते, पर मन को संतोष तो मिलता है।

चलती हुई गाड़ी के सामने अचानक एक गड्ढा देखकर सत्य मल्लिक चीख उठा, 'होशियारी से, ज़रा सम्हाल के!'

7

कदमफूली में उस समय खासा जश्न का समा बंध गया था। भैरव सामंत अपनी बेटी को नैनागंज से लेकर लौट आया था। बारहयारी-तल्ला में उसके पिता के मकान में ही कलकत्ता का 'रूपक दल' नाटक प्रस्तुत करेगा और वही न देख पाए, भला यह कैसे सम्भव था? .

मल्लिक के घर में भी आने वाले लोगों की संख्या बढ़ गई थी। दो दिन पहले से ही सब घरों में गहमागहमी शुरू हो गई। सभी नाटक देखने के लिए बेताब नज़र आते थे।

बारहयारीतल्ला में लोगों का काफी जमाव हो गया था। नैनागंज से डेकोरेटर आए थे और ज़ोर-शोर से लगकर अच्छा-खासा स्टेज तैयार कर लिया। सरस्वती की प्रतिमा का तो अब कहीं नामोनिशान भी नहीं था। विशाल वटवृक्ष के नीचे एक कोने में प्रतिमा स्थापित की गई थी और यथारीति 'नमो नमः' के मंत्रोचार के साथ पूजा अर्पित करके उसका विसर्जन भी यथासमय हो गया था।

संस्कृति-संघ के मेम्बरों को उस तरफ अब ध्यान देने की ज़रूरत नहीं थी। जितनी भीड़ थी, वह स्टेज की ओर उमड़ी पड़ रही थी।

मुहल्ले के छोटे-छोटे बच्चे चारों ओर से घेरकर खड़े हैं। हर बांस के उठने के साथ-साथ उनका मन-मयूर नाच उठता। अहा! परसों यहीं पर नाटक होगा। कलकत्ता से पार्टी आ रही है।

लड़के भाग-भागकर ताज़ा खबर अपने-अपने घरों में पहुंचा रहे थे। कहते, 'मां, अब पाल टंग गया है।'

मां पूछती, 'हां रे, बैठने की जगह कैसी है?'

'मिट्टी पर पुआल बिछाकर, ऊपर से दरी बिछा दी है निरापद दा ने।"

'लड़कियां सामने बैठेंगी क्या?'

एक लड़की बोली, 'नहीं, हम लोग चिक की आड़ में बैठेंगे। चिक को दोनों तरफ से घेर दिया गया है।'

वह तो घेरना ही पड़ेगा। इस बार का नाटक पिछले सालों की तरह नहीं है। पिछले साल तक तो सिर्फ गांव के लोग ही आते थे। इस बार अगल-बगल के सभी गांवों के लड़के, बूढ़े, बच्चे, लड़कियां आएंगी। सभीने पहले से ही टिकट कटा ली थी। जो जैसी हैसियत का आदमी था, उसके लिए बैठने की वैसी ही व्यवस्था की गई थी।

निरापद को तो सांस लेने तक की फुर्सत नहीं है। सोमवार को सुबह-सुबह ही घूमने जाते समय विष्णु बाबू सब देख-सुन आएं। पचास रुपये चन्दा दिया है। टिकट बेचने से भी बहुत रुपये आए थे। जितने रुपयों की उम्मीद थी, उससे भी अधिक रुपये उठे थे। अब तो बस, सारा काम राज़ी-खुशी निपट जाए तो जान में जान आए।

अब केवल आर्टिस्टों के ठहरने की ही समस्या थी। विशेषकर मंजरी सेन के सम्बन्ध में। सत्य मल्लिक ने जैसा बताया था, मंजरी सेन दल के और लोगों की भीड़ में साधारण आर्टिस्ट की तरह नहीं रह सकती। उसके लिए विशेष इन्तज़ाम की ज़रूरत होगी। अगर हो सके तो सरकिट हाउस, और सरकिट हाउस न हो, तो किसी बड़े मकान की ज़रूरत होगी। उसके खाने-पीने में किसी तरह की कमी नहीं रहनी चाहिए। बहुत ही महीन चावल, मुर्गी की तरी, ब्रेकफास्ट में दो अंडे

और एक कप कॉफी। कॉफी की तो घंटे-घंटे भर बाद ही ज़रूरत पड़ती थी मंजरी सेन को। अतः इन्तज़ाम भी कुछ इसी तरह का किया गया था। निरापद सभी बातों के लिए राज़ी था। लेकिन उन सबका इन्तज़ाम करने में उसके प्राण निकले जा रहे थे।

गड़ाई नदी के किनारे की नील कोठी बहुत दिनों से यूं ही खाली पड़ी थी। कदमफूली के लाहा बाबू किसी ज़माने में धनी व्यक्ति थे। उस ज़माने में नील के व्यापार में प्राणकृत लाहा ने करोड़ों रुपये इकट्ठे कर लिए थे। उनके पूर्वज बहुत दिनों से यहां निवास कर रहे थे। नील का व्यापार चल निकलने के बाद उन्होंने और दूसरे व्यवसायों में भी दिमाग खपाना शुरू किया। पर उनकी गिरती हई हालत फिर कभी नहीं सुधरी। वंशानुक्रम से आर्थिक अवस्था अवनति की ओर ही अग्रसर हो रही थी। उनमें से बहुत-से लोग कुछ दिनों तो वहीं रहे थे। फिर वे लोग भी मकान वगैरह सब छोड़-छाड़कर कलकत्ता चले गए और तब से उनका कोई पता-ठिकाना नहीं है।

निरापद-मंडली ने मंजरी देवी के रहने का इन्तज़ाम उसी मकान में कर दिया था। राज-मिस्त्री एवं मज़दूर लगाकर एक कमरा रहने लायक बनवा दिया एवं इसके-उसके घर से पलंग, शीशा, बिस्तर, तकिया, चादर वगैरह ला-लाकर पूरा इन्तज़ाम कर दिया। सिर्फ एक रात की ही तो बात है। किसी तरह भी चला लिया जाएगा और सामने ही नदी भी है। लकड़ी की एक आरामकुर्सी, एवं दो मेज़—मांग-जांचकर सारी व्यवस्था हो ही गई। अब किसी भी चीज़ की कमी नहीं रही।

अब तो बस, दल-बल सहित उनके पहुंचने का ही इन्तज़ार था।

गाड़ी ने जब मोड़ लिया, तभी मंजरी सेन को कुछ शुबहा हुआ था। पूछा, 'इधर कहां, सत्य दा?'

सत्य मल्लिक ने कहा, 'तुमको पहले से नहीं बताया था। बताने से बलाई सान्याल तुम्हें किसी हालत में नहीं आने देता।'

'पर मैं इस विषय में नहीं पूछ रही हूं। मैं तो सिर्फ इतना ही पूछ रही हूं कि हम इधर कहां जा रहे हैं?'

आखिर सत्य मल्लिक को बताना ही पड़ा। बोला, 'कदमफूली नामक एक जगह है इधर।'

'कदमफूली?' सहसा मंजरी सेन चौंक उठी।

'तुम इतनी डरती क्यों हो?' सत्य मल्लिक ने कहा, 'मैं जो कह रहा हूं कि उसके सेक्रेटरी के साथ मेरा कन्ट्राक्ट हो चुका है। तुम क्या खाना पसन्द करती हो, कैसे घर में रहने की व्यवस्था की जाए, वह सब बता दिया है मैंने। कह दिया है कि जहां तुम रहोगी, वहां अगल-बगल किसीका मकान नहीं होना चाहिए। और पुलिस के पहरे का इन्तज़ाम भी होना चाहिए। रोशनी काफी रहनी चाहिए। तुम चिकन खाना पसन्द करती हो, यह भी मैंने उन्हें पहले से ही बता दिया है। एक-एक घंटे बाद कॉफी···'

मंजरी सेन का चेहरा बहुत ही गम्भीर हो गया था। सत्य मल्लिक को लगा कि मंजरी उसपर नाराज़ हो गई है, पर सत्य मल्लिक को नाराज़ करने की हिम्मत उसमें नहीं, इसीलिए कुछ बोल नहीं सकती।

मंजरी के चेहरे की ओर देखकर सत्य मल्लिक ने फिर कहना शुरू किया, 'तुम मन खराब क्यों कर रही हो, मंजरी? उन्होंने मुझे टेली-ग्राम कर दिया है कि तुम्हारे लिए एक बढ़िया मकान का इन्तज़ाम कर लिया गया है। मकान पुराना ज़रूर है, लेकिन वहां तुम "रहोगी, इसीलिए मिस्त्री लगाकर, काफी रुपये खर्च करके उसको नया रूप दे दिया गया है। मकान ठीक नदी के किनारे है। अगल-बगल किसीका भी घर नहीं है। बिल्कुल दक्षिणमुखी मकान है। वहां तुम्हें किसी प्रकार की तकलीफ नही होगी।'

पर फिर भी मंजरी खुश नहीं हुई है, सत्य मल्लिक ने उसका गम्भीर चेहरा देखकर ही इस सत्य का अनुमान लगा लिया। पर अब किया भी क्या जा सकता है? यह तो निश्चित था कि मंजरी सेन इसके

लिए सत्य मल्लिक को कोई कडी बात नहीं सुना सकती।

उसने सिर्फ इतना ही कहा, 'तुमने मुझे पहले क्यों नहीं बताया, सत्य दा?'

'पहले बताने से क्या तुम आने के लिए राज़ी होती, मंजरी?'

जवाब में मंजरी कुछ नहीं बोली, चुप रही।

उस वक्त गाड़ी पों-पों करती हुई गांव के हाई-वे पर से होकर आगे बढ़ी जा रही थी।

8

निरापद-दल सुबह से ही पलकें बिछाए बैठा था। सबेरे के समय सत्य मल्लिक के आने की बात थी, टेलिग्राम द्वारा ऐसी ही सूचना मिली थी। नैनागंज से कदमफूली गांव पांच मील दूर था। सबेरे से ही आदमी नैनागंज जाकर इन्तज़ार कर रहे थे कि सत्य मल्लिक के आते ही एक टैक्सी लेकर रास्ता दिखाते-दिखाते ले आएंगे।

बारहयारीतल्ला के पंडाल के बगल में जो हाई-वे पड़ता था, वह बाईं ओर एक घुमाव देकर नदी के किनारे-किनारे बिल्कुल दक्षिण की ओर चला गया था। उसी रास्ते पर एक पाइप के ऊपर निरापद-दल बैठा सिगरेट के कश खींच रहा था।

इतने से इन्तज़ाम में ही बहुत-से रुपये खर्च हो गए। हज़ारों रुपये पानी की तरह बह गए। विष्णु बाबू जैसे लोगों से बहुत अनुनय-विनय करके चन्दे के रुपये बढ़वा लिए थे।

विष्णु बाबू ने कहा था, 'तुम लोगों ने तो नाक में दम कर रखा है, बच्चो! अब क्या वह ज़माना रह गया है? पहले जैसी आमदनी थी, वैसा खर्च भी कर सकते थे। पर अब···।' विष्णु बाबू जो सहसा कुछ

उदार हो आए थे, उसका कारण उनकी पत्नी थी। पत्नी का भी इस तरफ इतना लगाव है, यह बात वे पहले नहीं जानते थे।

रात को पत्नी ने कहा था, 'उनका नाटक हो रहा है, सुना है?'

विष्णु बाबू ने कहा, 'हां, सुना है।'

'चन्दा दिया है न?'

'दिए बगैर छुटकारा भी तो नहीं मिला। अब तो इस मुहल्ले में जैसे सिर्फ अवारा लड़कों का ही अड्डा हो गया है।'

कुछ देर चुप रहने के बाद पत्नी ने फिर कहा, 'तो फिर हम लोगों को कितनी टिकट देंगे, कुछ कह गए हैं?'

विष्णु बाबू क्रोधित हो उठे, 'क्यों? तुम्हारे सर पर भी यह सब सनक सवार है क्या?'

पत्नी चुप रह गई। डर के मारे और कुछ नहीं बोली।

पर विष्णु बाबू यों ही छोड़ देने वाले जीव नहीं थे। बोले, 'तुम लोगों के कारण ही तो चन्दा दे दिया था। अब तो मुहल्ले में सिर्फ आवारा लड़के ही रह गए हैं। वह मुक्तिपद हाज़रा का लड़का है न, वही तो असली लीडर बना है। कितने दिनों से मेरी जान खा रहा था। आज सुबह ज़रा घूमने निकला तो देखता क्या हूं कि बारहयारी-तल्ला में और ज़्यादा दिन नहीं टहला जा सकता। सभी लोग मिल-कर रुपयों का श्राद्ध कर रहे हैं। पंडाल बांधकर सब रास्ता-वास्ता एकदम से बन्द कर रखा है।'

पत्नी कुछ देर चुप रही। फिर बोली, 'आप भी तो उनका नाटक देखने जाएंगे?'

'मैं जाता भला? पर मुझे क्या मालूम था कि यह सब बन्दर-नाच होगा। अगर पता होता तो क्या मैं राज़ी होता?'

'पर जुबान दे ही दी है, तब जाना तो चाहिए ही। वे इतने समसन के साथ बुला भी तो रहे हैं आपको।'

'हां, देखो न, मुझे प्रेज़िडेंट बना दिया है।'

पत्नी ने कहा, 'ठीक ही तो है। आप ही तो गांव के सिरमौर हैं

आपको बाद देकर भला इनका कोई काम पूरा हो सकता है?'

विष्ण बाबू कुछ नरम पड़े। शायद आत्मप्रशंसा ने उनके मन में गुदगुदी पैदा कर दी थी। किसी ज़माने में विष्णु बाबू ने धन-ऐश्वर्य की जगमगाहट देखी थी पर वह सब बचपन की बातें थीं। आज भी अगर वही ज़माना होता, तो यह हाज़रा के घर का लड़का भेंट तक करने की हिम्मत नहीं कर पाता।

पर अब न तो वे मुनीम रह गए हैं, न गुमास्ते। खाली-खाली-सी बैठक। सिर्फ गिरि गोविन्द के भरोसे ही पुराना ठाठ-बाट बनाए हुए थे।

गिरि गोविन्द सकुचाया हुआ-सा सामने आ खड़ा हुआ।

विष्णु बाबू ने पूछा, 'कुछ कहना है?'

'जी हां, छोटी दीदी बोल रही थीं कि वे लोग भी बारहयारीतल्ला में नाटक देखने जाएंगी।'

'देखने जाएंगी, तो मुझसे पूछने की क्या ज़रूरत है? टिकट बिक रही है, खरीदने से ही मिल जाएगी।'

'हुज़ूर, टिकट तो खरीद ली है।'

'टिकट खरीद ली है? तब फिर मुझसे पूछने की क्या आवश्यकता है? अब उनकी समझ में आया कि शायद इसीलिए पत्नी उन्हें इस तरह समझा रही थी। विष्णु बाबू मन ही मन खुश हो गए। विष्णुपद राय! तो क्या सभी उनको इतना मानते हैं? घर के नाती-पोते उनकी जितनी इज़्ज़त करते हैं, उतनी ही मुहल्ले के मुंहज़ोर लड़के भी करते हैं। फिर वे ही क्यों झूठ-मूठ मन ही मन इसके लिए उतना परेशान होते हैं? यह खुशी विष्णु बाबू का मन हल्का कर गई।

उन्होंने आवाज़ दी, 'गिरि गोविन्द!'

'जी, आया।

'वो हाज़रा का लड़का है न? क्या तो नाम है उसका?'

'हुजूर, आप निरापद के बारे में कह रहे हैं?'

'हां, अब याद आया, निरापद। वह फिर आया था क्या?

गिरि गोविन्द ने कहा, 'जी, हुजूर! आया था।'

'क्या कहता था?'

'कह रहा था कि आपके एक भाषण देने की बात है। वही बात याद दिलाने आया था।

विष्णु बाबू ने कहा, 'अच्छा, अब तुम जाओ।' गिरि गोविन्द जा ही रहा था कि उन्होंने पुकारा, 'गिरि गोविन्द, एक बात तो सुनो।' गिरि गोविन्द के वापस मुड़ते ही उन्होंने कहा, 'देखो, तुम दीदी लोगों से कह देना कि वे लोग नाटक देखना चाहती हों, तो चली जाएं। मुझे कोई आपत्ति नहीं। जैसा ज़माना हो वैसे ही चलना पड़ता है। मैं तो पुराने विचारों का आदमी हूं, पर उनकी खुशी में नाहक बाधा क्यों बनूं? समझेन? वे लोग तो पुराने ज़माने की नहीं हैं। वे लोग तो नये ज़माने में पैदा हुई हैं। क्यों, तुम्हारा क्या खयाल है?'

गिरि गोविन्द ने कहा, 'हां जी, आप बिल्कुल ठीक कह रहे हैं।'

'और हाजरा का लड़का क्या नाम है उसका?'

'निरापद।'

'हां, निरापद आए तो उससे कह देना कि मैं भाषण दूंगा। मेरा भाषण तैयार है। अब तुम जा सकते हो।'

गिरि गोविन्द चला गया।

विष्णु बाबू ने हुक्के की नली मुंह से हटाकर एक ओर रख दी और चाबी लगाकर बगल की अलमारी का दराज खोला। सामने ही भाषण लिखे हुए कागज़ रखे थे। उन कागज़ों में सारी बातें उन्होंने खुद ही लिखी थीं। उन्होंने चश्मा पहन लिया और एकाध लाइन पढ़नी शुरू की और फिर पूरा का पूरा भाषण पढ़ डाला। कल बहुत रात तक जागकर वे लिखते रहे थे ताकि भाषण देते-देते कहीं बीच में ही न अटक जाएं। पर अभी पूरा भाषण पढ़ भी नहीं पाए थे कि किसीकी पदचाप सुनाई दी। दराज बन्द करके उन्होंने फिर से हुक्का गुड़गुड़ाना शुरू कर दिया।

लड़के उधर हाई-वे के किनारे पाइप पर बैठे हुए सिगरेट के कश लगा रहे थे और मुंह बाए एकटक नैनागंज के रास्ते पर नज़र गड़ाए हुए थे। हीरोइन की गाड़ी उसी रास्ते से होकर आएगी। दूर से आती हुई गाड़ी यहीं से दिख जाएगी।

एकाएक मनसा बोल उठा, वह क्या है, रे? वह, जो धुआं उड़ाती हुई आ रही है?'

षष्टीपद ने भी ध्यान से देखा और कहा, 'चल हट, धुआं क्यों उड़ाएगी? वह तो धूल है धूल!'

'पर भई, लगती मोटरकार-सी है।'

सचमुच वह मोटर ही थी। क्षणभर में ही सभीने देखा, मनसा की बात ही सच निकली। गाड़ी घर्र-घर्र करती हुई कदमफूली की ओर ही बढ़ी आ रही थी। सब के सब पाइप पर से उठ खड़े हुए। आ गए! आ गए! वे लोग आ गए हैं। बारहयारीतल्ला से भी सभी शोर मचाते हुए दौड़े आए, 'कहां हैं? कहां हैं? किधर हैं?'

सच ही, एक गाड़ी चली आ रही थी। दल के एकाध लड़कों ने फूलों की माला का भी इन्तज़ाम कर रखा था ताकि गाड़ी करीब आते ही हीरोइन को तुरन्त माला पहना सकें।

इतनी देर में गाड़ी बिल्कुल उनके सामने पहुंच चुकी थी। सब मिलकर बीच रास्ते पर खड़े हो गए। गाड़ी पूरी रफ्तार से चली आ रही थी। पर हठात् उनके सामने पहुंचते ही ब्रेक मारकर रुक गई।

आश्चर्यजनक करिश्मा है यह तो! गाड़ी में कोई नहीं है। सिर्फ ड्राइवर गाड़ी चला रहा था। उसके अलावा गाड़ी एकदम खाली।

खेंदा ने आगे बढ़कर पूछा, 'किसकी गाड़ी है, रे?'

'गुप्ता साहब की।'

'गुप्ता साहब की? तो फिर गुप्ता साहब कहां हैं?'

'गुप्ता साहब तो कल ही आ गए थे।'

'ओह, यह बात है!'

सभी अचरज़ में डूब गए। गुप्ता साहब अपने मकान में आ गए

हैं और किसीको खबर भी नहीं हुई!

ड्राइवर ने फिर कहा, 'गुप्ता साहब अकेले नहीं आए हैं, सपरिवार पधारे हैं। साथ ही मेमसाहिबा भी हैं। वे लोग दो दिन की छुट्टी पर अचानक ही घूमने आ गए, फिर वापस चले जाएंगे।'

ड्राइवर गाड़ी से सामान खरीदने बाज़ार गया था और वापस लौट रहा था। गुप्ता साहब खाने के शौकीन जो थे, अतः कोई बढ़िया चीज़ खरीदनी होती, तो नैनागंज ही गाड़ी भेजनी पड़ती।

गुप्ता साहब आए हैं, यह बात अगर वे लोग पहले से जानते होते तो चन्दे की रसीद-बुक संग ले आते। इससे उनका बड़ा काम निकलता। वे उदार दिल के व्यक्ति हैं और पैसा भी खूब है उनके पास।

'अच्छा, ठीक है। तुम जाओ।'

गाड़ी फिर से हिच्च··करके स्टार्ट हुई और धूल उड़ाती हुई अदृश्य हो गई।

खैंदा ने कहा, 'तो फिर गुप्ता साहब के पास चला जाए? चन्दा क्यों छोड़ें?'

विभूति ने कहा, 'अरे, भई! निरापद दा को आने दो। हम लोग अगर चन्दा मांगने गए, तो हो सकता है कि वे हमें दो रुपये देकर ही टरका दें। फिर तो मुश्किल में पड़ जाएंगे न!'

'हां, यही ठीक रहेगा। जब ऐसा चांस मिला ही है, तो छोड़ना ठीक नहीं। खैंदा ने फिर एक सिगरेट सुलगाई और लम्बा-सा कश खींचकर धुआं उगलने में व्यस्त हो गया।

सबने फिर नैनागंज के हाई-वे की ओर मुंह बाए देखना शुरू किया। 'रूपक' की हीरोइन कब आएगी, सबके मन में यही उत्सुकता थी।

किसी समय जब गुप्ता-परिवार यहां रहता था, तब विष्णु बाबू बहुत ही शान के साथ अपनी ज़मींदारी चलाते थे। यद्यपि दोनों परिवारों में आर्थिक असमानता थी, फिर भी दोनों वंशों में सद्भावना थी। एक-दूसरे के घर आने के कारण दोनों परिवारों के बीच एक स्थूल

आत्मीयता भी पनप उठी थी।

जब विष्णु बाबू की आर्थिक स्थिति प्रगति पर थी, तभी अचानक न जाने कैसी घटना घटी कि गुप्त वंश के लोग हमेशा के लिए अपना गांव छोड़कर चले गए। हीरक गुप्त उसी गुप्त वंश के विकास गुप्त का लड़का था।

हीरक गुप्त अपने जीवन में सफल व्यक्ति था, हालांकि विकास गुप्त की एकमात्र संतान होने की वजह से उन्हें हमेशा डर लगा रहता था। कहावत है न, कि एकलौता लड़का हज़ार लड़कों के बराबर होता है; हज़ार लड़कों को लेकर जितना झंझट होता है, उतना इस एक लड़के को लेकर उन्हें था।

अगर विकास गुप्त आज इस दुनिया से कूच न कर गए होते तो देखते कि उनकी आशंका सर्वथा निर्मूल थी। उनका लड़का कभी इस गांव के लोगों का सिरमौर बन जाएगा, इसकी वे कल्पना भी नहीं कर सकते थे। सिरमौर इसलिए कि जीवन में इतनी सफलता शायद ही किसीको मिलती है। हीरक गुप्त का घर-परिवार तो कलकत्ता में है, पर काम के लिए उन्हें सारी इण्डिया का चक्कर लगाना पड़ता है। असल में काम क्या था, यह तो गांव में किसीको भी पता नहीं था; पर यह सबको मालूम था कि हीरक गुप्त की आय मोटी है। गांव वाला घर छोड़कर विदेश बसे हीरक गुप्त को आज पन्द्रह साल हो गए, पर लगता है, गांव का ओह एकदम से छूटा नहीं है। अपने पिता विकास गुप्त के मकान का तो एकदम से रूप ही बदल दिया था उन्होंने। बाप के ही ज़माने का नौकर-टाइप का एक आदमी है, जो मकान की देखभाल करता है तथा मामले-मुकदमे भी सम्हालता है।

उनके आने की खबर पाते ही सब मिलकर गुप्त के घर की ओर लपके।

उस वक्त हीरक गुप्त घर में ही था। खैंदा सीधा गुप्त-परिवार के बूढ़े नौकर के पास गया और बोला, 'क्यों, वंशीवदन! तुम्हारे साहब कब आए?'

वंशीवदन ने जवाब दिया, 'कल। लेकिन इस वक्त तो साहब से आपकी भेंट नहीं हो सकती।'

'भेंट नहीं हो सकती? हम लोगों के गुप्ता साहब, हमारी कदमफूली के ही निवासी···और हमसे ही भेंट नहीं हो सकती?'

वंशीवदन ने जवाब दिया, लेकिन मुझसे तो यही कहा है कि आज ज़रा आराम करेंगे। तबीयत ठीक नहीं है।'

खैंदा ने कहा, 'तुम जाकर कह दो कि हम लोग 'कदमफूली संस्कृति-संघ' से आए हैं। चन्दा लेना है।'

वंशीवदन ने कहा, 'चन्दा लेना है, सो तो ठीक है; देंगे ही। लेकिन इस वक्त मुलाकात नहीं हो सकती।'

'तुम तो बहुत ज़ोरदार आदमी दिखते हो! अपने गांव के आदमी होते हुए भी तुम गांव के लोगों से इस तरह पेश आते हो?'

'और करूं भी क्या, भैया? मैं तो हुक्म का बन्दा हूं!'

'तो फिर सिर्फ एक बार उन्हें खबर ही कर दो न!'

आखिर बहुत परेशान करने पर वंशीवदन को भीतर जाना ही पड़ा।

उसके भीतर जाने के क्षणभर के बाद एक महिला बाहर आई। बोलीं, 'वे बहुत थके हुए हैं। आप लोगों को बाद में आने को कहा है।

'लेकिन हम लोगों को तो बहुत ज़रूरी काम था।'

'तो फिर शाम को आइएगा।'

'शाम को, कितने बजे?'

'यही, पांच बजे।'

खैंदा वगैरह अब क्या कहते? बोले, 'देखिए, सिर्फ चन्दा लेने की ही बात नहीं है। आप लोगों को नाटक देखने भी आना पड़ेगा। हम कदमफूली के लड़कों ने बाहर से एक नाटक-कम्पनी बुलाई है। बहुत खर्च भी हुआ है। इसीलिए चन्दा मांगने आए हैं। गुप्ता साहब तो हमारे गांव के गौरव हैं। अगर वे ही न गए तो हम लोगों का इतना बड़ा

जश्न बेकार हो जाएगा।'

महिला ने पूछा, 'तुम लोगों का नाटक कब है?'

खैंदा ने कहा, 'कल। हम लोगों को तो पहले पता ही नहीं था कि गुप्ता साहब आए हैं। वह तो आपकी गाड़ी हाई-वे से आती दिखाई दी, तभी पता चला। हम सब हाई-वे के किनारे पाइप पर बैठे हुए थे। हमारा सेक्रेटरी नाटक की हीरोइन को लाने नैनागंज गया हुआ है। हम लोग उनका ही इन्तज़ार कर रहे थे। उनके आए बिना कुछ होगा नहीं।'

महिला ने कहा, 'अच्छा, ठीक है। मैं गुप्ता साहब से सारी बात कह दूंगी।'

'हां, कह दीजिएगा। हम निरापद दा को लेकर शाम को फिर आएंगे।'

खैंदा के जाते ही वंशीवदन ने कोठी का गेट फिर से बन्द कर दिया।

गुप्ता साहब की पत्नी ने वंशीवदन से पूछा, 'तुम उन्हें पहचानते हो, वंशीवदन?'

वंशीवदन ने कहा, 'हां, पहचानूंगा क्यों नहीं? वे सब इसी कदमफूली गांव के छोकरे हैं। ये लोग जब से पैदा हुए, तब से ही देखता आया हूं। अब ये सयाने हो गए हैं, नाटक करने लगे हैं।'

पत्नी के ऊपर पहुंचते ही हीरक ने पूछा, 'नीचे कौन लोग आए थे, माया?'

माया ने कहा, वंशीवदन उनको पहचानता है। वे सब तुम्हारी गाड़ी देखकर जान गए कि तुम आए हो। दरअसल वे यहां चन्दा लेने आए थे।'

'किस बात का चन्दा?'

'नाटक के लिए।

'नाटक? मैं क्या सिनेमा-नाटक देखता हूं कभी?'

'अगर न भी देखो, तो भी तुम्हारे गांव के लड़कों का नाटक है, इसलिए चन्दा तो चाहेंगे ही।'

हीरक ने कहा, 'तो तुमने कह दिया न कि मैं चन्दा-वन्दा नहीं दूंगा! गांव में एक बार आता अवश्य हूं, पर मुझे गांव से कोई सरोकार नहीं।'

माया ने कहा, 'न, बाबा! मैं यह सब बातें नहीं कह सकती थी। कोई किसीके मुंह पर इस तरह भला कह सकता है?'

'तुम नहीं कह सकतीं, पर मैं कह सकता हूं।'

'ठीक है, शाम को जब वे आएंगे, तब तुम ही यह बात कह देना।'

हीरक ने कहा, 'हां, ज़रूर कहूंगा।' '

'यहां आकर जिनके बीच दो-एक दिन रहते हो, उन्हीं के मुंह पर ऐसी बात कहना क्या ठीक है? फिर आते ही क्यों हो?'

हीरक ने कहा, 'हुं···यह मेरा अपना देश, मेरी अपनी जन्मभूमि है। यहां मेरा पैतृक मकान है। जब मेरी मर्ज़ी होगी, तब आऊंगा। इससे किसीको क्या मतलब? मुझे क्या किसीसे डर लगता है? वह जो विष्णु राव है, यहां का जनरल उसको भी मैंने एक दिन कड़ी-कड़ी बात सुना दी थी। इस बात का तो तुमको भी पता है ही?'

माया बोली, 'पता नहीं, बाबा! मैं न तो तुम्हारे गांव की लड़की हूं और न ही किसीको पहचानती हूं। मुझे यह सब बताने की क्या ज़रूरत है

हीरक ने कहा, 'नहीं, यह सब मैं तुमसे नहीं कह रहा है। मैं तो ये बातें उन्हींको लक्ष्य करके कह रहा हूं।' कहकर हीरक एकाएक गम्भीर हो गया। फिर बोला, आज वे लोग चन्दा मांगने आए थे। इसका मतलब क्या है?'

माया हीरक की बातें सुनकर अवाक् रह गई। बोली, 'तुम इतने नाराज़ क्यों हो जाते हो, बताओ तो? अचानक तुम्हें यह क्या हो गया है?

हीरक ने उसकी बात का कोई जवाब नहीं दिया। चुप ही रहा।

आज से बहुत दिन पहले की बात है, एक दिन असहाय हालत में हीरक को इन्हीं विष्णु बाबू के पास जाकर भीख मांगनी पड़ी थी। उस दिन विष्णु बाबू ने अपनी अमीरी के घमंड में आकर उसकी उपेक्षा की थी। वह बात हीरक क्या कभी भूल सकता है?

माया बहुत दिनों तक कहती रही, 'इससे तो अच्छा है कि दार्जिलिंग चलें।'

हीरक कहता, 'दार्जिलिंग तो एक बार हो आए हैं।'

'दुबारा जाने में क्या कोई दोष है? अच्छा, वहां न सही, शिमला ही चलो।'

'नहीं, चलो कदमफूली चलें।'

माया जानती थी कि कदमफूली हीरक का गांव है। अपने जन्म-स्थान के प्रति मनुष्य के मन में आकर्षण होना स्वाभाविक ही है। गांव में आकर हीरक तालाब में नहाता, बाग-बगीचों में घूमता-फिरता, बन्दूक लेकर शिकार करने जाता। किसी समय उसकी सारी सम्पत्ति विष्णु बाबू के पास सिर्फ दो हज़ार रुपयों में बन्धक रखी हुई थी। वे तो सारी सम्पत्ति बेच ही देना चाहते थे, लेकिन इन बाग-बगीचों एवं मकान का गांव में उन्हें कोई ग्राहक ही नहीं मिला था।

विष्णु बाबू ने उनसे पूछा था, "कितने रुपये देने पर तुम यह गांव छोड़कर चले जाओगे?'

हीरक ने जवाब दिया था, 'ताऊजी, मेरे पास कुछ नहीं है, अतः आप जो भी देंगे, वही मेरे लिए बहुत होगा।'

'फिर भी तुम कितना चाहते हो?'

अचरज है! अब तक जिसके घर में उसे बेटे की तरह स्नेह और अपनत्व मिला था, आज उसी घर का मालिक उसे इस तरह कठोर भाषा में दुतकार रहा था। ये सब बातें सोचकर हीरक को आज अच्छा ही लगता है।

उस वक्त यह वंशीवदन ही उसका एकमात्र सहारा था। उस दिन इसी कमरे में, जिस कमरे में इस वक्त हीरक लेटा हुआ है, उसके पिता

ने रोग-शय्या पर पड़े-पड़े प्राण त्यागे थे।

तब इसी वंशीवदन ने हीरक को अपने घर ले जाकर धीरज बंधाया था और कहा था, 'किसीके मां-बाप हमेशा जीवित रहे हैं, छोटे बाबू? कोई भी इस दुनिया में सदा जीवित रहने के लिए नहीं आया है।'

ताई ने भी उस दिन अपनी मीठी बातों से हीरक का शोक धो पोंछ दिया था। और सबसे मुख्य आकर्षण थी अन्न, जिसकी तरफ़ आकर्षित होकरे हीरक अपना सारा शोक भूलने में सफल हो सका था।

अन्न का पूरा नाम अन्नपूर्णा था। मुहल्ले के लोग उसको 'अन्न' कहकर पुकारते। इस 'अन्न' के कारण हीरक को कितनी तकलीफें उठानी पड़ी थीं! वह कहा करता, 'मुझे छूना मत, मैं जूठा हो जाऊंगा।'

अन्न कहती, 'वाह रे, जैसे मुझे बड़ी गरज पड़ी है न तुम्हें छूने की! मानो तुम्हें छुए बिना मेरे प्राण निकले जा रहे हैं।'

लेकिन जब उसके ग्रह विपरीत हुए तो इस अन्न ने भी उसकी ओर से मुंह फेर लिया था।

ताई ने भी कहा था, 'तुम यहां से चले ही जाओ, बाबा! हमारी जात और धर्म जब सभी कुछ तुमने नष्ट कर दिया है, तो अब मैं तुमको इस घर में नहीं रहने दे सकती। मालिक ने मना कर दिया है।'

ओह! उस दिन कितनी भयानक पीड़ा हुई थी हीरक को, यह उसका दिल ही जानता है।

उधर ताऊजी भी बन्धक का दस्तावेज़ तैयार किए बैठे थे। उन्होंने कहा था, 'यहां दस्तखत कर दो।'

हीरक वह कागज़ एक नज़र में पढ़ गया था। साफ-साफ अक्षरों में लिखा था, 'ईश्वर विकास गुप्त का पुत्र हीरक गुप्त दो हज़ार रुपयों के बदले उत्तराधिकार में प्राप्त अपनी चल-अचल सारी जायदाद, विष्णु-पद राय के यहां बन्धक रख रहा है।'

दस्तखत करने के बाद ताऊजी ने दस-दस रुपये के नोटों के रूप में

दो हज़ार रुपये उसे दिए थे।

मुनीम गिरि गोविन्द ने कहा, 'ज़रा गिन लीजिएगा, छोटे बाबू!'

हीरक ने रुपये गिन लिए थे। दस-दस के दो सौ नोट थे। गिनती में कोई भूल नहीं थी।

पर यही दो हज़ार रुपये दो साल में ही सूद-दर-सूद के हिसाब से बीस हज़ार में बदल जाएंगे, उस दिन हीरक इसकी कल्पना भी नहीं कर सका था, और उधर ताऊजी भी यह कल्पना नहीं कर पाए थे कि एक दिन यही हीरक गुप्त बीस हज़ार का कर्ज़ चुकाकर अपना रेहन-नामा वापस ले जाएगा।

ये सारी बातें हीरक ने माया को कहानी की भांति सुनाई थीं।

सारी बात सुनकर माया ने कहा था, 'लेकिन इसके लिए हर साल कदमफूली जाने की क्या ज़रूरत है? जो भी प्रतिशोध लेना था, वह तो तुम ले ही चुके हो। तुमने तो मूल-सूद मिलाकर बीस हज़ार रुपये देकर सारी जायदाद लौटा ही ली है। फिर वहां क्या करने जाओगे?'

हीरक ने कहा, 'नहीं, माया! अभी वहां बहुत कुछ देखना बाकी है।

'अब और क्या देखना बाकी रह गया?'

'अरे, उस विष्णु बाबू का पतन नहीं देखूंगा?'

'वाह, उनका जितना पतन होना था, वह तो हो ही चुका है। ज़मींदारी का वह मान-सम्मान भी अब नहीं रहा और बैंक में जमा-पूंजी भी खत्म हो गई।'

'लेकिन⋯!'

'ओह, तो तुम हर साल यही देखने वहां जाते हो? तब तो तुम बड़े खराब आदमी हो!'

हीरक ने कहा, 'सिर्फ देखने ही नहीं, दिखाने भी जाता हूं। अपना यह ऐश्वर्य, यह गाड़ी, ऐसी तुम—यह सब कुछ दिखाने जाता हूं।'

माया ने हंसकर कहा, 'हाय, दैया! तो तुम मुझे भी दिखाने ले जाते हो वहां?'

'और क्या, दिखाने नहीं ले जाऊंगा? तुम जैसी खूबसूरत बहू भला कितनों की है?'

'अच्छा, तो मैं भी तुम्हारी सम्पत्ति की गिनती में हूं?'

इसी तरह हीरक हर साल कदमफूली आता और आकर कोई न कोई नया कांड करता। एक बड़ा-सा रेडियोग्राम ले आता और दिन भर उसको बजाता रहता। बल्कि ऊपर से एम्प्लीफायर लगाकर मुहल्ले के लोगों को सुनाता। कई बार नये-नये मॉडल की गाड़ी लेकर आता। गुप्त-परिवार कार द्वारा गांव आता और साथ में एक बहुत बड़ी वॉन आती। गांव में दो-चार दिन के लिए काफी चहल-पहल मच जाती। हीरक गुप्त गांव में किसीके भी साथ मिलता-जुलता नहीं था। बहुत हुआ तो नदी के किनारे बन्दूक से पक्षियों का शिकार करने निकल पड़ता।

पर जिस तरह वह उमड़-घुमड़ कर गांव आता, उसी तरह घटाओं को समेटकर चला भी जाता, और लोग देखते कि यह हीरक गुप्त कभी इसी गांव का लड़का था, जो आज इतना बड़ा आदमी बन गया है। आज उसने रुपये पैदा कर लिए हैं। वही धन दिखाने एवं उड़ाने वह यहां आता है।

इसीलिए इस बार जब पता चला कि हीरक गुप्त गांव आया है तो गांव के लड़के विशेष खुश हुए, क्योंकि इस बार नाटक के कारण हज़ारों रुपयों के खर्च का मामला था और इसके लिए रुपयों की ज़रूरत थी। अभी और कितने रुपये खर्च होंगे, यह कुछ कहा नहीं जा सकता था।.

खैंदा आदि हीरक गुप्त के घर से निकलकर फिर हाई-वे के पाइप पर आ बैठे। सबने फिर से बीड़ी सुलगा ली।।

खैंदा ने कहा, 'अब शाम को अकेले नहीं जाएंगे। निरापद दा को साथ लेकर ही जाएंगे।

अन्य साथियों ने भी कहा, 'यही ठीक रहेगा। निरापद दा ही रुपये

निकलवाने की कला जानता है।'

अचानक नैनागंज वाले रास्ते के एकदम अन्तिम छोर पर धुआं-सा उठता दिखाई दिया। उसके बाद एक काला बिन्दु-सा दिखा, फिर दो बिन्दु दिखाई पड़े, और क्षणभर बाद ही दो गाड़ियां आती हुई दिखाई दीं।

खैंदा ने उत्तेजनावश अधजली बीड़ी नदी की धारा में फेंक दी, फिर उठ खड़ा हुआ और बोला, 'इस बार तो निस्सन्देह हीरोइन की ही गाड़ी है। और फिर ज़ोर से चीख उठा, 'अरे, फूलमाला ले आ!' मालाऽ···माला।'

सबके सब हो-हो करते हुए, पाइप पर आ खड़े हुए। इसी बीच गाड़ी एकदम सामने आकर खड़ी हो गई।

विष्णुपद राय कदमफूली के खानदानी ज़मींदार वंश की अन्तिम पीढ़ी के व्यक्ति हैं। पीढ़ी के सिर्फ अन्तिम व्यक्ति ही नहीं, बल्कि वे अभागी और निकृष्ट सन्तान भी सिद्ध हुए थे। उनका शासन शुरू होते ही देश की आबोहवा अचानक बदल गई। जब उन्होंने नये ज़माने के साथ ताल मिलाकर चलना चाहा, तो एकाएक उनको लगा मानो छन्द-भंग हो गया है। मानो रात-रात ही वे इस युग से बहिष्कृत कर दिए गए हैं। उनको लगा कि लोग उनके पूर्वजों का जितना सम्मान करते थे, उतना उनका नहीं करते। उन्हें याद है कि अभी उस दिन तक तो गांव के बच्चे से लेकर बूढ़े-बूढ़ी तक उन्हींके इशारों पर उठते-बैठते थे। पर अब वह बात नहीं रही। अब रास्ते में किसीसे आमना-सामना हो जाता तो लोग सिर अवश्य झुकाते थे, पर सम्मान सहित नहीं। अब तो ऐसा लगता था कि लोगों का सिर न झुकाना ही उन्हें अधिक खुश रख सकता है।

विष्णु बाबू सब समझते थे। इसीलिए जहां लोगों की भीड़ देखते, वहां से यथासंभव बचने की कोशिश करते थे। वे अपनी इज़्ज़त अपने ही हाथों बनाए रखना चाहते थे।

लेकिन यह हीरक गुप्त ?

यह लड़का उन्हें प्रायः ही याद आता रहता। आज भी उसीकी याद आ रही थी। आजकल तो ज़रा-सा एकान्त मिलते ही अनायास ही वही सब बातें याद आ जाती हैं। अन्नपूर्णा उनकी एकमात्र सन्तान थी। जो सर्वनाश विकास गुप्त खुद न कर सका, वह उसका लड़का हीरक गुप्त कर गया। सर्वनाश भी कहीं से एकाएक तो टपक नहीं पड़ता। उसके अंकुर तो अंधेरे की गहराइयों में बहुत पहले से ही पनपते रहते हैं।

विष्णु बाबू एक दिन विकास गुप्त को सावधान भी कर चुके थे। उन्होंने कहा था, 'तुम्हारी पत्नी गई, तुम्हारी लड़की गई, लड़का गया। सब कुछ खोकर भी तुम अपने मन को पवित्र नहीं कर सके, विकास! भगवान नाम की कोई शक्ति हमारे सिर पर है—यह तो तुम मानते हो, या यह भी नहीं मानते ?'

विकास ने कहा था, 'तो मैं यह कब कहता हूं कि आप ब्याज़ की समूची रकम छोड़ दीजिए। मैं तो सिर्फ यह कहता हूं कि थोड़ा कम कर दीजिए।'

'देख, गुप्त! तू मेरा मूल-सूद दे या न दे, मुझे उससे कुछ फर्क नहीं पड़ता। भगवान ने मुझे बहुत दिया है। लेकिन सभी से तू जो यह कहता फिरता है कि मैं तुझपर अन्याय करता हूं, जुल्म करता हूं...'

उस दिन यह बात सुनकर विकास गुप्त स्तम्भित रह गया था। उसने कहा था, 'जिसने आपसे यह बात कही है, वह मेरा और आपका दोनों का ही नुकसान कर रहा है।'

'मेरा नुकसान?' विष्णु बाबू उस दिन ठहाका मारकर हंस पड़े थे। फिर गिरि गोविन्द को बुलाकर कहा था, 'अरे, गिरि गोविन्द! सुन, सुन तो ज़रा, गुप्ता क्या कहता है! देख न, कहता है कि मेरा नुकसान होगा! अरे, जब तक भगवान मेरा कुछ बुरा नहीं चाहेंगे, तब तक किसी माई के लाल में मेरा अहित करने की ताकत नहीं है। समझे, गुप्त? मैं भाग्यवादी हूं। मेरा अहित करने की ताकत मनुष्य मात्र में

नहीं है।'

विष्णु बाबू ने यह बात बड़े घमंड के साथ कही थी। उन्होंने यह बात केवल विकास गुप्त से कही हो, ऐसी बात नहीं। उस समय तो उनकी ज़ुबान पर हर वक्त यही बात रहती थी। पर वे भी इस बात की कल्पना कैसे करते कि उनकी बेटी अन्नपूर्णा ही उनका सबसे अधिक सर्वनाश करेगी? अगर यह मान भी लें कि उन्होंने विकास गुप्त के साथ अन्याय किया था, तो उसके लड़के को अपने घर में आश्रय देकर उसका प्रायश्चित्त भी तो कर लिया था उन्होंने। उनकी पत्नी भी उस दिन खुश ही हुई थी। विष्णु बाबू ने कहा था, 'हीरक को यहीं रहने दो। यों भी तो कितनी ही चीज़ें गृहस्थी में बरबाद हो जाती हैं फिर इस अकेले के लिए ही भला कितना खाना बरबाद होगा?'

अतः पहले-पहल जब उन्होंने उसको अपने घर में लाकर रखा था, तब सोचा भी नहीं था कि गुप्त-वंश का यह बित्ते-भर का लड़का किसी दिन सिर उठाकर बात करेगा। वह क्या खाता, कब खाता, कहां रहता, कहां सोता, इन सबकी जानकारी रखने की विष्णु बाबू को आवश्यकता भी नहीं थी। पर नज़र की प्रोट में विश्व-ब्रह्माण्ड के अनगिनत ग्रहों, नक्षत्रों, तारकों के प्रलय के दृश्य छुपे रहते हैं, इसकी तो शायद सपने में भी कल्पना नहीं की थी उन्होंने।

वही 'अन्न' लोगों की नज़रों से बचकर, एक दिन उस नाबालिग हीरक गुप्त के कमरे में आ उपस्थित हुई थी। कहा, 'तो तुम छिप-छिपकर बीड़ी पीते हो?'

उस ज़माने की वह लड़की अन्न बहुत चालाक थी।

हीरक ने पूछा, 'कौन कहता है? किसने कहा तुमसे कि मैं बीड़ी पीता हूं?'

'फिर झूठी बात! मैंने स्वयं अपनी आंखों से तुम्हें बीड़ी पीते हुए देखा है और अनजान बनकर कहते हो, कि नहीं पीता!'

हीरक ने राय-परिवार के घर के एक कोने में अपना साम्राज्य स्थापित कर रखा था। वहां उसको खाना मिलता है या नहीं, वह ठीक

से सो पाता है या नहीं, अथवा पढ़ाई-लिखाई करता है या नहीं, आदि बातें उन दिनों उससे पूछने वाला कोई नहीं था।

अन्न ने वहीं से चीखकर अपनी मां को पुकारा, 'मां, मां, ओ मां···!'

अचानक इस तरह चिल्लाकर बुलाने की क्या ज़रूरत आ पड़ी, यह जानने के लिए ताई तुरन्त दौड़ी आई। पूछा, 'क्यों, क्या हुआ री? इतनी चीख क्यों रही है?'

'यह देखो न, मां? गुप्त-परिवार का लड़का छिप-छिपकर बीड़ी पीना सीख रहा है।'

ताई ने पलभर हीरक की ओर देखा। उसके बाद अपनी लड़की की ओर देखकर कहा, 'हीरक बीड़ी पीता है या नहीं, इससे तुझे क्या मतलब है? तू क्यों फिक्र के मारे मरी जा रही है! तू इसके कमरे में आई ही क्यों?'

हीरक बोला, 'नहीं, ताई! मैंने बीड़ी नहीं पी है। सच कह रहा हूं, मैंने बीड़ी नहीं पी है।'

ताई ने कहा, 'अगर तुम बीड़ी पीते भी हो बेटा, तो भी हम लोग तुम्हें मकान से तो निकाल नहीं रहे हैं। तुम जी भरकर बीड़ी पीओ, हमारा क्या?'

अन्नपूर्णा ने कहा, 'हां, मां! मैंने स्वयं देखा है, यह बीड़ी पीता है।'

'मुझे तूने बीड़ी पीते देखा है? कब देखा है, बता? तुझे बताना ही होगा।'

अन्न ने कहा, 'देखो न मां, स्वयं गलती करके मुझे झूठी साबित करना चाहता है! मानो एक यही अच्छा है और सारा दोष मेरा ही है।'

हीरक ने जवाब दिया, "झूठ बोलोगी तो क्यों नहीं कहूंगा? मैंने बीड़ी पी ही नहीं, फिर भी तुम मुझपर दोष लगा रही हो।'

ताई ने कहा, 'बात यह है, बेटा! मैं तुमसे बड़ी हूं। अतः एक बात कहती हूं। मेरी लड़की भला झूठ बात क्यों कहने लगी, बताओ तो?

उसे क्या फायदा है तुम्हारे नाम झूठा दोष लगाने से?'

अन्न बोल पड़ी, 'मैंने सोचा, भले घर का लड़का है। बीड़ी पीने से चरित्र नष्ट होता है, इसीलिए सावधान कर देने की गरज से कह दिया। पर, यह तो उलटे मुझे ही झूठी बना रहा है।'

ताई ने कहा, 'हां, तुम्हारी गलती तो है ही। वह चाहे बीड़ी पीए या शराब, चाहे चरित्र-भ्रष्ट हो या जो हो, तुम्हें इसमें दिमाग खपाने की क्या ज़रूरत है? तुम होती कौन हो उसकी? तुम उसके कमरे में आई ही क्यों? आज नहीं तो कल तुम्हारी शादी होगी, फिर पराए घर जाओगी। इन सब पचड़ों में पड़ने की तुम्हें क्या ज़रूरत है?'

'अन्न ने कहा, 'ठीक है, अब कभी नहीं कहूंगी। इस बार मुझसे गलती हो गई।

घटना की शुरूआत तो इस प्रकार हुई थी, लेकिन उस दिन किसीने भी हीरक को अपनी सफाई में बोलने का मौका नहीं दिया। साथ ही इस घटना को लेकर किसीसे चर्चा भी नहीं हुई। जब सारी मिल्कियत ही छिन गई, तब आश्रय की उम्मीद उनसे ही तो की जाएगी, जिनके पास उसकी सम्पत्ति रेहन है। उसे आश्रय या रोटी अगर न भी दें, तो भी कुछ कहने लायक मुंह उसका नहीं है।

उसके कुछ दिन बाद ही फिर एक झंझट उठ खड़ा हुआ।

वह अपने कमरे में घुस ही रहा था कि अन्न को उसने अपने कमरे से बाहर निकलते देखा।

हीरक ने पूछा, 'कुछ ढूंढ़ रही थी?'

अन्न ने जवाब दिया, 'नहीं।'

'तो फिर इस कमरे में क्यों घुसी?'

'हाय राम, तुम्हारे कमरे में जाने भर से ही तुम मुझे चोर कह रहे हो? क्या मैंने तुम्हारा कुछ चुराया है?'

हीरक ने कहा, 'मैंने तुम्हें चोर कब कहा?'

'तुम्हारे कहने का मतलब तो यही था। और क्या कोई किसीको स्पष्ट रूप में चोर कहता है?'

हीरक ने कहा, 'देखो, चिल्लाना मत। अगर ताई ने सुन लिया तो फिर हंगामा खड़ा कर देंगी। मैं तुमसे माफी चाहता हूं। बस आज से तुम्हें कुछ नहीं कहूंगा।'

'इसका मतलब? तुम मुझे चोर कहकर बदनाम करोगे और मैं चुप रह जाऊंगी? मुझे ऐसी-वैसी लड़की मत समझना। सिर्फ मां ही क्यों, पिताजी भी आ जाएं, तो क्या है? मुझे किसीका डर नहीं पड़ा है। मैं हर बात साफ-साफ कहनेवालियों में से हूं। कहते-कहते उसकी आवाज़ जो सप्तम स्वर पर पहुंची तो ताई आ उपस्थित हुईं।

आते ही बोलीं, 'क्या हुआ अन्न? बात क्या है?'

'देख न मां, इसका कमरा बहुत गन्दा था। मैं ज़रा सफाई करने को घुसी थी कि यह अचानक आ गया और मुझपर चोरी का इल्ज़ाम लगाने लगा। कहता है कि मैं इसके कमरे में घुसकर जाने क्या चुरा रही थी?'

ताई ने पूछा, यह क्या बात है, भई? तुम ऐसी बात भी कह सकते हो? मेरी ही लड़की के नाम तुम ऐसा इल्ज़ाम लगा रहे हो?'

हीरक ने कहा, 'मैंने इसे चोर नहीं कहा था, ताईजी!'

'तो तुम यह कहना चाहते हो कि तुमने अन्न को कुछ नहीं कहा, यह अन्न ही तुमपर झूठ-मूठ दोष लगा रही है? तुमसे कुछ लेना-देना नहीं, कोई मतलब नहीं; फिर तुम उसे चोर क्यों कहते हो? और फिर तुम्हारे कमरे में कौन-सा सोना-चांदी बिखरा पड़ा है, जो वह चुराकर ले जाएगी?'

हीरक से अब और चुप नहीं रहा गया, अत: बोल पड़ा, 'ताईजी! सारा कसूर मेरा ही है। मैं आपसे माफी मांगता हूं।'

परताई यूं सहज में ही छोड़ देने वाली जीव नहीं थी। बोली, 'ऐसा कहकर तुम जीत जाओगे, यह नहीं हो सकता, बेटा! कसूर अगर मेरी लड़की का होता तो क्या तुम सोचते हो कि मैं उसे क्षमा कर देती? मेरे लिए तो अपना-पराया सब एक-बराबर है।'

यह कहकर पिछली बार की तरह यह झगड़ा भी खत्म कर दिया

गया।

पर अन्नपूर्णा शायद विचित्र धातु से बनी हुई थी। खुद को भी वह उसी तरह यंत्रणा देती रहती। नहीं तो गांव के और लड़के-लड़कियों के साथ मिलकर वह यमपोखर-पुण्यपोखर आदि घुमने में भी तो समय बिता सकती थी।

विष्णुपद राय गांव के प्रतिष्ठित व्यक्ति थे। जिस तरह गांव के लोग उनका सम्मान करते और उनसे डरते थे, घर के लोगों में भी वही बात थी। वे अपनी पुरानी इज़्ज़त, आबरू, सम्मान एवं ज़मींदारी के कानून-कायदों को कायम रखे सदर बैठक में बैठे रहते और उनके सामने मुनीम-गुमास्ते नाज़िर-कचहरी,तिजारत-महाजनी आदि-आदि बहुत-सी उलझनों का मुखौटा ओढ़े रहते। वहां पर प्रवेश करने का अधिकार हरेक को नहीं था, यहां तक कि परिवार के सदस्यों को भी नहीं। इसी तरह, उनके महल के अन्दर भी झांकने का अधिकार किसीको नहीं था। यहां तक कि उनकी गृहस्थी के भण्डार-घर, रसोईघर एवं गौशाला आदि में कहां क्या हो रहा है—यह खबर रखने की स्वयं वे भी ज़रूरत महसूस नहीं करते थे।

उस दिन दो हज़ार रुपयों में विकास गुप्त की सारी ज़मीन-जायदाद खरीदकर, उन्होंने समझा था मानो कोई नियामत पा ली हो।

पर उन्हें यह पता नहीं चल सका कि उनकी गृहस्थी के भंडार में सेंध लगाकर न जाने कौन व्यक्ति कौन-सी अमूल्य सम्पत्ति चोरी कर ले गया!

अचानक एक दिन राय महोदय के घर में हलचल मच गई। कदमफूली जैसे साधारण एवं अज्ञात गांव में इस प्रकार की हलचल प्राय: नहीं दिखाई पड़ती। परन्तु राय साहब की पत्नी की हिम्मत का भी क्या कहना है! इतनी बड़ी कलंकपूर्ण घटना को भी इस प्रकार दबा दिया कि किसी कागचिड़ी तक के कानों में भी भनक नहीं पड़ी।

इस घटना का अगर पता भी था तो सिर्फ हीरक एवं अन्नपूर्णा को ही।

मां की आंखों में धूल झोंकना क्या इतना सहज था? एक दिन तो ताई ने रंगे हाथों ही पकड़ लिया था। बहुत रात गए अन्नपूर्णा हीरक के कमरे में आई थी। वह समय राय-परिवार के गहरी नींद में डूबे रहने का होता था। पर ताईजी शायद किसी विशेष कार्यवश ही बरामदे की ओर आई थीं। कोई एक चौंका देने वाली आवाज़ सुनते ही बोलीं, 'कौन है?'

पर कोई आवाज़ नहीं आई।

मकान के पिछवाड़े बांस के झुरमुट पर एक उल्लू चीख पड़ा।

ताईजी ने फिर आवाज़ दी, 'कौन है वहां?'

उस वक्त हीरक अपने कमरे में खड़ा थर-थर कांप रहा था। कभी न कभी ऐसा होना ही था, यह आशंका हीरक को बहुत पहले से थी। बहुत बार उसने कहा भी था, 'अगर ताईजी ने देख लिया तो आफत आ जाएगी।'

अन्न कहती, 'ज़्यादा होशियार बनने की कोशिश न किया करो।'

'पर फिर भी तुम यहां आती ही क्यों हो? बार-बार मुझे किसी मुसीबत में डाले बिना क्या तुम्हें चैन नहीं मिलता?'

अन्न ने कहा था, 'मैं क्या झूठ-मूठ ही तुम्हें मुसीबत में डालती हूं? क्या तुम बीड़ी नहीं पीते?'

हीरक ने जवाब दिया, 'अगर मैं बीड़ी पीता तो मेरे मुंह से गंध आती, जानती हो न? क्या मेरे मुंह से गंध आती है?'

'दिखाओ, देखूं कि तुम्हारे मुंह से गंध आती है या नहीं?'

हीरक ने मुंह पूरा खोल दिया, और अन्न अपनी नाक उसके मुंह के नज़दीक करके बोड़ी की गंध सूंघने लगी। बोली, 'देखूं तो ज़रा! मुंह से सांस फेंको। फेंको न सांस!'

पर यह सब कुछ नहीं करना पड़ा हीरक को। उसके पहले ही जो होना था, वह हो चुका।

हीरक को लगा मानो उसके दिमाग पर किसीने वज्राघात किया हो। कुछ देर तो उसके मुंह से कोई आवाज़ ही नहीं निकली।

आखिर वह बोला, 'तुम इस कमरे से चली जाओ।'

'क्यों? क्यों चली जाऊं? मैंने क्या किया है?'

हीरक ने कहा, 'आखिर दोषी मैं ही ठहराया जाऊंगा, जबकि...'

'जबकि, क्या?'

'जबकि मैंने तो कुछ किया ही नहीं है। पर झूठभूठ की डांट सुनने के लिए मुझे ही पकड़ा जाएगा। ताईजी मुझे ही डांटेंगी। तुम्हारी पलड़ा भारी है, और मैं हूं अकेला।'

बस ऐसे ही रोज़ होता था। अन्न को अच्छा तो बहुत लगता, पर डर भी कम नहीं लगता था। उस घर में हीरक की हैसियत एक दास से अधिक नहीं थी। दूसरों की दया पर ही आश्रित था वह। दुनिया में इसी आश्रय और दो जून दो मुट्ठी अनाज के लिए ही मनुष्यों में इतना विरोध, इतना विश्वासघात एवं झगड़ा रहता है।

और अन्त में उस दिन ताईजी ने उन्हें पकड़ ही लिया।

बोलीं, 'अरी, अन्न! तु यहां कैसे? इतनी रात गए क्या कर रही थी यहां?'

उस दिन जब अन्न को और कोई उपाय न सूझ पड़ा तो वह बोल. पड़ी थी, 'हीरू दा ने बुलाया था।'

'हीरू ने बुलाया था। किसलिए बुलाया था? कहां है हीरक?' कहते-कहते ताई हीरक के घुप्प अंधेरे कमरे में घुस पड़ी थीं, और पुकारने लगी थीं, 'हीरू! हीरू!! कहां है हीरू?'

और हीरक कमरे के एक कोने में छिपा हुआ खड़ा था।

'कहां हो, हीरू? जवाब क्यों नहीं देते?',

ताईजी का स्वर तब तक सप्तम स्वर तक पहुंच चुका था। हीरक को डर लगने लगा। अगर ताईजी उसे पकड़ लेंगी, तो? अगर सभी जाग जाएंगे, तब?

'अरे, जवाब क्यों नहीं दे रहे? कहां हो तुम?'

लेकिन तब भी हीरक कोई जवाब नहीं दे सका। पर ताईजी छोड़ देने वाले लोगों में नहीं थीं। उसी घोर अंधेरे में ताईजी कमरे के कोने

की ओर बढ़ीं, और हीरक के बालों को मुट्ठी में कसकर उसे बाहर घसीट लाईं।

बोलीं, 'क्यों? जवाब कैसे नहीं दे रहे हो? बोलो, अन्न को क्यों बुलाया था यहां?'

हीरक चुप रहा। प्रतिवाद करने की भाषा भी मानो खो गई थी उसकी।

ताई उसी तरह उसके बालों को मुट्ठी में भींचे पूछ रही थीं, 'दूध-केला खिला-खिलाकर क्या तुम्हें ऐसा सर्वनाश करने के लिए ही पाला था? निकलो, इसी वक्त निकल जाओ यहां से।'

उस वक्त कदमफूली में गहरी अंधेरी रात थी। हीरक ने अपनी सफाई में कुछ कहने की कोशिश भी की, पर ताई उसे कुछ कहने का मौका देतीं तब न!

हीरक ने सिर्फ इतना ही कहा, 'ताईजी मैं चला जाता हूं। आप मेरे बाल छोड़ दीजिए। मैं अभी चला जाऊंगा।'

लेकिन जाने भी नहीं देंगी, और निकल जाने के लिए डांटेंगी भी! हीरक की हालत बहुत ही दयनीय थी।

उसी दिन आधी रात को हीरक कदमफूली गांव को छोड़कर चला गया। शरीर पर पहने हुए कपड़ों के अलावा और कोई कपड़ा, कम्बल, तकिया, गंजी, कमीज़, जूते, कुछ भी नहीं था उसके पास। सिर्फ पहने हुए कपड़ों में ही राय-परिवार का घर छोड़कर हीरक चला गया। असहाय एवं साधनहीन दशा में, सूने पथ को संगी बनाकर हीरक बारहदरी वाले रास्ते से निरुद्देश्य चलता हुआ कलकत्ता पहुंच गया था।

और कितने ही सालों बाद लौटकर आया था वह।

तब उस हीरक को पहचानना ही मुश्किल था। तब तक कदमफूली में भी अनेक परिवर्तन हो चुके थे। कदमफूली से लेकर नैनागंज तक हाई-वे बन गया था। नई खरीदी कार द्वारा नये बने हाई-वे पर चलकर हीरक सीधा राय के मकान तक आ पहुंचा था।

उस दिन तो उसे विष्णु बाबू भी नहीं पहचान सके थे।

चश्मा उतारकर पूछा, 'कौन? कौन हो तुम?'

हीरक ने जवाब दिया था, 'आप मुझे नहीं पहचान सकेंगे। मेरा नाम हीरक है।'

'हीरक?'

'जी हां। मेरे पिताजी का नाम ईश्वर विकास गुप्त था। मैं उन्हीं का लड़का हीरक गुप्त हूं।'

इस बीच विष्णु बाबू एकदम स्तम्भित हो चुके थे। क्या करें, क्या न करें, उनकी कुछ समझ में ही नहीं आ रहा था। खुश हों या गुस्सा दिखाएं या चौंक उठे, कुछ भी नहीं सोच पाए। आखिर कोई उपाय न देख पूछ बैठे, 'हां, तो अब तुम कैसे हो?'

'ठीक हूं।'

उसके बाद शायद बाहर खड़ी नई कार पर उनकी नज़र पड़ी, तो पूछा, 'वह कार किसकी है? तुम्हारी है? क्या तुम इसी गाड़ी द्वारा आए हो?'

'जी···हां, वह गाड़ी मेरी ही है। सत्रह हज़ार रुपये देकर खरीदी है, और उसी गाड़ी पर चढ़कर आपसे मुलाकात करने आया हूं।'

'ठहरे कहां हो?'

'कहीं नहीं ठहरा हूं मैं। और कहीं ठहरने की ज़रूरत भी नहीं पड़ेगी। गाड़ी में मेरा ड्राइवर है। उसके पास फ्लास्क में कॉफी है, कुछ फ्रूट्स हैं। अब मैं ठहरूंगा तो अपने ही मकान में।'

'अपने मकान में? मतलब,अपने पैतृक मकान में?'

'जी हां, आपके पास मेरी पैतृक जायदाद की जो मार्टगेज ड्यू है, उसे क्लीयर कर देना चाहता हूं।'

'क्लीयर करना चाहते हो?'

'जी, देना तो बहुत दिनों से बाकी है ही। और फिर जितने दिन बीतते हैं, उतना ही सूद भी तो बढ़ता जाता है न, इसीलिए सब कुछ क्लीयर कर देने को आया हूं।'

तब तो मानो विष्णु बाबू के आश्चर्य का ठिकाना ही नहीं रहा।

हीरक को उन्होंने आपाद-मस्तक देखना शुरू किया। कीमती शर्ट, पैंट, टाई—सब चीज़ों को वे अपनी नज़रों से परखने लगे। सचमच, क्या यह वही हीरक है? क्या यही विकास गुप्त का लड़का है? उन्हें मानो आंखों पर विश्वास करने की इच्छा नहीं हुई। इतने दिन तो इसे-खाने-पहनने को भी नहीं मिलता था। उन्हें अच्छी तरह याद है कि बाप के बाद उन्होंने दया करके इसे आश्रय दिया था।

उनके घर में वैसे भी तो कितनी ही गायें, बकरियां, दाइयां, नौकर आदि पल रहे थे—उनकी ही तरह यह भी पलता रहेगा; यही सोच-कर उन्होंने इसे घर में आश्रय दिया था।

और उसके बाद?

उसके बाद एक दिन पत्नी से पूछा था, 'वह छोकरा कैसा है? क्या करता रहता है आजकल? इधर दिखाई नहीं दिया?'

"किसकी बात कह रहे हैं?'

'अरे वही, विकास गुप्त का लड़का?'

'उसको मैंने विदा कर दिया है।'

'क्यों? विदा क्यों कर दिया? कब विदा कर दिया? मुझे तो मालूम ही नहीं है? तुमने मुझे बताया भी नहीं?'

'बस, मेरी खुशी! मैंने विदा कर दिया। अब कभी तुम इस तरह किसीको घर मत लाना।'

'क्यों, क्या किया था उसने?'

पहले यह पूछो कि क्या नहीं किया उसने? दूध और केला खिला-खिलाकर तुमने घर में सांप को पाल रखा था।'

'क्या कहती हो तुम? किसके हुक्म से तुमने उसे निकाला? मुझसे एक बार पूछा तक नहीं? क्या मैं इस घर में कुछ भी नहीं हूं? उसको घर में मैं लाया था। और रखना उचित है या अनुचित, यह मैं ही समझ सकता था। उसको निकालने वाली तुम कौन होती हो?'

पत्नी के साथ उनका उस दिन खासा झगड़ा हुआ था। पत्नी ने कहा था, 'तुम अपनी बाहरी बैठक में बाहर के लोगों में ही मस्त रहते

हो। घर में क्या हो रहा है, यह किसी दिन भी जानने की कोशिश की है तुमने? फिर आज ही जानने की क्या ज़रूरत आ पड़ी है? मैंने जो कुछ भी किया, ठीक किया है। तुम्हारी तकदीर अच्छी है कि मैंने आत्महत्या नहीं की।'

कहकर पत्नी वहां और खड़ी नहीं रही। एकदम से भीतरी कमरे में अदृश्य हो गई।

पर उस दिन भी वे नहीं जान पाए कि और कितना बड़ा सर्वनाश उनकी प्रतीक्षा कर रहा है। वे तो हरदम रुपये, तिजारत, महाजनी, लोग-बाग, धान-चावल, धन-सम्पत्ति वगैरह में ही रमे रहते थे। घर के बारे में उन्हें कुछ भी सोचने का समय नहीं मिलता था। उनके लिए सिर्फ पत्नी ही नहीं, शायद अन्नपूर्णा भी घर की अन्य महत्त्वपूर्ण वस्तुओं में से एक थी। बस, इससे अधिक कुछ नहीं।

पर ये सब पुरानी बातें हैं। इतने दिनों में वे सारी पीड़ा एवं जुदाई वगैरह भूल चुके थे। उसके बाद से उनका शरीर टूटता चला गया था। वायु, सर्दी, जुकाम, कफ ब्लडप्रेशर, डायबटीज आदि में वे इस कदर उलझे रहे कि अतीत की सारी बात प्रायः भूल ही गए थे। डॉक्टरों ने सुबह टहलने को कहा था। अतः वे इसीमें मग्न थे।

सुबह टहलने जाते समय जिस-जिससे मुलाकात होती, वे सभी उनके सम्मान में सिर झुकाकर प्रणाम करते। इतने से ही उनको परम संतोष मिल जाता था कि सचमुच लोग अब भी उनका सम्मान करते हैं। मन ही मन वे बहुत खुश होते। वह जमाना गया, उस ज़माने की आबोहवा, सुख-शांति, धन-दौलत सब कुछ गए—पर इज़्ज़त-आबरू अब भी है, यह जानकर सचमुच उन्हें खुशी ही होती थी।

ठीक उसी वक्त हीरक पहुंचा।

उन्होंने कहा, 'अब तुम्हारे पास काफी रुपये हो गए हैं, यह मुझे पता है; और यह बहुत खुशी की बात है। पर बाप का कर्ज़ चुकाना सुपुत्र का काम है।'

हीरक ने जवाब दिया, 'जी हां, मैंने भी यही तय किया है कि आपके

सारे रुपये मैं चुका ही दूं।'

अब विष्णु बाबू क्या कहें,—क्या करें यह उस क्षण सोच ही नहीं पाए। फिर क्षण-भर रुककर गिरि गोविन्द को आवाज़ दी। बोले, 'देख तो, गुप्ताजी का दस्तावेज़ कहां है?'

'जी, वह तो लोहे के सन्दूक में रखा है।'

'उसको निकाल लाओ।'

'चाबी दीजिए।'

विष्णु बाबू की सभी चाबियां कमर की डोरी में लटकी रहती थीं। वहां से चाबी निकालकर देते हुए वे बोले, 'तुम ज़रूर लायक बेटे हो; इसीलिए तुम्हारे बाप का कर्ज़ इस तरह अदा हुआ। लेकिन ब्याज तो बहुत ज़्यादा हो गया है, बेटा! एकसाथ इतने रुपये क्या तुम दे सकोगे?'

उसके बाद गिरि गोविन्द की ओर पलटकर बोले, 'ब्याज कितना हुआ है, गिरि गोविन्द? ज़रा हिसाब लगाकर बताना तो।'

फिर हीरक से बोले, 'बेटा तुम्हें ज़रा इन्तज़ार करना पड़ेगा, कारण हिसाब-किताब बहुत कड़ी चीज़ है न!'

उसे अच्छी तरह याद है कि उस दिन विष्णु बाबू ने कुछ मिठास-पूर्ण व्यवहार करने की कोशिश की थी। उसकी कार, रुपये एवं स्वास्थ्य देखकर फिर से घनिष्ठता स्थापित करना चाहते थे वे। पर हीरक के चेहरे का भाव देखकर अधिक बढ़ने की हिम्मत नहीं कर सके।

हीरक ने जवाब दिया, 'मेरे पास अधिक टाइम नहीं है। जो कुछ लेना-देना है, सब पूरा करने की गरज से ही मैं आज यहां आया हूं।'

अन्त में वे दो हज़ार रुपये सूद-दर-सूद बढ़ते-बढ़ते मूल एवं ब्याज सहित बीस हज़ार पर आकर ठहरे।

विष्णु बाबू ने कहा था, 'जब तुम्हें सुविधा हो, रुपये दे जाना और साथ ही साथ दस्तावेज़ ले जाना।'

हीरक ने कहा, 'नहीं, मुझे इसी वक्त सुविधा है। इसी वक्त सारे रुपये दे सकता हूं। रुपये मैं अपने साथ ही लाया हूं।'

वह सारा मामला उस दिन आधे घण्टे में ही निपट गया था।

समूचे नकद रुपये चुकाकर हीरक ने अपने पैतृक मकान का दस्तावेज़ पॉकेट में ठूंसा और चला आया था।

9

यह लगभग पन्द्रह-सोलह साल पहले की कहानी है।

उसके बाद से हीरक की किस्मत का पासा पलट गया। जीविका की खोज में उसने कलकत्ता छोड़कर मद्रास में पड़ाव डाला था। सच मुच ही जिसको ज्वार कहते हैं, वही ज्वार पैदा हुआ था हीरक के मन में। धन का ज्वार, इज़्ज़त का ज्वार, अधिकार का ज्वार। लेकिन इसके बावजूद, उसे जब भी ज़रा-सा मौका मिलता वह कदमफूली अवश्य आता। और यहां आकर भरपूर धन खर्च करके अपने ऐश्वर्य का नगाड़ा पीटकर प्रचार करता। अपनी कार नैनागंज भेजकर विला सिता की सामग्री मंगाता। अपने पैतृक मकान की सारी खिड़कियां खोलकर रेडियो एवं रेडियोग्राम बजाता। उस घोर अंधकार के बीच अपने मकान को अलादीन के चिराग की भांति जगमगा देता। और अन्त में किसी एक दिन परिवार सहित गायब हो जाता, पर कहां चला जाता यह किसीको पता नहीं रहता।

वंशीवदन हीरक गुप्त के पिता के ज़माने का आदमी था।

रास्ते में मुलाकात होने पर कभी-कभी राय महाशय पूछ लेते, 'कसे हो भाई वंशीवदन?'

वंशीवदन प्रणाम करके कहता, 'जी आपके आशीर्वाद से सब कुशल है।'

'वेतन-टेतन तो ठीक समय पर मिल जाता है न?'

वंशीवदन कहता, 'जी, छोटे बाबू ने मेरा वेतन बढ़ा दिया है। यह

देखिए न, जूतों का यह जोड़ा खरीदने के लिए अलग से रुपये दिए थे। यह कमीज़ भी छोटे बाबू की ही दी हुई है। छोटे बाबू की दया से ही इस वक्त पेट भरकर खा रहा हूं।'

'ठीक है, ठीक है! हां तो कितना मिलता है इस वक्त तुमको?'

"जी पहले दस रुपये मिलते थे, पर अब तो बढ़ाकर तीस रुपये कर दिए हैं। दयालु दिल के हैं हमारे छोटे बाबू। किसीका दुःख-दर्द नहीं देख सकते।'

'अच्छा!' कहकर विष्णु बाबू चले जाते। उसके बाद वे खड़े नहीं रहते। ये सब बातें उनको सुनने में अच्छी नहीं लगती थीं।

हीरक ने पूछा था, 'वंशी, मुझपर राय महाशय इतने नाराज़ क्यों रहते हैं, बताओ तो? मैंने उनका क्या बिगाड़ा है? मैंने तो अपनी जानकारी में उनका कुछ नहीं बिगाड़ा है। उनका सारा रुपया सूद-दर-सूद बेबाक अदा कर दिया है।'

वंशीवदन कहता, 'जी, अब उनका पहले-सा शारीर भी तो नहीं रहा। भीतर ही भीतर टूट गए हैं वे, शायद इसीलिए ऐसा हो।'

'पर मैं तो उनके टूटने का ज़िम्मेदार नहीं हूं न?'

वंशीवदन ने कहा था, 'हां, यह तो सही है छोटे बाबू···इसके अलावा तकदीर का भी तो किसीको पता नहीं रहता।'

और धीरे-धीरे राज-मिस्त्री लगाकर हीरक गुप्त ने अपने मकान को फिर से प्रासाद बना दिया। विष्णु बाबू सुबह टहलने जाते समय अक्सर उस ओर एकटक निहारते जाते, और उसके बाद अचानक जब वंशीवदन से मुलाकात हो जाती तो फिर से पूछते, 'वंशीवदन, तुम्हारे छोटे बाबू अच्छी तरह तो हैं?' .

वंशीवंदन ठीक पहले की तरह ही भक्ति-भाव से प्रणाम करके कहता, 'जी हां मालिक, अच्छी तरह हैं?'

'हां तो, महीना-वहीना तो तुम टाइम पर पाते हो न?'

विष्णु बाबू भूल जाते कि यह प्रश्न उन्होंने पिछले दिन ही किया था।

पर वंशीवदन इस बात का उल्लेख न करके कहता, 'जी हां, वह तो मिलता है।'

'ठीक है, ठीक है, अच्छा है।'

कहकर वे लौट पड़ते। फिर वापस पलटकर पूछते, 'ज़रा बताओ तो मकान ठीक करवाने में कितने रुपये लगेंगे तुम्हारे छोटे बाबू के?'

वंशीवदन कहता, 'जी, वह तो मुझे ठीक नहीं मालूम।'

'फिर भी, अन्दाज़ से?'

'दस-बीस हज़ार तो अवश्य ही लगेंगे। आजकल सभी चीज़ों की कीमत बढ़ गई है न! सारा सामान आया भी तो कलकत्ता से है!'

'ठीक है, ठीक है। पर तुम्हारे छोटे बाबू जब इतना खर्च कर रहे हैं, तब फिर मकान खाली क्यों कर छोड़ा है? यहां तुम्हारे छोटे बाबू रहेंगे क्या?'

वंशीवदन कहता, 'नहीं हुज़ूर, छोटे बाबू इस निरे देहात में भला क्यों रहने आएंगे?'

'क्यों? क्या कदमफूली खराब जगह है? क्या हम लोग यहां नहीं रहते? तुम नहीं रहते? हम सब क्या इन्सान नहीं हैं?'

वंशीवदन जवाब देता, 'नहीं मालिक, यह बात नहीं है। पर छोटे बाबू अगर यहां रहें तो उनका कामकाज कौन संभालेगा? आप ही बताइए?'

'ऐसा कौन-सा राज-कार्य करते हैं तुम्हारे छोटे बाबू, जो यहां रहने से उसका सर्वनाश हो जाएगा?'

'जी, छोटे बाबू तो यही कहते हैं कि यहां रहने से उनका कारो, बार बिगड़ जाएगा।'

'अच्छा किस चीज़ का कारोबार है तुम्हारे छोटे बाबू का?'

'मैं तो यह सब जानता नहीं मालिक; पर सुना है कि लोहे-लक्कड़ का काम है।'

'लोहे-लक्कड़ का मतलब? तुम्हारे छोटे बाबू लोहे-लक्कड़ के मिस्त्री हैं क्या?'

'जी, मुझे ठीक-ठीक यह भी पता नहीं, पर सुना है कि छोटे बाबू के कारखाने में हज़ारों आदमी काम करते हैं।'

'कोई लड़का-बच्चा भी हुआ है तुम्हारे छोटे बाबू का?'

'एक लड़का हुआ है, पर वह भी तो यहां नहीं रहता।'

'यहां नहीं रहता? तो कहां रहता है?'

'जी, सुना है, विलायत गया है।'

'विलायत?' मानो विष्णु बाबू ने सुनने में भूल की हो। दुबारा पूछते, 'विलायत गया है? पर क्यों?'

वंशीवदन कहता, 'हुजूर, मैं नौकर हूं। भला, मुझे क्या पता?'

उसके बार विष्णु बाबू वहां खड़े नहीं रहते। उन्हें लगता, दो हज़ार रुपयों की मार्टगेज ड्यू को बीस हज़ार रुपयों में बेचकर भी मानो वे हार गए हों। वे दनदनाते हुए अपने घर की ओर बढ़ जाते।

ये सारी बातें हीरक ने वंशीवदन से कभी सुनी थीं; और आज कदमफूली आने के बाद लड़कों के चन्दा मांगने पर वे सारी बातें उन्हें फिर से याद हो आई।

अचानक वंशीवदन ने खबर दी, 'छोटे बाबू, गांव के लड़के आए है।

हीरक ने कहा, 'उनको ऊपर ले आओ।'

10

सत्य मल्लिक बारहयारीतल्ला में गुस्से से लाल हो बल खा रहा था।

गड़ाई नदी ऐसी कोई खास बड़ी नहीं थी, पर बरसात के दिनों में जब वह तेज़ हो जाती थी तो कदमफूली की ढालू ज़मीन डूब जाती

और जाड़े के दिनों में फिर सूख जाती। फरवरी के शुरूपात तक तो पैदल ही नदी पार कर उस पार जाया जा सकता है। सिर्फ टखने तक पर भीगते और कपड़े मामूली से ऊंचे करने से ही काम चल जाता।

लाहा बाबू का मकान बहुत दिनों से खाली पड़ा था। धूल-गर्द जम गई थी। पर निरापद और उसके साथियों ने मिलकर मकान की पूरी सफाई कर दी थी। राज-मिस्त्री लगाकर मरम्मत करवाने में ही कई सौ रुपये लग गए। टेबल-चेयर जितनी थीं, सब टूटी-फूटी! वह भी इधर-उधर के घरों से लाकर इकट्ठी की गई थीं। निपट देहात में भला किसके घर में बढ़िया फर्नीचर रहता है! पर फिर भी निरापद-दल ने दौड़-धूप करके मंजरी सेन के रहने लायक सुप्रबन्ध कर दिया था।

लेकिन सब देख-सुनकर सत्य मल्लिक ने कहा, 'यह क्या? यहां क्या मनुष्य रह सकता है?'

निरापद ही नैनागंज से उन्हें रास्ता दिखाते-दिखाते यहां तक ले आया था। वह वहीं खड़ा था। उसने कहा, 'आप तो जानते ही हैं कि यह निरी देहाती जगह है। आपकी चरण-रज यहां पड़ी है, इसीसे कदमफूली धन्य हो उठी है।'

'तुम लोगों के धन्य होने से तो हमारा काम नहीं चलेगा। आर्टिस्ट को अगर आराम नहीं मिलेगा तो वह 'प्ले' किस तरह करेगा? उसको तो हर प्रकार से 'कम्फर्ट' देना होगा। अगर हीरोइन का मिज़ाज ही बिगड़ गया तो मैं 'डायरेक्शन' किस तरह दूंगा? किसके द्वारा 'प्ले' कराऊंगा? बोलिए।'

निरापद चुप खड़ा रहा। उसके पीछे दल के अन्य लड़के खड़े थे। उनके मुंह से भी कोई बात नहीं निकली। सब सोच रहे थे कि सब मल्लिक के नाराज़ होने से तो काम नहीं चलेगा।

'स्टेज कैसा हुआ है?'

'जैसा आपने बताया था, वैसा ही हुआ है। आप एक बार स्वयं

चलकर देखिए न।'

'वह तो देखूंगा ही। ग्रीनरूम का अरेंजमेंट तो ठीक हुआ है न? और हां, हमारी हीरोइन के लिए एक सैपरेट मेकअप-रूम भी चाहिए।'

सुनकर सभी चुप रहे। निरापद को यह आशंका पहले से ही थी। कलकत्ता के आर्टिस्टों के साथ इसी तरह झंझट उठानी पड़ती है। मुहल्ले के लड़कों द्वारा 'प्ले' कराते, तो किसी प्रकार का झंझट नहीं होता। सब लड़के अपने-अपने घरों से ही आवश्यकतानुसार 'मेकअप' का सरंजाम ले आते।

फिर भी सत्य मल्लिक ने जो कुछ फरमाया, निरापद वह सब पुछ करने को तैयार हो गया। वह बोला, 'सर, हम देहाती लड़के हैं। इतना सब भला हम कैसे जानते? अब आप जैसा-जैसा कहेंगे, वैसा ही हम करते जाएंगे।'

'अब कब करेंगे? कल शाम को 'प्ले' है। इस बीच सब कुछ कर लोगे?'

निरापद ने कहा, 'आपके कहने भर की देर थी। हीरोइन के लिए हम लोग इसी वक्त एक अलग मेकअप-रूम तैयार कर देते हैं।'

'एक फुल साइज का बड़ा आईना भी होना चाहिए उस कमरे मे।'

'फुल साईज़ का आईना? यह तो सचमुच चिन्ता की बात है। 'न कुछ घंटों में ही इतना बड़ा आईना कहां से मिलेगा!'

'मुंह देखने वाले छोटे आईने से काम नहीं चलेगा?'

सत्य मल्लिक ने कहा, 'वह आईना देखते ही मंजरी सेन फेंककर फोड़ देगी। तुम लोग उसके स्वभाव से परिचित नहीं हो। मैंने तो पहले ही तुम लोगों से बता दिया था कि हमें मनपसन्द असबाब चाहिए।'

सिर्फ आईना ही नहीं, बहुत कुछ नये सिरे से बदलना पड़ेगा।

सत्य मल्लिक अपने दल के अन्य लोगों के मेकअप का पूरा सरं-

जाम अपने साथ लाया था। ड्रेस एवं ड्रेसिंग का सभी सामान रूपक पार्टी का था।

सत्य मल्लिक ने ऑडिटोरियम भी देखा। दो हज़ार लोगों के बैठने की व्यवस्था थी उसमें। सामने की तरफ चटाई बिछा दी गई थी। वहां लड़के-लड़कियां बैठेंगे। उसके बाद लम्बी-लम्बी दरियां बिछी थीं, जहां पुरुषों के बैठने का इन्तज़ाम था। शाल के लम्बे-लम्बे बांस लाल पट्टियों से लपेटे गए थे। उन बांसों पर बहुत बड़ी छावनी बनाई गई थी। यह सब इन्तज़ाम नैनागंज के डेकोरेटर से कराया गया था। जी-तोड़ मेहनत करके उन्होंने यह पंडाल सजाया था। वहीं अगल-बगल चिकें डालकर पर्दा भी बना दिया गया था, ताकि पार्टीशन के उस ओर भले घर की औरतें बैठकर नाटक देख सकें।

सत्य मल्लिक ने घूम-फिरकर सारा इन्तज़ाम देखा। ऐसा लग रहा था मानो इन्तज़ाम देखकर उन्हें खास खुशी नहीं हुई। पर बिल्कुल नापसन्द करने जैसा भी कहीं कुछ नहीं था। बोले, 'जैसा तुम्हारा देश है, उसी अनुसार हमें मैनेज करना पड़ेगा। पर हमारे आटिस्टों को प्ले करके खुशी नहीं होगी।'

निरापद ने कहा, 'हमारे यहां की 'ऑडियन्स' बहुत अच्छी है, सत्य दा। सभी चुपचाप ध्यान से देखेंगे-सुनेंगे, शोरगुल बिल्कुल नहीं करेंगे।'

'सो तो ठीक है, पर अधिक तालियां न बजें इसका ध्यान रखना। नहीं तो डायलॉग कोई नहीं सुन सकेगा। मुफस्सल की ऑडियन्स में यही सबसे बड़ा दोष आया जाता है।'

निरापद ने अभयदान दिया। बोला, 'ठीक है, उसके लिए हम पहले से ही सबको सावधान कर देंगे। हम बड़े-बड़े साइनबोर्ड भी टांग देंगे कि, 'कोई भी ताली न बजाए।'

सत्य मल्लिक ने निश्चिन्त होकर एक सिगरेट सुलगाई। फिर बोला, 'ठीक है, हम इतने में ही मैनेज कर लेंगे। पर हीरोइन के लिए एक सैपरेट मेकअप-रूम झटपट तैयार कर डालो। और हां, एक

आदमकद लम्बे आईने के लिए भी तो मैंने कहा था। याद है न?'

इतना कहकर सत्य मल्लिक सभा स्थगित करके चला गया।

11

शाम के समय निरापद अपने दल के लड़कों के साथ हीरक गुप्त के घर जा पहुंचा। बहुत दिनों बाद वे इस घर में आए थे। पहले कभी आए भी थे तो बाहर से ही चन्दा लेकर चले जाना पड़ा था। निरापद-दल जानता था कि हीरक दा के पास से खाली हाथ कभी नहीं लौटना पड़ता। फिर भी गुप्त साहब बहुत दिनों के बाद यहां आए थे। इसके अलावा, इस बार निरापद-दल का पहले से खर्च भी बहुत बढ़ गया था, अतः कलकत्ता की 'रूपक' पार्टी के नाम पर कुछ अधिक ही मांगना पड़ेगा।

जब वंशीवदन उनको बैठक में बैठाकर गया तो सभी अजरच में डूब गए। ऐसी बढ़िया सजावट वाला घर इस इलाके में तो क्या पूरे नैनागंज में भी नहीं होगा। बहुत दिन पहले यह हीरक गुप्त इसी कदमफूली में रहता था। यह सब सुनी हुई बातें हैं। लेकिन गांव के जो बड़े-बूढ़े हैं, उनको सब कुछ याद है। विकास गुप्त को उन्होंने दरिद्रावस्था में मरते देखा था। घर में पत्नी तो थी नहीं। शायद कोई विधवा मौसी या बुना थी भी, तो वह विकास गुप्त की मृत्यु के बाद न जाने कहां गायब हो गई थी। अन्त में सिर्फ यह लड़का ही अकेला पड़ा रह गया था। सभी उसको सीधे-साधे और लजीले लड़के के रूप में जानते थे। वह किसीसे भी अधिक मिलता-जुलता नहीं था। यों दूसरे लोग भी उससे खास घुलना पसन्द नहीं करते थे। अकेला ही किताब-कापियां लिए वह नैनागंज पढ़ने जाता। कदमफूली

के और लड़के जिस वक्त हुल्लडबाजी एवं खेल-कूद में मस्त रहते, उस वक्त विकास गुप्त का लड़का अकेला ही विष्णु बाबू के घर में लिखने-पढ़ने में मस्त रहता।

और फिर एक दिन वह लड़का भी पता नहीं कहां चला गया।

विष्णु बाबू का मुनीम गिरि गोविन्द कहा करता था, "लड़का कहीं भाग गया है!'

'भाग गया है? भाग जाने का मतलब?"

गिरि गोविन्द कहता, 'कौन जाने बाबा; मैंने तो एक दिन सुबह उठकर देखा कि कमरा खाली पड़ा है। कहीं कोई नहीं है। मालिक से जाकर कहा। मालिक बोले, 'भाग गया तो अच्छा ही हुआ।' पर खैर यही रही कि कोई माल-असबाब लेकर नहीं भागा। खूब ही बचे!'

यह सब कैसे और क्यों हुआ, यह कोई नहीं जानता।

फिर एक दिन अचानक वही हीरक गुप्त यहां कार में बैठकर आ उपस्थित हुआ। उस वक्त वह बहुत रुपयों का मालिक था। अनगिनत रुपये देकर उसने गिरवी रखा हुआ अपना पैतृक मकान छुड़ा लिया। फिर मकान ठीक-ठाक करवाया। इतने रुपये आखिर आए कहां से, यह कोई नहीं जान सका। अगर इस बारे में वंशीवदन से भी कुछ पूछा जाए तो वह भी कुछ नहीं बता सकेगा। हां, छोटे बाबू चाहे जहां भी रहें, वंशीवदन के महीने का रुपया ठीक समय पर मनी-आर्डर द्वारा आ जाता था।

वंशीवदन का भी यह स्वभाव था कि वह बहुत ही सावधानी-पूर्वक मकान की देखभाल करता, बगीचे को यत्नपूर्वक संभालता रहता। अचानक कभी छोटे बाबू कदमफूली में हाज़िर होते तो मकान बिलकुल जगमगा उठता था।

पर मकान का भीतरी भाग इस कदर खूबसूरत होगा, यह निरा-पद और उसके साथियों ने कभी नहीं सोचा था। सोचने का मौका ही नहीं मिला था। वंशीवदन किसीको घर में घुसने देने की बात तो दूर रही, बाग के फूल-फलों तक पर किसीका हाथ लगने नहीं देता था।

सबसे पहले खैंदा की ही नज़र पड़ी थी। बोला, 'यह रहा लम्बा आईना!'

निरापद ने भी उस तरफ देखा। इसके अलावा हरीपद, खोकन, हाबला आदि की भी नज़र एकसाथ उधर पड़ी। सभी साथ-साथ बोल पड़े, 'अरे! सचमुच!'

खैंदा ने कहा, 'यही मांग लेते तो कैसा रहता?'

इस बीच हीरक भी कमरे में आ पहुंचा था। उसके आते ही निरापद वगैरह सब उठ खड़े हुए। हीरक ने एक ड्रेसिंग-गाउन पहन रखा था। आते ही वह बोला, 'शायद तुम्हीं लोग सुबह भी आए थे?'

निरापद ने सबकी ओर से अगुआ बनकर कहना शुरू किया, सर, पहले हम लोगों को पता नहीं था कि आप यहां आए हैं। इसीलिए पहले यहां नहीं आ सके थे। हम सब कदमफूली के ही लड़के हैं। आपने हमारे गांव का नाम रोशन किया है, इसीलिए आपको अपने फंक्शन में पधारने के लिए आमंत्रित करने आए हैं।'

हीरक ने पूछा, 'किस बात का फंक्शन हो रहा है तुम लोगों का?'

'जी, हमारे 'संस्कृति-संघ' की ओर से सरस्वती-पूजा के उपलक्ष्य में नाटक होगा। बहुत रुपये खर्च करके कलकत्ता से 'रूपक-दल को बुलाया है हम लोगों ने। आपने रूपक का नाम तो ज़रूर सुना होगा?'

'रूपक? रूपक क्या?'

'जी कलकत्ता की नामी नाटक कम्पनी है 'रूपक'। वे लोग सहज हो ऐसी-वैसी जगह जाने को तैयार नहीं होते। हम लोग बहुत कह-सुनकर काफी खुशामद करके उनको यहां लाए हैं! कुल मिलाकर तीन हज़ार रुपये तो सिर्फ इस नाटक के लिए खर्च हो जाएंगे।'

'इतने रुपये किसने दिए?'

'हम लोग सभीसे चन्दा ले रहे हैं। टिकट भी बिक्री कर रहे हैं।'

हीरक ने एक सिगरेट सुलगाई और धुआं उड़ाते हुए बोला, तुम्हारे ज़मींदार महाशय ने कितना चन्दा दिया है?'

'उन्होंने पचास रुपये दिए हैं।'

'और मुझे कितने देने पड़ेंगे?'

'आप अपनी सामर्थ्य के अनुसार दया करके जो कुछ भी दे देंगे, वह हम सिर-माथे पर चढ़ाकर ले लेंगे।'

'मैं अगर पांच सौ रुपये दूं, तब तो तुम लोग खुश होगे न?'

निरापद की आंखों में कृतज्ञतावश आंसू भर आए। उसने शीघ्र नीचे झुककर हीरक गुप्त के पैर छू लिए।

'अरे! अरे! यह क्या कर रहे हो?' कहकर हीरक ने अपने पैर खींच लिए और वंशीवदन को पुकारकर भीतर से रुपये लाने को कहा। फिर निरापद की ओर देखकर बोला, 'देखो, मैं लोहे-लक्कड़ का कारोबार करता हूं। नीरस शुष्क वस्तु में से रस निकालना ही मेरा पेशा है। मैं नाटक-वाटक कुछ समझता ही नहीं हूं। साल के पूरे दिन मद्रास, दिल्ली और बम्बई आदि के चक्कर लगाने में ही बीत जाते हैं। कभी-कभार मौका पाकर कलकत्ता आता हूं तो समय निकाल-कर इधर चला आता हूं; और यहां मैं विश्राम पाने के लिए आता हूं, अतः नाटक-वाटक देखने में नहीं आ सकूंगा। रुपये तुम लोगों की सहायता करने के खयाल से दे रहा हूं, नाटक देखने की इच्छा से नहीं।'

निरापद चुप! उसकी ज़बान पर मानो कोई बात आकर अटक गई हो। इतनी आत्मीयता की उन लोगों ने अपेक्षा नहीं की थी।

वंशीवदन ने रुपये 'लाकर दे दिए। रुपये लेकर निरापद ने अपनी बैग में रख लिए। फिर बोला, 'हम आपकी इस दया का अहसान कभी नहीं भूलेंगे, सर!'

हीरक ने कहा, 'मैं चाहता हूं कि तुम लोगों का यह नाटक सक्सेस-फुल हो।'

'लेकिन पांच मिनट के लिए भी अगर आप पाते तो हम सब धन्य हो जाते!'

'मेरे पास समय नहीं है, भाई। इसके अलावा जैसा कि मैंने पहले कहा, मैं यहां सिर्फ आराम करने के लिए ही आता हूं। फिर भी, जब तुम लोग इतना कहते हो तो देखूंगा; अगर समय निकाल

पाया तो अवश्य आऊंगा।'

इसके बाद निरापद उठ खड़ा हुआ और बोला, 'यदि आप मानें तो आपसे एक अनुरोध और करूंगा, सर!'

'बोलो क्या बात है?'

'यह आदमकद आईना अगर एक बार आप हमें देते, तो बहुत अहसान होता।'

'क्यों? इसका क्या करोगे तुम लोग?'

'हमारा काम खत्म होते ही हम खुद आकर आपको यह आईना पहुंचा जाएंगे; यह हम वादा करते हैं। बात यह है कि हमारी हीरोइन का मेकअप-रूम तैयार हो रहा है। वहां एक ऐसे ही आईने की ज़रूरत है।'

'क्यों? क्या ऐसा आईना हुए बिना उसका मेकअप नहीं होगा?'

'जी, वह बहुत बड़ी और नामी हीरोइन है न! यहां तो दया करके 'प्ले' करने आ गई है। उसीको देखने के लिए तो आज हमारे यहां टिकट खरीदने की भीड़ लगी हुई है। उसका कहना है कि एक बड़ा आदमकद आईना हुए बिना वह 'प्ले' नहीं करेगी।'

'यहां ऐसा आईना और किसीके पास नहीं है?'

'नहीं। अगर होता तो आपसे हम ऐसा अनुरोध नहीं करते।'

'पर तोड़ तो नहीं दोगे?'

'नहीं, नहीं! इस बात की हम आपको गारंटी देते हैं। जैसे ही हमारा नाटक खत्म होगा, हम खुद आकर आपके घर पर इसे रख जाएंगे।'

'ठीक है। ले जाओ।'

निरापद और उसके साथी नमस्ते करके चले आए। बाहर आकर खैंदा बोला, 'मां कसम, आदमी बहुत ही अच्छा है। हमने तो सोचा था कि बहुत ही घमण्डी होगा।'

खोकन ने कहा, 'सारी बात नसीब की है, मेरे भाई। क्या था और क्या हो गया?'

हाबला ने कहा, 'फिर भी आदमी बड़ा हो या कुछ भी हो; दिल का भला है।'

निरापद ने कहा, 'यह सब बातें छोड़ो। चलो, अब यह देखा जाए कि 'ग्रीन रूम' कैसा बना है? अगर सत्य दा ने पसन्द नहीं किया तो बेड़ा गर्क समझो।'

बगीचा पार करते ही सड़क आ जाती थी। उनके सड़क पर पहुंचते ही माया ने कमरे में प्रवेश किया। बोली, 'क्या हुआ? एकदम से पांच सौ रुपये दे दिए उनको?'

हीरक ने जवाब दिया, 'हां, दे दिए।'

'बड़प्पन दिखाने के लिए ही दे दिए न?'

हीरक बोला, 'ऐसी बात नहीं हैं। सुना है, विष्णु बाबू ने सिर्फ पचास रुपये का चन्दा दिया है। इसीलिए मैंने पांच सौ रुपये दे डाले। और एक दिन के लिए अपना वह आईना भी उनके 'ग्रीन-रूम' के लिए दे दिया।'

'क्यों?'

'क्योंकि यह बात भी आखिर ज़मींदार साहब के कानों में ज़रूर पड़ेगी। भले वे खुद अपनी आंखों से न देखें, पर वे सुनेंगे ज़रूर कि मैंने इतना कीमती आईना उनको काम में लाने के लिए दे दिया।'

माया ने कहा, 'कहीं तोड़ तो नहीं डालेंगे वे लोग?'

'तोड़ेंगे क्यों भला? उनकी कोई हीरोइन आई है, जो बड़े आईने के बिना 'मेकअप' नहीं कर सकती।'

'तो क्या तुम उनका नाटक देखने जाओगे?'

'पागल हुई हो! मुझे खाने-पीने की तो फुरसत है नहीं और मैं उनका नाटक देखने जाऊंगा? तिसपर विष्णु बाबू जहां प्रेज़िडेण्ट हों? तौबा!'

वंशीवदन कमरे में आया तो हीरक ने उससे कहा, 'वे सब लड़के कुछ देर के बाद आकर यह आईना ले जाएंगे। उनको ले जाने देना। समझे? उनका काम हो जाने के बाद वे लोग स्वयं लाकर इसे यहीं रख

जाएंगे।'

हीरक इतनी बार कदमफूली आया था, पर इस तरह से कभी किसीने उससे कुछ नहीं चाहा था। उसने सोचा, चलो, यह भी अच्छा हुआ। सभीको पता तो चल जाएगा कि हीरक गुप्त के घर में कितने कीमती-कीमती फर्नीचर हैं! अच्छा हुआ। हां, बहुत ही अच्छा हुआ!

12

गड़ाई नदी के उस पार ही लाहा बाबू का मकान है। मकान बहुत दिनों से योंही पड़ा था। सभीने मिलकर उसको ठीक-ठाक किया और संवारकर उसमें सत्य मल्लिक एवं मंजरी सेन के रहने का इन्तज़ाम कर दिया। यहां पर लोगों की आवाज़ें, रांधने-पकाने की गंध या कोई और शोर-शराबा आदि मंजरी सेन के कानों तक नहीं पहुंच सकेगा।

पर पहले ही दिन सारी रात नींद नहीं आई मंजरी सेन को।

सत्य मल्लिक शुरू से ही कह रहा था, 'तुम्हें बहुत तकलीफ दी, मंजरी! मेरे लिए बहुत कष्ट सहने पड़े तुमको।'

मंजरी सेन को अपने जीवन में ऐसे बहुत-से दुःखों का सामना करना पड़ा था। अभिनेत्री-जीवन की शुरूआत में बहुतों की खुशामद भी करनी पड़ी थी। पर आज बलाई सान्याल तक उसको रानी की तरह आराम देने में सबसे आगे रहता है। किस वक्त मंजरी को क्या चाहिए, यह सब उसको कण्ठस्थ है। अगर मंजरी गरम पानी से न नहाए तो उसे सर्दी लग जाती है, यह बात बलाई सान्याल की यूनिट के सभी लोग जानते हैं। किसीके बगैर बताए ही मंजरी सेन के घर उसके जन्मदिन के उपहार पहुंच जाते हैं। वह समझ नहीं पाती कि लोगों को उसकी जन्मतिथि कैसे मालूम हो गई? और फिर उसके पास रुपये हैं। जिन

रुपयों के लिए एक दिन मंजरी सेन ने सभीके यहां धरना दिया था, उन सबके वे रुपये उसने लौटा दिए हैं। अब अगर वे रुपये देने आते भी हैं तो वह नहीं लेती। कहती है, 'नहीं, मैं रुपये नहीं लेती।' जबकि मंजरी सेन को वे लोग रुपये देकर धन्य हो जाते।

पृथ्वी पर मनुष्य के भाग्य से विचित्र और क्या वस्तु हो सकती है? रातों को अकेली सोई हुई मंजरी सेन बहुत बार अपने पूरे जीवन की परिक्रमा करती है। सुबह उठते ही उसे फिर स्टूडियो जाना पड़ेगा। पर सारी रात जागने के बाद भी जब वह स्टूडियो जाकर कैमरे के सामने खड़ी होती है, तो उसका चेहरा देखकर कोई यह नहीं कह सकता कि मंजरी सेन सारी रात सोई नहीं। वहां उसे हंसना पड़ता है, रोना पड़ता है; फिर हंसना पड़ता है और फिर रोना पड़ता है।

शूटिंग के समय जिस दिन बलाई सान्याल हाज़िर रहते,वे मैडम का अभिनय देखकर बहुत खुश होते। कहते, 'मैडम, आज तो आपकी एक्टिंग बहुत ही बढ़िया हुई!'

'आप फिर मेरी शूटिंग के समय सामने मत रहिएगा।'

'क्यों?' बलाई सान्याल मैडम की बात सुनकर डर जाते, 'मैंने क्या कसूर किया है?'

मंजरी कहती, 'आप तो सिर्फ रुपयों-पैसों का हिसाब-किताब करते रहते हैं।'

बलाई सान्याल कहते, तो क्या रुपयों का हिसाब नहीं करूं, मैडम? मेरा तीन लाख रुपया इस फिल्म में अटका हुआ है।'

मंजरी पूछती, 'और कितने लाख रुपये होने से आप खुश होंगे, बता सकते हैं?'

बलाई सान्याल हंसने लगते। हंसते समय वे बहुत ही गद्गद दिखाई पड़ते। कहते, 'आप सिर्फ मेरी आमदनी के रुपयों पर ही नज़र रखती हैं मैडम, पर कितनी ही फिल्मों में मुझे घाटा भी तो सहना पड़ा है, वह नहीं देखतीं आप?'

'आपको और घाटा? आपको तो बलाई बाबू, सोलहों आने लाभ

ही लाभ होता है।'

बलाई सान्याल कहते, 'आप भी क्या बात कहती हैं मैडम? जिस फिल्म में आप रहती हैं, खाली उसीमें लाभ हो जाता है; पर जिस फिल्म में आप नहीं रहतीं, वे सब फिल्में··· ? तब तो मैडम, बैठे-बैठे मक्खी मारनी पड़ती हैं!'

मंजरी कहती, 'ठीक है, आपको मेरे कारण यदि लाभ होता है, तो मुझे आप··· ?'

'आपको क्या चाहिए, मुंह से कहिए तो सही, मैडम?'

मंजरी पूछती, 'मैं जो मागूंगी, आप वही दे देंगे तो?'

पहले तो बलाई सान्याल डर जाते। फिर बगलें झांकते-से कहते, 'आप तो मेरे धंधे की लक्ष्मी हैं। अगर आप कुछ मांगें, तो भला मैं 'ना' कर सकता हूं?'

'तो फिर मुझे एक हीरे का नेकलेस खरीद दीजिए। देखूं, आप कितने दिलेर हैं!'

और सचमुच ही बलाई सान्याल ने एक फिल्म रिलीज़ होने पर मंजरी सेन को हीरे का नेकलेस खरीद दिया था। हीरे का नेकलेस बलाई सान्याल के लिए एक साधारण वस्तु से अधिक कुछ नहीं था। कारण, केवल उस एक फिल्म में ही बलाई सान्याल को पांच लाख रुपयों का लाभ हुआ था। मंजरी सेन जानती थी कि उसके दम पर ही कितने प्रोड्यूसर्ज, डिस्ट्रीब्यूटर्ज़ लाखों रुपये कमाते हैं और स्टुडियो के हज़ारों लोगों की जीविका चलती है। यह सोचने में मंजरी सेन को खुशी होती थी, हालांकि उसको इस बात का पूर्ण अहसास था कि इनमें से कोई भी यह नहीं जानता है कि खुद उसको रात-रातभर नींद नहीं आती और कितनी ही रातों की निद्राहीन निस्संगता उसके कितने ही उजालों को गहन अंधकार में डुबो देती है। उसे लगता कि ये रुपये, यह रूप, सब झूठे हैं। सब दिखावटी हैं।

पर दूसरे दिन जब सूर्य निकलता तो बात ही कुछ और हो जाती थी। दिन के उजाले में उसकी यात्रा रोज़मर्रा की तरह फिर आरम्भ

हो जाती। उसको फिर से साज सजाना पड़ता। फिर बाल संवारने पड़ते। उसके बाद लोगों के एकदम आमने-सामने जाकर खड़े भी होना पड़ता। फिर सौदेबाज़ी करके अपना मूल्य भी बढ़ाना पड़ता।

पर यह सत्य दा? इस सत्य दा के पास जाकर मंजरी सेन अपने को फिर बचपन के रूप में पा जाती थी। सत्य दा के सामने कोई बहाना या हीला-हवाला न चलता था उसका। सत्य दा कुछ भी कह दे, उन्हें 'ना' नहीं कहा जा सकता था।

बलाई सान्याल कहते, 'मैडम, मैं आपको इतने रुपये देता हूं, फिर भी आपका मन नहीं जीत सका। जबकि सत्य मल्लिक जो कुछ भी कहता है, ग्राप सिर झुकाकर ग्रहण कर लेती हैं!'

'ओह! तो आप अपनी तुलना सत्य दा से करते हैं?''

बलाई सान्याल कहते, 'मैं भी तो आपको कम रुपये नहीं देता, मैडम।'

मंजरी जवाब देती, 'आपके पास सिर्फ रुपये हैं, इसलिए आप रुपयों से ही सारी बातों को तौलते हैं। लेकिन जब मैं एक-एक रुपये के लिए इधर-उधर 'प्ले' करती भटकती थी, तब आप कहां थे? अगर सत्य दा ने मेरा इतना नाम न कर दिया होता, तो क्या आज आप मेरी इतनी खातिर और खुशामद करते?'।

इसके बाद बलाई सान्याल ने इस विषय को कभी नहीं उठाया। बलाई सान्याल ने अच्छी तरह समझ लिया था कि मैडम को रुपयों द्वारा वश में नहीं किया जा सकता। अगर उसे वश में करना ही है तो सिर्फ खुश करके ही किया जा सकता है।

पर मंजरी सेन का खुश होना भी क्या इतना सहज था? सारी पृथ्वी तो उसके विरुद्ध षड्यंत्र रचकर उसे नीचे गिराना चाहती है। सभी चाहते हैं कि उसकी दौलत खत्म हो जाए। उसकी ख्याति नष्ट हो जाए। उसका रूप-रंग विकृत हो जाए। इसीमें तो सबको खुशी मिलती। उन सबके विरुद्ध संघर्ष करते-करते, जूझते-जूझते उसने मन की शान्ति, रातों की नींद और दिन का चैन सब खो दिया। इतना सब होने के बाद

भला वह खुश हो भी तो किस तरह?

मंजरी सेन कदमफूली में आई है तो वह सत्य मल्लिक का ही साहस था कि वह उसे यहां ला सका है। अगर बलाई सान्याल होता तो क्या वह ला सकता था उसे?

मंजरी सेन खिड़की से बाहर देख रही थी। गड़ाई नदी के दोनों तटों पर सीवाल जम गई थी। कभी यहां पक्का घाट बना हुआ था। बाबू लोग इसी घाट पर नहाया करते थे। इसी नदी में बाबू लोगों की नौकाओं में माल आता-जाता था। लेकिन अब पक्का घाट टूट-फूटकर कई टुकड़े हो गया है।

मंजरी सेन ने सत्य दा से कहा भी था, 'सत्य दा, और इतनी जगहें होते हुए भी तुम मुझे यहां पर ही क्यों ले आए?'

सत्य मल्लिक ने कहा, 'क्यों? क्या तुम्हें कोई तकलीफ हो रही है यहां? मैंने इन छोकरों से कह दिया है कि हमारी हीरोइन को किसी तरह की भी तकलीफ हुई तो वह 'प्ले' नहीं कर सकेगी। यह सुनकर उन लोगों ने क्या कहा, जानती हो?'

मंजरी ने इस बात का कोई जवाब नहीं दिया। प्रश्न किया, 'क्या उन लोगों ने यहां खास मुझे ही बुलाना चाहा था?'

'वाह, तुम तो बहुत ही आश्चर्यजनक बातें करती हो? 'रूपक' का जो कुछ नाम-यश है वह सब तुम्हारे ही कारण तो है। तुम्हारे बिना तो 'रूपक' कुछ भी नहीं है।'

मंजरी ने कहा, 'मैं यह नहीं कह रही हूं। मेरा मतलब यह है कि क्या उन्होंने मुझे देखने के लिए ही रूपक-दल को यहां बुलाया है?'

'और नहीं तो क्या? दरअसल तुम्हीं तो यहां की 'मेन अट्रेक्शन' हो। यहां के बूढ़े, बच्चे, जवान सभी तुम्हें देखने के लिए छटपट कर रहे हैं। इसीलिए तो सारे टिकट बिक गए हैं। ज़रा-सा बाहर निकल कर देखो तो तुम्हें पता भी चले। आते समय मैंने रास्ते में देखा था कि तुमपर पहरा देने के लिए मोड़ पर पुलिस बैठा दी गई है। वरना तो अभी तक गांव के सभी लोग तुम्हारे इस मकान पर हमला कर देते।'

'मैं यहां आ गई हूं, इसका तो सभीको पता चल गया होगा?'

'पता चल गया होगा का मतलब? मैं तुम्हारी कम्पनी का डायरेक्टर हूं न, इसलिए मेरे पीछे लोग हाथ धोकर पड़े हुए हैं और तुमको सिर्फ एक नज़र भर देखने की रिक्वेस्ट कर रहे हैं।'

'पर आश्चर्य होता है कि इस गंवार देहात में भी मेरा इतना नाम है?'

सत्य मल्लिक ने कहा, 'अरे वाह! इसमें कौन-सी नई बात है? पांच मील दूर ही तो नैनागंज है। वहां सिनेमा हाउस है ही। वहां तुम्हारी फिल्में आती ही रहती हैं। क्या वे फिल्में किसीने नहीं देखी होंगी?'

मंजरी पता नहीं क्या सोचने लगी। फिर बोली, 'पता नहीं, मुझे क्यों डर लग रहा है, सत्य दा?"

'डर? डर किस बात का? पुलिस के पहरे का इतना ज़बरदस्त इन्तज़ाम हुआ है कि कोई तुम्हारे पास फटक भी नहीं सकेगा। मैंने उन सबसे कह दिया है कि गांव का कोई भी आदमी हीरोइन के घर की ओर न आने पाए। नहीं तो हमारी हीरोइन 'प्ले' नहीं करेगी।'

'नहीं, बात यह नहीं है। इसके लिए तो खैर पुलिस है ही।'

'तब फिर? फिर किस बात का डर है?"।

मंजरी ने कहा, 'यह निरा देहाती गांव है न, यहां।'

'क्या बात करती हो तुम? तुम समझती हो, इन लोगों में रसबोध नहीं है? नहीं भई, इस विषय में तुम्हें डरने की ज़रूरत बिल्कुल नहीं है। मैं खुद जाकर स्टेज देख आया हूं। तुम्हारे लिए एक सैपरेट मेकअप-रूम तैयार करने को भी कह दिया है। यह भी कह दिया है कि तुम्हारे मेकअप-रूम में एक बड़ा आईना भी होना चाहिए। पहले तो वे लोग कह रहे थे कि इतना बड़ा आईना उन्हें नहीं मिल पाएगा, पर मैंने ज्योंही कहा कि आईने बिना हमारी हीरोइन 'प्ले' नहीं कर पाएगी, त्योंही उन लोगों ने बड़े आईने का इन्तज़ाम भी कर दिया।'

'कहां से लाए इतना बड़ा आईना ये लोग? यहां किसके पास इतना

बड़ा आईना है?'

है भई, इस कदमफूली में भी बड़े लोग रहते हैं। मैं तो आईना देखकर अचरज में पड़ गया। कितना बड़ा है! सिर से पैर तक देखा जा सकता है। मैंने पूछा भी, यह किसके घर से ले आए? उन्होंने बताया तो पता चला कि उसका नाम हीरक गुप्त है।'

'हीरक गुप्त?'

13

न जाने बाहर कैसा शोर-सा उठा कि सत्य मल्लिक उठकर खड़ा हो गया। बोला, 'मैंने बार-बार उन लोगों को मना कर दिया था कि यहां किसी प्रकार का शोर नहीं होना चाहिए। परन्तु फिर भी···"

पुलिस से बचकर पता नहीं किस तरह कुछ छोकरे मकान के ठीक सामने तक आ धमके थे। पुलिस ने उन्हें पकड़ा, तो उन्होंने पुलिस के साथ झगड़ा शुरू कर दिया था।

सत्य मल्लिक आगे बढ़ आया। बोला, 'यहां क्या हो रहा है? किस बात का शोरगुल हो रहा है?'

देहाती गांव की पुलिस जो ठहरी! सो लाठी लेकर भीड़ को आगे बढ़ने से रोक रही थी।

'क्या हुआ है तुम लोगों को? इस तरह चिल्ला क्यों रहे हो?'

'सर, हम लोग एक बार मंजरी देवी को देखेंगे।'

सत्य मल्लिक ने कहा, 'जब वह थियेटर करेंगी, तब देखना। अभी हां? इस वक्त वे विश्राम कर रही हैं। तुम लोगों के कारण क्या वे विश्राम भी नहीं कर पाएंगी?'

सभी एकसाथ बोल पड़े, 'नहीं सर, हम उन्हें परेशान नहीं करेंगे,

हम सिर्फ एक बार उनको देखेंगे। हम लोग उनकी अभ्यर्थना करेंगे।'

किसी एक ने कहा, 'हम उनसे सिर्फ एक बार 'शेकहैंड' करेंगे।'

सत्य मल्लिक ऐसी घटनाओं से परिचित था। इनका मुकाबला किस तरह करना चाहिए, यह भी उसे पता था। बोला, 'कल सारी रात उनको नींद नहीं आई थी, इसलिए इस समय वे ज़रा सो रही हैं। क्या तुम लोग उनको ज़रा-सी देर सोने भी नहीं दोगे?'

'सर, हम लोगों के लिए उन्हें सिर्फ एक मिनट उठने के लिए कहिए। उस बरामदे के सामने आकर वे खड़ी हो जाएंगी। बस, हम लोग ज़रा जी भरकर उनको देख लें, फिर चले जाएंगे।'

सत्य मल्लिक ने पूछा, 'तुम लोग यहां मंजरी देवी को देखने आए हो, उसके लिए क्या तुम लोगों ने 'संस्कृति-संघ' के सेक्रेटरी से परमीशन लिया है?'

'सर, हम लोग 'संस्कृति-संघ' से कोई सम्बन्ध नहीं रखते। हम तो मंजरी देवी के फैन हैं। हम उन्हें देखे बिना यहां से हिलेंगे नहीं।'

सत्य मल्लिक ने कहा, 'अच्छा तो तुम लोग मेरी बात नहीं सुनोगे, यही कहना चाहते हो न?'

'नहीं, नहीं सुनेंगे। आप कौन होते हैं, जो हम आपकी बात सुनें?'

अचानक गड़बड़ी और अधिक बढ़ गई। पीछे की तरफ के लड़के भी आगे बढ़ आए और उछलकर चिल्लाने लगे। घटना यहां तक पहुंच जाएगी, इसका सत्य मल्लिक ने कल्पना भी नहीं की थी। खासकर ऐसे वज्र देहात में! शहर में तो सिनेमा के दीवानों का होना अस्वाभाविक नहीं। पर यहां?

"हम लोग मंजरी देवी को देखना चाहते हैं।'

अब सत्य मल्लिक का चुप रहना असम्भव था। पुलिस के सिर्फ दो सिपाही यहां तैनात किए गए हैं। दो सिपाही किस तरह इतनी बड़ी भीड़ को सम्हालेंगे? अगर सबके सब मिलकर अचानक उनको दबोच लें तो हो सकता है, घर के भीतर भी घुस आएं। क्या करें, क्या न करें; सत्य मल्लिक की कुछ भी समझ में नहीं आया। इतने बड़े घर

में लोग हैं भी कितने! सिर्फ दो आदमी उस तरफ बरामदे में खाना बना रहे थे। वे भी इतनी भीड़ देखकर अचकचा गए थे। दोनों सिपाहियों के चेहरे भी निरीह हो रहे थे।

'मंजरी देवी, बाहर निकल आइए, निकल आइए!'

चीख-पुकार क्रमशः बढ़ती जा रही थी। धीरे-धीरे लड़कों की संख्या भी बढ़ने लगी थी। क्रम इसी तरह चलता रहा तो इतनी भीड़ हो जाएगी कि हो सकता है, सत्य मल्लिक को भी ठेलकर वे लोग धड़-धड़ाते हुए भीतर ही घुस पड़ें।

'निकल आइए, निकल आइए!'

सत्य मल्लिक ने एक सिपाही को बुलाकर पूछा, 'थाना यहां से कितनी दूर है?"

उसने जवाब दिया, 'थाना तो हमारे नैनागंज में है, हुजूर।'

'वहां खबर भेज सकोगे?'

सिपाही ने कहा, 'तो इधर कौन सम्हालेगा? मेरा साथी अकेला तो यहां सम्हाल सकेगा नहीं। उधर देखिए, लोगों के झुंड के झंड नदी पार करके इधर चले आ रहे हैं।'

सत्य मल्लिक ने भी देखा कि नदी के उस पार से पैदल चलकर बहुत-से छोकरे इधर आ रहे हैं। कुछ देर बाद और लड़के आ जाएंगे तो और भी भीड़ हो जाएगी।

अब सच में सत्य मल्लिक को डर लगना शुरू हुआ। 'रूपक' इतनी जगह गया था, पर ऐसा कांड कहीं नहीं हुआ था। बड़े-बड़े शहरों में भी पुलिस के पहरे का इन्तज़ाम करके स्थिति को सम्हाल लिया गया था। पर उसने यह नहीं सोचा था कि इस छोटे-से देहात में ऐसा होगा।

अब क्या करे, कुछ भी नहीं सोच सका सत्य मल्लिक। यूनिट के सभी सदस्य बारहयारीतल्ला में पण्डाल के पास ठहरे हुए थे। वहीं पर उनके रहने, खाने, आराम करने का इन्तज़ाम कर दिया गया था। उनको तो शायद यहां की हालत की जानकारी भी नहीं होगी।

सत्य मल्लिक ने पुलिस के एक सिपाही को बुलाया और कहा, 'सुनो, तुम लोग तब तक इधर सम्हालो; मैं भीतर से अभी आया।'

कहकर वह भीतर चला गया। लेकिन इसके बाद तो चीखें और भी अधिक बढ़ गई। भीड़ भी अधिक होती जा रही थी। वे लोग चिल्ला रहे थे, 'मंजरी देवी, आपको एक बार देखेंगे हम लोग! आप दया करके निकल आइए! सिर्फ एक मिनट के लिए, काइण्डली, बाहर आ जाइए!'

सत्य मल्लिक ने भीतर जाकर देखा कि मंजरी नहा चुकी है और बालों को छितराकर एक 'ईज़ी चेयर' पर किताब हाथ में लिए बैठी है।

सत्य मल्लिक ने पूछा, 'मंजरी, कॉफी पी ली तुमने? तुमको कॉफी मिल गई न?'

मंजरी ने मानो कुछ सुना ही नहीं। चेहरा उठाकर पूछा, 'तुम मुझे यहां लाए ही क्यों, सत्य दा?

सत्य मल्लिक ने कहा, 'अरे भई, इस वज्र देहात में ऐसा होगा, मुझे क्या यह मालूम था? करीब पांच सौ लोग झुण्ड बनाकर अब तक इकट्‌ठे हो चुके हैं। इसके अलावा और भी बहुत-से लोग नदी पार करके इस ओर चले आ-रहे हैं।'

'मैं उस बारे में नहीं कह रही हूं। वे लोग तो ऐसा करेंगे ही। मुझे यह सब सहने की आदत हो गई है। पर यहां आकर सत्य दा, मुझे अच्छा नहीं लग रहा है।'

सत्य मल्लिक यह सुनकर चिन्तित हो उठा। बोला, 'क्यों, क्यों भला? कुछ बताओ भी। तुम्हारी तबीयत तो ठीक है न? कॉफी पी ली है न! मैंने तो उन लोगों से कह रखा है कि घण्टे-घण्टे बाद तुम्हें कॉफी दे दिया करें।'

मंजरी ने कहा, 'हां, कॉफी तो मैंने पी ली है।'

'तो फिर? बुखार-बुखार तो नहीं हो गया?'

मंजरी ने कहा, 'नहीं, बुखार क्यों होगा अचानक? बस, यों ही

मुझे अच्छा नहीं लग रहा है।'

सत्य मल्लिक ने कहा, 'सिर्फ एक ही दिन की तो बात है। उसके बाद तुम्हें और तकलीफ नहीं दूंगा।'

मंजरी ने कोई जवाब नहीं दिया। पर सत्य मल्लिक का यह काम उसको ठीक नहीं लग रहा था। अगर वह एक बार भी टेढ़ी हो जाए तो बस, सब ठप्प हो जाएगा। सिर्फ आज यहीं पर नहीं, बल्कि 'रूपक' पार्टी ही हमेशा के लिए खत्म हो जाएगी। 'रूप नहीं, रूपो' की आज जो इतनी मांग है, इतना नाम है, वह सब इस मंजरी के कारण ही तो है।

कुछ देर ठहरकर सत्य मल्लिक ने फिर कहा, 'एक बार डॉक्टर को बुलाने को कहूं?'

मंजरी ने कहा, 'नहीं, तुम अपना काम करो, मैं एकदम ठीक हूं।'

सत्य मल्लिक ने कहा, 'एकाएक इस तरह से बात क्यों करने लग जाती हो, मंजरी? तुम्हें अगर किसी प्रकार की असुविधा हो, तो मुझे कह तो सकती हो? मैं हूं किसलिए? उन लोगों से मेरी यही कंडीशन थी कि तुम्हें जो भी असुविधा होगी, उसे वे लोग दूर करेंगे। तुम्हारे कारण उनके कितने टिकट बिंक चुके हैं, जानती हो?'

मंजरी ने कहा, 'यह सब बातें सुनकर मुझे खुशी नहीं होती है सत्य दा, मैं बहुत ही टायर्ड हूं।'

क्यों नहीं, टायर्ड होने की तो बात है ही। मेरे पास ब्रांडी है। दूं थोड़ी-सी?'

तभी अचानक ऐसा लगा, मानो बाहर एक भयानक धमाका हुआ हो! किसीने टीन की छत पर पत्थर फेंका था।

अभी तक लोगों का चीखना जारी था, 'निकल आइए, मंजरी देवी! सिर्फ एक बार दया करके बाहर आ जाइए। बस, एक बार देखना चाहते हैं हम आपको।'

उसके बाद एक पत्थर फिर छत पर आकर पड़ा। फिर एक भारी आवाज़ हुई।

सत्य मल्लिक अब चुप नहीं रह सका। बोला, 'मंजरी, मैं अभी आया। बस, तुरन्त आया।' और दौड़कर बाहर निकल गया।

14

बारहयारीतल्ला तक खबर पहुंच गई थी।

निरापद सब काम खत्म करके घर पहुंचा था कि खाना खाएगा। कई दिन से वे लोग इसी झंझट में फंसे थे। सिर्फ एक रात के नाटक के लिए ही इतना सब झमेला करना पड़ रहा था। उपलक्ष्य तो पूजा का ही था; पर उसे तो एक पुरोहित भी सम्पन्न कर सकता था। नैवेद्य, आरती आदि की जो कुछ तैयारी करनी थी, उसके लिए लड़कों को किसी प्रकार का सिरदर्द नहीं उठाना पड़ा था। असली सिरदर्द नाटक के कारण ही था। टिकटें प्राय: समूची बिक चुकी थीं। पंडाल के सामने टिकटघर में बैठा हुआ निरापद दल का एक लड़का अन्तिम बची हुई टिकटें बेच रहा था।

अचानक खबर आई कि लाहा बाबू के मकान पर दुःखद घटना घट गई है। शाहगंज के लड़कों ने लाहा बाबू के मकान पर हमला कर दिया है। वे लोग नदी पार करके आए थे और हीरोइन को देखना चाहते थे। उनके द्वारा लाहा बाबू के मकान की छत पर पत्थर फेंके जा रहे हैं।

'तुमको किसने खबर दी?'

केतु ने कहा, 'वहां से पुलिस का एक आदमी आकर यह खबर दे गया है।'

'उसके बाद? अब क्या हो रहा है! सत्य दा कहां हैं?'

'सत्य दा तो वहां नहीं थे।'

'उनके दल के और लोग क्या कर रहे हैं?'

केतु ने कहा, 'यह तो पता नहीं। उन लोगों को तो शायद अभी तक कुछ पता ही नहीं है। मैं साधन को टिकटघर में बैठाकर सीधा तुम्हारे पास दौड़ा चला आ रहा हूं।'

निरापद को खाने की सुध न रही। शाहगंज गड़ाई नदी के उस पार है। शाहगंज के लड़के-लड़कियों ने बहुत टिकट खरीदे थे। वे लोग भी शाम को नाटक देखने आएंगे। पर मामला यह रुख ले लेगा, इसकी तो किसीने कल्पना भी नहीं की थी। किसे पता था कि आखिर में शाहगंज के गुण्डों का दल नदी पार करके कदमफूली में आ जाएगा और यह कांड कर बैठेगा।

पर होता वही है जो तकदीर में लिखा है। निरापद कोई भी उपाय नहीं सोच सका। उसने सिर्फ इतना ही कहा, 'चल, देखूं,क्या कर सकता हूं मैं?'

वह कमीज़ पहनते-पहनते बाहर निकल आया और बोला, 'हाबला कहां है?'

केतु ने कहा, 'उसको अभी तक खबर नहीं मिली है। वे सब बारहयारीतल्ला में पण्डाल सजा रहे हैं।'

निरापद ने कहा, 'तू जाकर उनको बुला ला। अच्छा, कितने लोग इकट्ठे हुए हैं वहां, कुछ सुना है?'

केतु ने कहा, 'पुलिस के आदमी ने मुझे खबर दी और फिर सीधा नैनागंज के थाने चला गया। कहता था, प्रायः पांच-छ: सौ लड़के होंगे।'

निरापद ने कहा, 'अच्छा, ठीक है। मैं एक बार अपने प्रेज़िडेण्ट के पास जाऊं और उनसे सारी बात कहकर देखूं।'।

प्रेज़िडेण्ट का मतलब था विष्णुपद राय। कदमफूली के ज़मींदार ही गांव के कर्ता-धर्ता थे। यदि इस प्रकार की कोई गड़बड़ हो जाए तो उनको परिचित करा देना ज़रूरी होता है। अगर थाने-पुलिस का मामला होता है तो वही उसे सम्हालते हैं।

सीधी सड़क छोड़कर निरापद पैदल ही पगडंडी के रास्ते से ज़मीदार महाशय के घर की ओर दौड़ पड़ा।

अचानक उसने देखा कि सामने से एक गाड़ी पूर्व की ओर जा रही है। निरापद ने पहचान लिया। गुप्ता साहब !

वहीं से उसने चिल्लाकर पुकारा, 'सर, सर !'

और खुद भी कार के पीछे-पीछे दौड़ने लगा।

पीछे से पुकार सुनकर हीरक गुप्त ने गाड़ी रोकी। निरापद के पास पहुंचने पर उन्होंने गाड़ी में बैठे-बैठे ही पूछा, 'क्या बात है? इस तरह हांफ क्यों रहे हो?'

'जी, हम लोग बहुत भारी मुसीबत में फंस गए हैं।'

'कैसी मुसीबत? क्या रुपये और चाहिए?'

हीरक गुप्त स्वयं कार ड्राइव कर रहा था। पीछे बन्दूक रखी थी। शायद झील की तरफ शिकार करने जा रहा था।

निरापद ने कहा, 'नहीं सर, रुपये नहीं चाहिए। आप तो जानते ही हैं कि यहां नाटक करने के लिए एक हीरोइन आई है।'

'हां, हां, वह तो पता है। लाहा बाबू के मकान में ठहरी है। उसके 'मेकअप-रूम' के लिए मैंने तुम लोगों को अपना आईना भी तो दिया है।'

'नहीं, वह बात नहीं है। आपने हमारी हीरोइन मंजरी देवी का नाम तो ज़रूर सुना होगा?'

'नहीं, भई। मैं लोहे-लक्कड़ का काम करने वाला आदमी हूं और हरदम मद्रास-दिल्ली आने-जाने में ही टाइम खत्म हो जाता है; हीरो-इन-वीरोइन की खबर रखने का मौका मुझे नहीं मिलता है। खैर क्या हुआ उसको?'

'उसे नदी किनारे लाहा बाबू के मकान में ठहराया गया है। वहां पर शाहगंज के लड़कों ने आकर हमला कर दिया है। मुझे अभी-अभी खबर मिली है।'

'शाहगंज के लड़कों ने? क्यों? हमला किसलिए कर दिया?'

निरापद ने जवाब दिया, 'हीरोइन को देखने के लिए।'

'उसको तो नाटक में देखना ही है। तब फिर इस वक्त उसे देखने

की ऐसी क्या आवश्यकता पड़ गई?'

निरापद ने कहा, 'अब कौन समझाए उन्हें? हम लोग तो इधर स्टेज सजाने में व्यस्त थे, और उधर वहां के गुण्डों ने प्रायः पांच सौ लड़कों के साथ मकान को घेर लिया है।'

तो फिर पुलिस में खबर दो।'।

निरापद ने कहा, 'पुलिस में खबर देने तो आदमी गया है। पर यहां से नैनागंज का रास्ता छः मील है। पुलिस के आने में तो बहुत समय लग जाएगा। अगर इससे पहले ही उन्होंने हीरोइन की 'इन्सल्ट' कर दी तो? अगर आप एक बार वहां चलते... ?'

'मैं? मैं तो शिकार करने जा रहा हूं।'

निरापद ने कहा, 'आपके पास बन्दूक है। बन्दूक देखकर वे लोग ज़रूर डर जाएंगे। दया करके अगर एक बार आप चलते...।'

'मुझे वहां जाकर क्या करना होगा?'

निरापद ने कहा, 'करना कुछ भी नहीं होगा। बस, आपकी बन्दूक देखते ही सब डरकर भाग जाएंगे। सर, सिर्फ एक बार मेहरबानी करके चलिए। आपके गए बिना वहां अनर्थ हो जाएगा।'

हीरक गुप्त ने कहा, 'पर वे लोग भला मेरी बात क्यों सुनने लगे? मैं कौन होता हूं उनसे कुछ कहने वाला?'

निरापद ने कहा, 'क्या कहते हैं आप! आप इतने बड़े आदमी हैं। आपकी बात नहीं सुनेंगे तो क्या मेरी सुनेंगे? इसके अलावा, आपके पास खुद की गाड़ी है, बन्दूक भी है। फिर भी आप ऐसी बात कहते हैं? नहीं, आप एक बार ज़रूर चलिए, सर।'

हीरक गुप्त कदमफूली में दो-एक दिन आराम करने के खयाल से आता था। उसके दिमाग में हर वक्त परमिट, इन्कम-टैक्स एवं इम्पोर्ट-एक्सपोर्ट लाइसेन्स आदि की बातें ही घूमती रहती थीं। इन सबके अलावा और कुछ सोचने का समय ही नहीं रहता था उसके पास। लड़के को भी अमेरिका भेज दिया था; अतः उसकी ओर से भी वह निश्चिन्त था। साथ में बस केवल पत्नी रहती थी। पर पत्नी का साथ

उसके लिए कोई समस्या नहीं थी। जहां कहीं भी हीरक घूमता, वह उसके साथ-साथ जाती थी।

माया कहा करती, 'अब तुम व्यवसाय के लिए इतनी चिन्ता मत किया करो।'

हीरक जवाब देता, 'अगर व्यवसाय के बारे में नहीं सोचूं तो और किस बारे में सोचूं? आखिर किसी न किसी चीज़ में तो ध्यान लगना ही पड़ेगा।'

हां, यह बात सच भी थी। अगर सोचने के लिए कुछ भी न रहे तो फिर हीरक गुप्त को सब कुछ छोड़-छाड़कर घर में बैठ जाना पड़ेगा।

हीरक कहता, 'तुम समझती हो, मैं सिर्फ रुपयों के लिए ही व्यापार करता हूं?'

सिर्फ रुपयों के लिए हीरक व्यापार नहीं करता है, यह बात माया अच्छी तरह जानती थी। पर दुनिया में और फालतू बातों की चिन्ता करने की बजाय रुपयों की चिन्ता करने में क्या बुराई है?

इतने दिनों से दोनों पति-पत्नी में इसी तरह चल रहा था। आज मद्रास, कल दिल्ली,परसों बम्बई और उसके बाद कलकत्ता। इन सबमें व्यस्तता तो थी ही, इसके अलावा बेकार बातों की चिन्ता करने का समय भी उन्हें नहीं मिल पाता था।

हीरक ने गाड़ी चलाते-चलाते ही पूछा, 'अच्छा, यह बताओ, शाह गंज के लड़के अचानक ऐसा क्यों कर बैठे?'

निरापद ने कहा, 'सिनेमा-स्टार को देखना चाहते हैं; और क्यों?'

'उसमें देखने लायक ऐसी क्या बात है?'

'फिल्म में देखकर उनका मन नहीं भरता, अतः साक्षात् रक्त-मांस से बने स्टारों को देखना चाहते हैं।'

'पागल! बिलकुल पागल!' इतना कहकर हीरक मन ही मन सोचने लगा था; तो क्या लोहे-लक्कड़ के व्यवसायी को कोई नहीं देखना चाहता? जो कुछ बहादुरी है, वह सिर्फ सिनेमा में ही है? लोहे के व्यवसाय में नहीं? बचपन से आज तक बिना खाए, बिना सोए और

कितने अथक परिश्रम द्वारा आज उन्नति के इस शिखर पर वह पहुंचा है, फिर भी उसको देखने के लिए तो इस तरह मारपीट नहीं होती? उसे देखने के लिए तो कोई इस कदर धक्कमधक्का नहीं मचाता? जब कि ऐसी-ऐसी कितनी ही फिल्म-स्टारों को हीरक खरीद सकता है।

'बिल्कुल ठीक कहा आपने सर, शहर के लड़के-लड़कियां सिनेमा-नाटकों के पीछे एकदम पागल-से रहते हैं।'

'क्यों? ऐसा क्या है सिनेमा में? बल्कि इससे अधिक मज़ा तो लोहे-लक्कड़ में है। जानते हो, हम जो लोहा तैयार करते हैं उसीसे पटड़ियां बनती हैं, और उन पटड़ियों के ऊपर ही ट्रेन चल सकती है।'

हां, सच ही तो है। हीरक ने इतने दिनों तक तो इस तरह से कभी सोचा ही नहीं था। ज़िन्दगी-भर लोहे-लक्कड़ का ही हिसाब-किताब करता रहा। उसने यही समझा था कि लोहा ही ज़िन्दगी का एकमात्र ध्रुव सत्य एवं स्थायी वस्तु है। यह पृथ्वी लोहे के कारण ही चल रही है और चलती रहेगी। सोने के बिना फिर भी काम चल सकता है, लेकिन लोहा तो कदम-कदम पर चाहिए।

पर आज कदमफूली के रास्ते में गाड़ी चलाते-चलाते एकाएक हीरक गुप्त को लगा कि लोहे से भी अधिक कीमती शायद सिनेमा है। इस निरापद जैसे लड़के ने कितने रुपये चन्दे में प्राप्त किए हैं तथा कितने खर्च करेगा; और उसपर भी ये लोग कितनी कठिन मेहनत कर रहे हैं; सिर्फ एक नाटक के लिए ही तो! जबकि हीरक नाटक नाम की इस वस्तु के सम्बन्ध में बिलकुल अनजान है।

'अब बाईं ओर चलिए, सर।'

हीरक हंसा। बोला, 'मैं जानता हूं। कदमफूली के सभी रास्तों से मैं परिचित हूं।'

निरापद ने प्रश्न किया, 'मैंने सुना है, आप भी इस कदमफूली के ही हैं?"

'हां, मैं यहीं का जन्मा हुआ हूं। यह मेरी जन्मभूमि है, तभी तो इस तरह खिंचा-खिंचा बार-बार यहां चला आता हूं।'

कार को बाईं ओर मोड़कर हीरक ने हठात् प्रश्न किया, 'अच्छा मेरा आईना उसको पसन्द आया?'

'हां सर, पसन्द क्यों नहीं आता? सत्य मल्लिक 'रूपक' के डायरेक्टर हैं। आपका आईना देखकर वे बहुत खुश हुए। पूछ रहे थे कि मैंने इतने बढ़िया आईने का कहां से इन्तज़ाम किया? मैंने आपका नाम बताया और कहा, गुप्ता साहब हमारे गांव के ही निवासी हैं। बहुत पैसे वाले हैं। सुनकर वे अचरज में पड़ गए थे।'

'क्यों, अचरज करने की क्या बात है?'

निरापद ने कहा, 'वे लोग नाटक कम्पनी के आदमी हैं न; सोचा होगा, यहां कोई अमीर नहीं रहता। इसीलिए तो खास तौर से मैंने यह बात उन्हें सुनाई थी।'

हीरक ने प्रश्न किया, 'नाटक-सिनेमा वालों के पास तो शायद बहुत पैसा होता है?'

निरापद ने जवाब दिया, 'नाटक वालों के पास तो खास पैसा नहीं होता, पर सिनेमा वालों को पैसों की क्या कमी है?'

'वह कैसे?'.

'सर, यह जो हमारी हीरोइन मंजरी देवी है न, उसके पास भी बहुत पैसा है। वह बहुत धनी है। अब देखिए न, उसके खाने के लिए हम लोगों को मुर्गे का इन्तज़ाम करना पड़ रहा है। गरम पानी का बन्दोबस्त करना पड़ रहा है। आड़ू, बेदाना एवं ऑपेल का इन्तज़ाम करना पड़ रहा है। पानी की जगह वे सिर्फ डाभ पीती हैं। गंवार-देहात का पानी पीने से तबीयत खराब हो जाएगी, इसीलिए हमें डाभ का इन्तज़ाम करने को कहा गया है।'

'महीने में कितनी आय है उसकी?'

निरापद ने कहा, 'यह भला ठीक-ठीक कोई बता सकता है? वैसे सुना है, लाख-लाख रुपये लिए बिना वह किसी फिल्म में काम करने को तैयार नहीं होती।'

'लाख-लाख रुपये?'

'जी हां, सर! आपको नहीं मालूम? वे तो लाख से नीचे बात ही नहीं करतीं। बहुत कीमती आर्टिस्ट हैं न! सच है कि झूठ, यह तो भगवान जाने पर सूना यही है कि पहले ये बहुत गरीब थीं। इसी रूपक कम्पनी के एक नाटक में ये पहली बार उतरी थीं और तभी से इनका नाम होना शुरू हो गया।'

'रूपक?'

निरापद ने कहा, 'जी हां, इस नाटक-कम्पनी का काफी नाम है। मंजरी देवी के लिए ही तो हम लोगों ने 'रूपक' को इतनी खुशामद करके बुलाया है।'

तब तक कार लाहा बाबू के घर के ठीक सामने सड़क पर पहंच गई। निरापद ने दूर से ही दिखाते हुए कहा, 'वो देखिए सर, किस कदर भीड़ जमी हुई है! ज़रा तेज़ चलाकर पहुंचिए न वहां!'

हीरक गुप्त स्पीड और तेज़ करके गाड़ी को भीड़ की ओर ले गया। दूर से देखकर उसने अनुमान लगा लिया था लाहा बाबू के घर के सामने लोग मरने-मारने की तैयार हो रहे हैं।

15

ज़मींदार महाशय खाना खाने के बाद साधारणतः थोड़ी देर आराम करते थे। उनकी उम्र भी तो काफी हो चुकी थी। उस वक्त गिरि गोविन्द घर के भीतर रसोईघर के एक कोने में बैठकर खाना खा लेता और फिर बाहर वाले कमरे में चला आता। वहां चौकी पर उसका एक बिस्तर सिमटा हुआ पड़ा रहता उसको खोलकर वह लेट जाता। यह खाना खाने के बाद की खुमारी-भरी नींद होती थी। इसी ऊंघ-भरी नींद में गिरि गोविन्द के दिमाग में पुरानी बातें चक्कर लगाती रहतीं।

बहुत दिन पहले वह इस राय-परिवार में खाता-बही लिखने के काम रखा गया था और तब से उसका सारा जीवन इसी घर में बीता है।

कभी-कभी नींद में गिरि गोविन्द को ऐसा लगता, मानो ज़मींदार महोदय ने उसे पुकारा है।

'जी, आता हूं, मालिक।' और वह हड़बड़ाकर जब बैठक में पहुंचता तो देखता कि कमरा खाली है। वहां कोई नहीं है। हुक्का भी खाली पड़ा है। तब उसे लगता कि उसे सुनने में भूल हुई है।

गिरि गोविन्द से कभी कोई पूछता भी तो वह जवाब देता, ज़मींदार साहब के हुक्म का गुलाम हूं मैं तो सिर्फ।'

कहां किसको कितना चन्दा देना है, किसके खेत में कितना पान हुआ है, पाट के कारोबार में किसके पास कितना बाकी है आदि विविध विषयों का हिसाब लिखना ही गिरि गोविन्द का काम था। इससे अधिक उसकी कोई ज़िम्मेदारी नहीं थी और न इससे अधिक ज़िम्मेदारी ज़मींदार महाशय उसे कभी देते ही थे।

पर ज़िम्मेदारी या अधिकार अधिक न होते हुए भी घर की सारी घटनाएं गिरि गोविन्द के सामने ही घटी थीं। उस वक्त यही ज़मींदार महाशय कितने घमंडी थे! गांव के लोग हर रोज़ इनकी बैठक में इकट्ठे होते थे। कदमफूली में जितने भी काम-काज और कार्यक्रम होते थे, उन सबमें उनका परामर्श-अनुमोदन प्राप्त करना सबके लिए आवश्यक था। विकास गुप्त की सम्पूर्ण जायदाद धीरे-धीरे इन्होंने हस्तगत कर ली थी और इसी गिरि गोविन्द ने सारे कागज़ों पर हस्ताक्षर वगैरह किए थे। बाद में उसके लड़के को लाकर ज़मींदार महोदय ने अपने घर में रखा, और फिर एक दिन उसी लड़के को भगा भी दिया। उसके भगा दिए जाने की बात सुनकर गिरि गोविन्द मन ही मन अचरज करके रह गया था, क्योंकि मालिक से कुछ पूछने की उसकी हिम्मत नहीं हुई थी।

सिर्फ एक बार गिरि गोविन्द ने पूछा था, 'जी मालिक, कई दिन से हीरक बाबू को नहीं देखा? आखिर वह गया कहां?'

मालिक नाराज़ हो गए। बोले थे, 'तुम सब बातों में टांग क्यों

अड़ाते हो, बताओ तो?तुम नौकर हो, नौकरों की तरह रहो। सारी बातों के बीच में टांग अड़ाना अच्छा नहीं। समझे?'

उसके बाद गिरि गोविन्द ने उस सम्बन्ध में उनसे कभी एक शब्द भी नहीं कहा। गांव के लोग अगर उससे कुछ पूछते भी तो वह सिर्फ इतना ही कहता, 'मेरी क्या बिसात हुज़ूर, मैं तो मालिक के हुक्म का गुलाम हूं।'

ओर यह सब बात राय साहब से पूछने की हिम्मत किसीमें नहीं थी। बस सबको यही बात बार-बार याद आती रहती कि बैठक के पिछ-दाई वाले कमरे में अकेला बैठा हीरक पढ़ने-लिखने में मगन रहता था और पैदल चलकर नैनागंज के स्कूल में पढ़ने जाया करता था।

इस जीवन की लीला भी कितनी विचित्र है! यद्यपि गिरि गोविन्द दार्शनिक नहीं था, फिर भी उस गन्दे तख्त पर लेटे-लेटे वह अपने समस्त जीवन पर कभी-कभी विचार कर लिया करता था। जिस आदमी का न कभी कोई उत्थान हुआ हो न पतन, ऐसा कोई पात्र ढूंढने का जब वह प्रयत्न करता तो खुद को छोड़कर दूसरा कोई उसे नहीं मिलता था। पर कदमफूली भी अब पहले वाली कदमफूली नहीं रही थी। सभी में कुछ न कुछ परिवर्तन हो रहा है। यहां तक कि विकास-गुप्त का वह लड़का भी एक दिन अचानक फिर आकर उपस्थित हुआ और रेहन घरे सारे कागज़ वगैरह लोटा ले गया। उसने दो हज़ार रुपयों के दस्तावेज़ के मूल एवं ब्याज मिलाकर बीस हज़ार रुपये अदा करके अपने पिता की ज़मीन-जायदाद को वापस हस्तगत कर लिया तथा इसके साथ ही साथ अपने मकान का नक्शा भी पलट दिया। गिरि गोविन्द ने यह सब अपने जीवन-काल में स्वयं अपनी आंखों के सामने घटते देखा है। बीस हज़ार रुपयों के नये कड़कदार नोट वह राय साहब के सामने फेंक गया था और गिरि गोविन्द ने ही एक-एक नोट गिनकर सारे रुपये राय साहब के हाथ में रखे थे। उसे अच्छी तरह याद है कि उस दिन उसने सिर्फ एक बार आश्चर्यचकित होकर हीरक के चेहरे की ओर देखा था। शायद वह उस पहले वाले चेहरे से अब के

हीरक गुप्त का सामंजस्य करने की कोशिश कर रहा था। पर सामंजस्य बैठा नहीं।

उस दिन के बाद हीरक बार-बार यहां आने लगा। यहां आकर वह सब पुरानी बातें याद दिला देता। उत्थान-पतन तो दुनिया में होता ही रहता है। पर इस कदर उत्थान क्या पहले भी कभी किसीका हुआ है?

अचानक लगा कि कोई बाहर बुला रहा है। गिरि गोविन्द बिस्तर छोड़ कर उठ खड़ा हुआ। बोला, 'कौन है?'

वाहर से जवाब आया, 'मैं हूं, हाबला।'

गिरि गोविन्द जल्दी-जल्दी बाहर आकर बोला, 'क्या बात है? क्या चाहते हो तुम लोग?'

सिर्फ हाबला ही नहीं, छोकरों का पूरा दल घर के सामने इकट्ठा हो गया था। सब ओहल्ले के ही लड़के थे। सभीके चेहरों पर उत्तेजना की छाप थी।

उन्होंने एकसाथ पूछा, 'क्या निरापद भइया आए थे यहां?'

'कोन निरापद भइया? वह जो सामंत बाबू का लड़का है, वो? नहीं भाई, यहां तो नहीं आया।'

हाबला ने कहा, 'नहीं आया? यह क्या बात है! निरापद भइया ने तो हम सबको यहां पहुंचने के लिए कहा था और यह भी कहा था कि ज़मींदार महाशय से मिलकर विचार-विमर्श करेंगे।'

"किस बात का विचार-विमर्श?'

'शाहगंज के लड़कों ने लाहा बाबू के मकान पर हमला कर दिया है। गड़ाई नदी में तो अभी पानी नहीं है न, इसीलिए सबने इस पार आकर लाहा बाबू के मकान पर चढ़ाई कर दी।'

'क्यों? चढ़ाई क्यों कर दी? वहां ऐसा क्या है?'

'हमारी हीरोइन उसी मकान में ठहरी हैं। पुलिस का बन्धन भी वे लोग नहीं मान रहे हैं।'

"तो इसमें राय साहब क्या करेंगे? तुम लोगों के नाटक की लड़की

को यदि वे लोग घर-पकड़ कर रहे हैं, तो ऐसी हालत में वे लोग राय साहब की बात भला क्यों सुनेंगे?'

'सुनेंगे, ज़रूर सुनेंगे। राय साहब की बात नहीं सुनेंगे तो और किसकी सुनेंगे? वे हमारे संस्कृति-संघ के प्रेज़िडेण्ट जो हैं।'

अव कोई चारा न देख गिरि गोविन्द ने कहा, 'इस वक्त वे सो रहे हैं, अतः अभी तो नहीं जा सकेंगे। मैं उनको जगा नहीं सकता।'

'एक बार जगा सकते तो बहुत अच्छा होता। कल हम लोगों का नाटक है, और आज अगर कोई ऐसी-वैसी बात हो गई तो तुम्हीं बताओ गिरि गोविन्द, क्या होगा?'

गिरि गोविन्द ने कहा, 'वह सब मुझे क्या मालूम, भइया? मैं तो सिर्फ उनका चाकर हूं। मैं इसमें कुछ नहीं कर सकता।'

'पर एक बार प्रेज़िडेण्ट साहब को खबर तो दे दो।'

'तो फिर उनके नींद से उठने के बाद ही खबर दे सकूंगा। उससे पहले नहीं। मुझमें इतनी हिम्मत नहीं है, भाई।'

हाबला वगैरह की समझ में नहीं आ रहा था कि अब वे लोग क्या करें! निरापद भइया ने तो उन सबको यहीं पाने को कहा था।

'कौन है? गिरि गोविन्द, यह शोर कौन मचा रहा है?'

कहते-कहते राय साहब अचानक आ सामने हाज़िर हुए। चीख पुकार से उनकी भी नींद टूट गई थी।

'क्या बात है? तुम सब इस तरह शोर क्यों कर रहे हो?'

हाबला ने सामने आकर सारी बात समझाकर कह दी। राय साहब ने पूरी बात मन लगाकर सुनी। फिर बोले, 'तो, मैं भला इसमें क्या कर सकता हूं? शाहगंज के गुण्डे भला मेरी बात मानेंगे?'

'अगर न भी मानें, तो यह निश्चित है कि आपके वहां जाकर खड़े होते ही वे डरकर भाग जाएंगे।'

'तुम लोग जाकर पुलिस में खबर दो न?'

हाबला ने कहा, 'पुलिस को खबर देने तो नैनागंज आदमी जा चुका है। पर जो कुछ होना है, वह तो इससे पहले ही हो जाएगा।'

‘आखिर वे लोग चाहते क्या हैं?’

हाबला ने कहा, ‘वे लोग और क्या चाहेंगे, ताऊजी? शायद हमारी हीरोइन का ही अपमान-वपमान कुछ करेंगे। और वह अगर नाराज़ हो गई तो फिर शायद ‘प्ले’ करना मंज़ूर न करे। तब तो हम लोग ही आफत में फंसेंगे। इधर हज़ारों रुपयों की टिकट बिक चुकी हैं।’

कुछ देर पता नहीं उन्होंने क्या सोचा। फिर बोले, ‘अच्छा, तो फिर गिरि गोविन्द, तुम ही एक बार जाओ। मेरा नाम लेकर उनसे कहना कि वे लोग शांत नहीं हुए, तो मैं पुलिस बुलाकर सबको ठीक कर दूंगा।’

‘जी, वे लोग मेरी बात मानेंगे भला? वे शाहगंज के अवारा लड़के है!’

‘कैसे नहीं मानेंगे? तुमको तो मेरा नाम लेकर कहना है। अगर न मानें तो मुझे आकर बताना। मैं तुरन्त जाऊंगा। कदमफूली के लड़के शौक से नाटक कर रहे हैं, इसमें उनको क्यों सिरदर्द हो रहा है? अगर उनको भी नाटक देखना है, तो टिकट कटाएं और चुपचाप नाटक देख जाएं। जाओ, और उनसे जाकर मेरा नाम लेकर कहो।’

अब गिरि गोविन्द ने प्रतिवाद नहीं किया। इतना ही कहा, ‘जी, जैसी आपकी मर्ज़ी।’

‘हां, अब तुम जाओ। अगर उन लोगों ने तुम्हारी बात न सुनी, तो मैं भी जल्दी ही चला आऊंगा।’

झटपट गिरि गोविन्द ने अपना कुर्ता पहना और छड़ी हाथ में लेकर लड़कों से कहा, ‘चलो।’

हाबला उसके साथ-साथ चलने लगा। रास्ते में हाबला ने कहा, ‘ज़रा जल्दी पैर उठाकर चलो, गिरि गोविन्द। नहीं तो वे लोग सर्वनाश कर डालेंगे। चलो।’

गिरि गोविन्द तेज़ कदमों से चलने लगा।

16

मंजरी अकेली लाहा बाबू के मकान में उसी तरह बैठी थी, मानो मन ही मन बीते दिनों के लेन-देन का हिसाब कर रही हो। बाहर से कान के पर्दे हिला देनेवाली लोगों की चीख-चिल्लाहट की आवाज़ आ रही थी। ऐसा पहले भी बहुत बार हुआ है। जब से उसकी प्रसिद्धि होनी शुरू हुई है, तब से ऐसा ही होता आ रहा है। मंजरी ने किसी ज़माने में जो चाहा था, वही अब पा रही है। पर न पाने के बीच इतनी दरार पड़ चुकी थी कि उसके बारे में सोचकर सिर-दर्द करने की उसको ज़रूरत नहीं पड़ती है आजकल। अब लगता है कि शायद यही उसका प्राप्य है। यह धन, सम्मान और ग्लैमर!

वह सोच रही थी कि अगर आज ये इतने सारे लोग उसे देखने के लिए इकट्ठे नहीं होते, तो क्या उसे अच्छा लगता? गाड़ी में सवार होकर वह बाहर निकले और कोई उसे पहचान न पाए, तो क्या उसे अच्छा लगेगा?

कलकत्ता होता तो वह उसी वक़्त पुलिस कमिश्नर को टेलीफोन कर देती। कलकत्ता के कितने ही जाने-माने प्रतिष्ठित लोग उसे बचाने के लिए सोना तानकर इकट्ठे हो जाते थे। उनके सामने मंजरी अपनी असहाय अवस्था ज़ाहिर करके और सीना नीचा करके भी गौरव महसूस करती तथा सिर ऊंचा रखने में भी सफल होती। और भी तो बहुत-सी लड़कियां शहरों, गांवों या शहरों के आसपास बसती हैं। उनमें से भला कितनी को देखने के लिए लोग पागलों की भांति छटपटाते हैं? भला किस-किसके लिए पुलिस के पहरे की आवश्यकता पड़ती है।

'ठहरो!'

अचानक बाहर यह किसकी आवाज़ सुनाई पड़ी?

'ठहरो' सुनते ही मानो क्षण-भर के लिए बाहर के सब लोग सहम गए हों।

'क्या चाहते हो तुम लोग? यहां किसलिए आए हो?'

किसीने कोई जवाब नहीं दिया। पता नहीं कौन है यह, जो सबको धमका रहा है? मंजरी ने कान खड़े कर लिए। आखिर यह व्यक्ति है कौन?

'अगर तुम लोग नाटक देखना चाहते हो, तो कल शाम को बारह-यारीतल्ला में आओ। यहां पर तुम लोगों को इस तरह मैं शोर नहीं करने दूंगा।'

शायद भीड़ में से किसीने कहा, 'सर, हम सिर्फ एक बार मंजरी देवी को देखना चाहते हैं।'

'ठीक है, कल देखना।'

'नहीं सर, हम उनका मेकअप चेहरा नहीं देखना चाहते। हम तो उनको सादी वेश-भूषा में देखना चाहते हैं। हम उनका अभिवादन करना चाहते हैं।'

'इससे तुम्हें क्या लाभ होगा?'

'उनको देखकर हम अपना अहोभाग्य समझेंगे। हमारा जीवन सार्थक हो जाएगा।'

'तुम्हारा जीवन सार्थक होने से उसको कोई फायदा नहीं। या तो तुम लोग चले जाओ, अन्यथा यों ही छुटकारा नहीं दूंगा मैं। इसीलिए मैं साथ में बन्दूक भी लेता आया हूं।'

भीड़ में एक तरह की गुनगुनाहट-सी शुरू हो गई। मंजरी को लगा, शायद बन्दूक देखकर सभी भयभीत हो गए हैं, और क्या करें, यह उनकी समझ में नहीं आ रहा है।

'यहां से भाग जाओ!'

भीड़ में से शोर उठा, 'हम लोग नहीं जाएंगे। मारिए गोली। हम लोगों का सीना छलनी कर दीजिए गोली चलाकर। हम सीना ताने खड़े हैं।'

घर के सामने प्रायः एक हज़ार लोगों की भीड़ लगी थी। एक तरफ तो एक हज़ार लोग थे, और दूसरी तरफ सिर्फ अकेला वह! पर

यह आदमी है कौन?

"हम लोग नहीं जाएंगे। आप जो कर सकते हैं, करिए।'

'तुम लोग अभी तक खड़े ही हो? मैं कहता हूं यहां से चले जाओ!'

'ओह, तो आप अपनी अमीरी दिखाने यहां आए हैं? आप हैं कोन? आपकी बात हम नहीं मानेंगे। मंजरी देवी, आप खुद सामने आकर हम लोगों को भगा दीजिए। हम बस आपकी ही बात मानेंगे।

इतनी देर तक सत्य मल्लिक चुप थे। अब उनकी आवाज़ सुनाई पड़ी, 'देखो भाई, मैं ही 'रूप एवं रूपो' का परिचालक हूं और मैं ही मंजरी देवी को यहां लाया हूं। उनको यहां लाने की ज़िम्मेदारी मेरी है। अगर उनको कुछ भी नुकसान हुआ तो वह गलती मेरी ही मानी जाएगी। मैंने तुम लोगों को पहले ही बता दिया है कि मंजरी देवी की तबीयत खराब है और अगर ऐसी हालत में वे बाहर आकर खड़ी होंगी, तो उनकी तबीयत और भी खराब हो जाएगी।'

सभी एकसाथ चीख रहे थे। अतः सबकी साफ आवाज़ मंजरी को कमरे में बैठे स्पष्ट समझ में नहीं आ रही थी। सबकी आवाज़ को दबाकर पता नहीं कौन एक व्यक्ति चीख पड़ा, 'ऐसी कौन-सी और कहां की शाहज़ादी है वह, जो एक बार बाहर आकर हमसे मुलाकात करने भर से उनकी तबीयत खराब हो जाएगी? क्या मोम की गुड़िया है वह?'

सभी 'हो-हो' करके हंस पड़े। व्यंग्यमिश्रित हंसी थी वह।

अबकी बार इधर से कोई आवाज़ नहीं आई। तो क्या सत्य दा भी डर गए हैं?

'तो फिर तुम लोग नहीं जाओगे न?' फिर उसी व्यक्ति की आवाज़ सुनाई दी।

सत्य मल्लिक ने कहा, 'देखते हो न, इनके हाथ में बन्दूक है। तुम लोग नहीं जाओगे तो आखिर ये गोली चला ही देंगे।'

चारों तरफ शोर-गुल बढ़ गया। एक पत्थर खिड़की पर आकर गिरा। मंजरी का मन बोरियत से भर उठा। अगर अभी कोई दुर्घटना हो जाए तो?

अचानक सत्य दा कमरे में आया। बोला, 'मंजरी, जो सोचा था, वही हुआ। बाहर बहुत ज़ोरों से हंगामा मच गया है। वे लोग तुम्हें देखना चाहते हैं। इधर पुलिस का सिपाही भी सिर्फ एक ही है। 'संस्कृति-संघ' का सेक्रेटरी छोकरा भी डर गया है। मुझे अब पुलिस बुलाने के लिए जाना ही पड़ेगा। तुम बिल्कुल मत डरना। इस दरवाज़े की सिट-किनी बन्द रखना। किसीको भीतर मत आने देना। मैं चला।'

इतना कहकर वह कमरे से निकल गया।

मंजरी क्षण-भर उसी तरह चुपचाप बैठी रही। क्या करे, वह समझ नहीं पाई।

और उसके कुछ देर बाद ही गोली छूटने की आवाज़ आई। मंजरी कमरे में अकेली बैठी छटपटाहट महसूस कर रही थी।

थोड़ी देर के बाद एक और गोली छूटने की आवाज़ आई। मंजरी ने साड़ी का पल्ला अच्छी तरह कमर में लपेटा और कमरे से निकल-कर सीधी बरामदे में आ खड़ी हुई।

हीरक गुप्त की बन्दूक की आवाज़ सुनकर लड़कों का दल दौड़कर नदी पार करने की कोशिश कर रहा था। जिस व्यक्ति ने उसके लिए बन्दूक चलाई थी, वह अब चुप खड़ा शाहगंज की ओर ताक रहा था।

उसके पास ही एक आदमी और खड़ा था, जो मंजरी को देखकर थरथर कांपने लगा था। वह कुछ सम्भलकर बोला, 'वह देखिए, वे आ रही हैं मंजरी देवी!'

यह सुनकर हीरक गुप्त ने पीछे मुड़कर देखा और बिल्कुल मंजरी के सामने जा खड़ा हुआ।

17

नैनागंज से कदमफूली की दूरी कम नहीं थी। सत्य मल्लिक निरापद के साथ उधर ही दौड़ता हुआ जा रहा था। नैनागंज से कदमफूली तक 'हाइ-वे' बन गया था, पर अभी तक बस चलनी शुरू नहीं हुई थी। और फिर बस चले भी तो कैसे? बस के लिए सवारियां ही कहां थीं वहां? कदमफूली है भी तो इस भूखण्ड के नितान्त अन्दरूनी हिस्से में बसा हुआ एक नन्हा-सा गांव ही न! और उसके बाद है गड़ाई नदी। एक सेतु भी तो नहीं है उसपर, जिससे होकर कोई नदी के उस पार पैदल ही जा सके।

चलते-चलते ही सत्य मल्लिक ने कहा, 'इसीलिए मैं पहले यहां आने को तैयार नहीं था।'

'देखिए न सत्य दा, मुझे अनुमान तक नहीं था कि परिस्थिति यहां तक आ पहुंचेगी।'

'तुम लोगों के कारण ही यह काण्ड हुआ है। जानते हो, अगर मंजरी देवी के प्रोड्यूसर को पता चल गया तो क्या होगा? उसकी चार लाख की फिल्म मंजरी देवी के लिए ही अटकी पड़ी है। मैं उनको बताए बिना ही उसे यहां ले आया हूं। वह भी सिर्फ तुम्हारी बात पर विश्वास करके।'

निरापद ने कहा, 'शाहगंज के उन लड़कों ने ही सारी गड़बड़ी फैलाई है, सर। यह तो आपने देखा ही है कि कदमफूली के लड़के कितने सभ्य हैं! इस गड़बड़ी में कदमफूली का एक भी लड़का शामिल नहीं है, सर!'

'माना कि वे नहीं हैं, फिर भी कदमफूली की भी तो कोई ज़िम्मेदारी है। अब अगर मंजरी देवी को कुछ हो गया, तो उसका ज़िम्मेवार कौन होगा?'

निरापद ने कहा, 'यहां से नैनागंज पहुंचने में भी तो काफी समय लग जाएगा। अब कैसे जाएं वहां? क्या इसी तरह पैदल चलकर?'

सत्य मल्लिक ने पूछा, 'यहां आसपास में किसीके पास कार-वार भी नहीं है क्या?' '

निरापद ने जवाब दिया, 'बैलगाड़ी है।'

'बैलगाड़ी से आते-जाते तो सुबह हो जाएगी।'

उत्तेजना के मारे सत्य मल्लिक ने एक और सिगरेट जला ली। फिर कहा, 'तुम सब के सब गंवार-देहाती भूत हो। और ऊपर से यहां नाटक कराने लाए हो 'रूपक' कम्पनी को! पहले पता होता तो मैं आता? नहीं, नहीं, हम यहां प्ले नहीं करेंगे। समझ लो, प्ले खत्म!'

निरापद डर से कांप उठा। बोला, 'नहीं, सत्य दा। हम लोगों की इज़्ज़त बचा लीजिए। हम आपके पैर पड़ते हैं। जैसे भी हो, सब शान्त कर देंगे हम लोग। देखिएगा, कल किसी तरह की गड़बड़ी नहीं होगी। आज पुलिस के आते ही सब ठीक हो जाएगा।'

'पर पुलिस की प्रतीक्षा में और कितना समय बरबाद किया जाएगा? उधर मंजरी देवी को भी अकेली छोड़ आया हूं। इस बीच उधर क्या हो गया होगा, कौन जाने?'

'उधर की कोई चिन्ता मत कीजिए, सत्य दा। उधर गुप्ता साहब हैं, और उनके पास बन्दूक भी है। वे सब सम्भाल लेंगे।'

सत्य मल्लिक ने पूछा, 'वे हैं कौन?'

निरापद ने जवाब दिया, वही तो गुप्ता साहब हैं। यहां नहीं रहते। कल एकाएक ही अपने गांव लौटे हैं। बहुत अमीर व्यक्ति हैं। शिकार करने जा रहे थे। मैंने उन्हें रास्ते में देखा तो मदद के लिए बुला लाया।'

फिर कहा, 'हां, घोड़े का इन्तज़ाम कर सकता हूं घोड़े पर आप बैठ सकते हैं न?'

'तुम चुप रहो। मैं प्ले ही नहीं करूंगा। अब भविष्य में कहीं प्ले करने जाऊंगा, तो पहले से सारी बात सोच-समझकर ही कंट्राक्ट करूंगा।'

निरापद ने गिड़गिड़ाकर कहा, 'पाप नाराज़ न होइए, सत्य दा। अगर आप ही नाराज़ हो जाएंगे,तो हम लोग फिर कहां रहेंगे; बताइए

न? इतने लोगों ने टिकट खरीदे हैं, वे हमें गाली नहीं देगे क्या?'

सत्य मल्लिक ने कहा, 'तुम्हें उनकी पड़ी है! पर कहीं मंजरी देवी नाराज़ हो गई, तो मैं क्या करूंगा; यह बताओ पहले? तुम्हारा गांव इतना गंवार है, यह बात तुमने पहले क्यों नहीं बताई? अगर बता देते तो मैं आता ही नहीं।'

इतनी देर में बारहयारीतल्ला पहुंच गए थे लोग। यूनिट के लोग सत्य मल्लिक को देखते ही उसके पास दौड़ आए। बोले, 'क्या हुआ सत्य दा? क्या हुआ?'

सभीके चेहरे पर उत्तेजना की गहरी छाप थी।

एक ने कहा, 'हीरोइन का मेकअप रूम तैयार हो गया है, सत्य दा।'

सत्य मल्लिक ने कहा, 'उस बात को छोड़ो। अब तो यह देखो कि 'प्ले' होगा कि नहीं!'

'क्यों? प्ले क्यों नहीं होगा?'

कम्पनी के सभी व्यक्ति अचकचा गए थे। अचानक ऐसा क्या हो गया, जो प्ले ही बन्द हो जाएगा? सब सत्य मल्लिक के चेहरे को ओर देखकर अन्दाज़ा लगाने लगे कि क्या बात हो सकती है।

'क्या बात हुई, सत्य दा? आखिर हुआ क्या? क्या कोई गड़बड़ी हो गई है?'

कम्पनी के लोगों को यहां आने के बाद बहुत आराम मिला था। निरापद-दल ने उनके खाने-पीने का बहुत अच्छा इन्तज़ाम कर दिया था। रोटी-सब्ज़ी के साथ मांस भी था। मांस के लिए दो बकरे काटे गए थे। वस्तुतः उन सबको कदमफूली में रहने में काफी आराम मिल रहा था। इससे पहले इतनी खातिरदारी और आराम उन लोगों को कहीं नहीं मिला था। प्ले बन्द हो जाने की बात सुनकर वे हतप्रभ-से हो गए।

'क्या बात हुई, सत्य दा? प्ले क्यों नहीं होगा?'

'प्ले इसलिए नहीं होगा कि यह भले लोगों के रहने के लायक जगह नहीं है। यहां पुलिस का एक सिपाही तक तो नहीं है। न कोई थाना है। यहां तक कि टैक्सी, टेलीफोन या इलेक्ट्रिक लाइट भी नहीं है। यहां क्या

भले लोग प्ले कर सकते हैं? चलो, सारा सामान समेटो। कल सुबह ही हम यहां से चले जाएंगे।'

फिर कुछ ठहरकर वह निरापद से बोला, 'कल जिस जीप द्वारा हम यहां आए थे, उसे क्यों छोड़ दिया; बताओ तो? वह होती, तब भी कुछ बात बनती।'

निरापद ने कहा, 'आज तो हम लोगों को उसकी ज़रूरत थी नहीं, इसीलिए छोड़ दी। वह भाड़े की थी। कल शाम को फिर आएगी और मैं आप लोगों को उसीके द्वारा वापस ले जाऊंगा।'

'अगर तुम लोगों के पास इतने रुपयों का इन्तज़ाम नहीं था तो हम लोगों को यहां बुलाने की ज़रूरत क्या थी?'

निरापद ने कहा, 'आप तो जानते ही हैं कि वह वज्र देहात है। यहां रुपये लुटाने पर भी कोई चीज़ नहीं मिलती।'

अब तो सत्य मल्लिक का स्वर सप्तम पर पहुंच गया। बोला, 'जानते हो न, 'रूपक' किसीकी खुशामद करके बड़ा नहीं हुआ है। रूपक का जितना नाम और प्रतिष्ठा है, सब खुद की मेरिट पर है। कलकत्ता में तो कदम-कदम पर नाटक-कम्पनियां भरी पड़ी हैं, पर उन्हें तो जगह-जगह से बुलावा नहीं आता। फिर रूपक की ही क्यों इतनी घूम मची रहती है?'

फिर अधजली सिगरेट का टुकड़ा फेंकते हुए बोला, 'मैं कहे देता हूं, हम लोग प्ले नहीं करेंगे। कल सुबह की ट्रेन से हम लोग निश्चित ही चले जाएंगे।'

निरापद बड़ी मुसीबत में पड़ गया। संस्कृति-संघ के कई मेम्बर भी वहां खड़े हुए सब सुन रहे थे। उनमें से एक को निरापद ने आवाज़ दी, 'ए केतु, सुन!' .

केतु के पास पाते ही निरापद ने पूछा, 'हाबला कहां है?'

केतु ने जवाब दिया, 'वे लोग तो तुम्हारी ही खोज में गए हैं। हाबला, बलाई सब के सब ज़मींदार महाशय के पास गए हैं। तुम्हीने तो उनसे वहां जाने को कहा था।'

'ओह, यह बात है!' पर मैं तो उनके घर जा नहीं पाया। रास्ते में ही गुप्ता साहब से भेंट हो गई। उनको साथ लेकर मैं लाहा बाबू के घर चला गया था। फिर वे लोग वहां क्यों गए? जब मैं वहां नहीं मिला, तो उन्हें बारहयारीतल्ला लोट आना चाहिए था या वहां जाना चाहिए था? वे लोग लाहा बाबू के मकान पर भी नहीं दिखे। आखिर गए कहां वे?'

क्या करे, क्या न करे; निरापद को कुछ समझ में नहीं आया।

ठीक उसी वक्त उसने देखा कि दूर, 'हाई-वे' पर नैनागंज की तरफ से पुलिस का एक जत्था आ रहा है।

निरापद खुशी से उछल पड़ा, 'वाह, पुलिस आ गई! वह देखिए!'

सत्य मल्लिक ने उधर देखा। केतु, खैंदा आदि सभीने उस तरफ देखा। यूनिट के और लोगों ने भी देखा कि सचमुच ही दस-बारह पुलिस के सिपाही कदमफूली की ओर चले आ रहे हैं। उनके साथ में अपने दल का कोई भी व्यक्ति नहीं था। निरापद ने कहा, 'वह जो ड्यूटी पर सिपाही था न, शायद वही इनको बुला लाया है।'

पास आने पर पता चला कि उनमें नैनागंज थाने के दारोगा भी हैं।

निरापद को लगा मानो उसके हाथ में स्वर्ग आ गया हो। वह दौड़कर दारोगा के पास जा पहुंचा। पीछे-पीछे उसके दल के लड़के भी पहुंचे।

18

हाबला अपने दल-बल सहित गिरि गोविन्द को साथ लेकर लाहा बाबू के मकान पर पहुंच गया था। जिन लोगों ने इतनी देर से हंगामा

मचा रखा था, उनमें से अधिकतर तब तक जा चुके थे। पर अभी भी कुछ लड़कों ने नदी के उस पार झुण्ड बना रखा था।

गिरि गोविन्द ने पूछा, 'कहां है रे? यहां तो कोई भी नहीं है।'

हावला ने कहा, 'हां, मैं भी यही सोच रहा हूं। तो क्या सब चल गए?'

लाहा बाबू का मकान काफी बड़ा था। सामने की ओर इस समय कोई नहीं था। हावला वगैरह सीधे भीतर घुस गए। सबसे पहले छतवाला बरामदा था और उसके बाद बहुत बड़ा हॉल उसी हॉल के अगल-बगल कई कमरे थे।

पहले तो भीतर घुसने में हावला को डर लग रहा था। वह इसी सोच में डूबा था कि आखिर सारे के सारे लोग गए कहां? नेकिन फिर हिम्मत करके सबके सब घर के भीतर घुसे।

गिरि गोविन्द ने पूछा, 'क्या बात है रे, तुम्हारी नाटक-कम्पनी के सारे लोग कहां गायब हो गए?'

सचमुच सब कहां चल दिए? जिस कमरे में हीरोइन के रहने का इन्तज़ाम था, वहां सिर्फ दो-एक साड़ियां पड़ी थीं। एक ओर क्रीम, स्नो और पाउडर के कुछ डिब्बे भी पड़े थे। हीरोइन का सूटकेस, होल्डाल आदि भी सब खाली पड़े थे। बिस्तर भी खाली था।

हाबला एक अज्ञात आशंका से सिहर उठा। निरापद दा भी पता नहीं कहां चले गए? हाबला के साथ जितने लोग थे, वे भी चारों ओर हीरोइन को ढूंढ़ने लगे। गिरि गोविन्द ने पूछा, 'क्या सभी यहीं थे?'

बाहर आंगन में दो व्यक्ति खाना पका रहे थे। खाना बनाने के लिए ये लोग नैनागंज से बुलाए गए थे, क्योंकि कदमफूली के लोग मुरगी छूने को तैयार नहीं थे। कॉफी बनाना भी नहीं जानते थे। ये दोनों रसोइये भी मुंह बाए बैठे थे।

हाबला ने पास जाकर उनसे पूछा, 'अरे, तुम लोगों को कुछ पता है, ये लोग कहां गए?'

एक रसोइये ने कहा, 'बन्दूक की आवाज़ सुनकर शाहगंज के सब लड़के तो उस पार भाग गए।'

'निरापद बाबू को तुमने देखा था? क्या वे यहां आए थे?'

'हां, सिक्रेटरी बाबू पहले तो यहां थे, पर बाद में कहीं चले गए।

हाबला ने फिर पूछा, 'और कमरे में जो महिला थीं, वे कहां गई?'

'यह तो हमें पता नहीं, बाबू। हम कॉफी लेकर जब भीतर गए तो देखा कि वहां कोई नहीं है। हमने सोचा, शायद कहीं गई होंगी।'

हाबला आश्चर्यचकित रह गया। साथ के सब लोग एक-दूसरे का मुह ताकने लगे। आखिर सब गए कहां? बहुत ही ताज्जुब की बात है!

गिरि गोविन्द बोर हो उठा। दोपहर के समय थोड़ा आराम भी करने को नहीं मिला। मालिक ने तो यहां आने का हुक्म दे दिया, जब कि यहां किसी हंगामे या गड़बड़ी का चिह्न ही नहीं है।

हाबला ने रसोइये से फिर पूछा, 'शाहगंज के लड़के क्या बहुत चोख-चिल्ला रहे थे?'

उसने जवाब दिया, 'हां बाबू, करीब एक हज़ार लोग नदी पार करके आ गए थे और छत पर पत्थर फेंक रहे थे। खिड़की-दरवाज़ों पर भी पत्थर फेंके गए थे। हम लोग तो यह देख डर के मारे बाहर भाग गए थे। फिर जब यहां सब शान्त हो गया तो हम लौटकर भीतर आए। पर आकर देखते हैं कि यहां कोई है ही नहीं।'

हाबला की कुछ समझ में नहीं आ रहा था कि अब वह क्या करे? गिरि गोविन्द ने भी कहा, 'तो मैं अब यहां ठहरकर क्या करूंगा? मैं जाता हूं, मालिक से सारी बात बता दूंगा।'

गिरि गोविन्द जाने लगा। अब दरअसल यहां उसके करने को रह भी क्या गया था? उसने जो कुछ यहां देखा, बस यही सारी बातें जाकर राय साहब को बता देगा। उसके बाद राय साहब जैसा ठीक समझेंगे, वैसा करेंगे। आखिर वे प्रेज़िडेण्ट भी तो हैं।

पर जाते-जाते उसने देखा कि लोगों का एक झुण्ड उधर से इधर ही चला आ रहा है। ज़रा ध्यान से देखते ही हाबला ने समझ लिया कि पुलिस आ रही है। और सिर्फ पुलिस ही नहीं, उनके साथ में 'रूपक' का डायरेक्टर सत्य मल्लिक भी था। उनका लम्बा कद और जवान चेहरा सबसे अलग ही दिखाई दे रहा था। झुण्ड के बिल्कुल आगे-आगे निरापद भइया भी चले आ रहे थे। निरापद काफी तेज़ी से कदम बढ़ाता हुआ चला आ रहा था।

19

किसी-किसीका जीवन खुद में ही एक नाटक-सा होता है। इसका जीता-जागता प्रमाण है हीरक गुप्त। यद्यपि उसको नाटक-सिनेमा का शौक नहीं है, पर फिर भी शुरू से लेकर आखिर तक उसका जीवन किसी नाटक से कम नहीं।

अगर यह सच न होता तो हीरक के बचपन में ही उसके पिता इस तरह क्यों मर जाते? और पिता के मरने के बाद हीरक बिल्कुल अनाथ क्यों हो जाता? और अगर अनाथ नहीं होता तो राय-परिवार में उसे आश्रय भी नहीं मिलता। पर आश्रय पाने के उसी दुर्भाग्य ने आज उसको इस कदर सौभाग्य के उन्नत शिखर पर पहुंचा दिया था; अन्यथा उसको भी कदमफूली में 'संस्कृति-संघ' के इन लड़कों जैसा ही जीवन व्यतीत करना पड़ता। या सम्भव है कि बाहरयारीतल्ला में मोदीखाने की कोई छोटी-मोटी दुकान खोल लेता। या गड़ाई नदी पर मछली पकड़ने के लिए धरना देता और सारा दिन उसीमें बिता देता।

हीरक को वह दिन अच्छी तरह याद है, जब आधी रात के समय

इस कदमफूली को त्यागकर वह अकेला ही नैनागंज के स्टेशन पर पहुंचा था और शेष रात वहां के वेटिंग-रूम में बिताई थी। उस दिन इतनी बड़ी दुनिया में उसे एक भी नाम ऐसा याद नहीं आया था, जिसके पास जाकर वह खड़ा हो सके या आश्रय मांग सके। आज के इस वर्तमान जीवन और उस दिन के जीवन में ज़मीन-आसमान का फर्क है। लेकिन आज मंजरी देवी के नज़दीक पहुंचकर अचानक उसे लगा मानो इससे अच्छी तो पहले वाली ज़िन्दगी ही थी। उस अनाथा-वस्था में बिना खाए-पीए मारे-मारे फिरना, और साथ ही बड़े होने का उत्साह, उस दुनिया से शिकायत एवं खुद से प्यार! ओह, क्या दिन थे वे भी! अब न तो जीवन में किसी तरह का संघर्ष है, न कोई शिकवा है, न शिकायत; और न ही किसी तरह का विरोधाभास। इन सबके न होने ने ही जैसे उसके जीवन को जड़ बना डाला है। वह कभी-कभी सोचता है, अब मैं किससे शिकवा-शिकायत करूं और किससे क्या उम्मीद करूं? अब चाहने को बाकी ही क्या रह गया है? बल्कि अब तो उसीसे सबको शिकायत है तथा लेन-देन वाले उसे घेरे रहते हैं। आज हज़ारों परिवार उसीकी दया पर निर्भर हैं।

लाहा बाबू के घर से मंजरी को निकालकर हीरक अपनी गाड़ी में ले आया।

'मैं तुम्हें किस नाम से पुकारूं, समझ में नहीं आता?'

मंजरी ने कहा, 'क्यों? मेरा नाम क्या तुम्हें नहीं मालूम?'

हीरक ने कहा, 'मालूम तो है, पर ये लोग तो तुम्हें उस नाम से पुकारते नहीं। इन लोगों ने जब मंजरी देवी नाम बताया और कहा कि वह फिल्म की प्रसिद्ध अभिनेत्री है, तब भी मैं नहीं समझ पाया था कि वह तुम्हीं मेरी अन्न हो! मेरी वही अन्नपूर्णा!'

मंजरी ने कहा, 'वह नाम बहुत पुराना था, इसीलिए बदल लिया। इसके अलावा, जैसे तुमने अपने जीवन का नया परिच्छेद शुरू कर लिया है, वैसे ही मेरा भी यह नया जीवन समझो। अब तुम्हारी

पहलेवाली अन्नपूर्णा मर चुकी है।'

क्षणभर चुप रहकर वह फिर बोली, 'हां तो, अब कहां ले जा रहे हो मुझे?'

'जहां तुम कहोगी, वहीं ले चलूंगा। समूचे भारतवर्ष में रहने की जगह है मेरे पास। बम्बई, दिल्ली, मद्रास, हर कहीं!'

मंजरी बोली, 'पर मैं तो इच्छानुसार हर कहीं नहीं जा सकती न!'

मंजरी की बात सुनकर हीरक चकित रह गया। बोला, 'क्यों? क्या तुम्हें कहीं नौकरी करनी पड़ती है? मैंने तो सुना है कि तुम फिल्म में हीरोइन हो!'

मंजरी ने कहा, 'हां, हीरोइन हूं; तभी तो ऐसी बात है। अगर नौकरी करनी होती, तो जहां खुशी होती—वहां जाती और अपनी मर्ज़ी के अनुसार सब कुछ करती। सिर्फ एक ऑफिस को छोड़कर मैं और किसीकी भी परवाह नहीं करती। पर इस वक्त तो मैं ख्याति, प्रतिष्ठा एवं इज़्ज़त की गुलाम हूं। मैं जो कुछ आज करती हूं, दूसरे दिन के अखबारों की सबसे ताज़ा खबरें वही होती हैं।'

हीरक गुप्त ने कार चलाते-चलाते ही मुड़कर एक बार मंजरी के चेहरे की ओर देखा। उसके बाद बोला, 'ये सारी बातें शायद तुम्हारे नाटक के डायलॉग हैं? क्या उन्हें ही दोहरा रही हो तुम?'

'तुमने कैसे जाना यह? तुम तो कहते हो कि तुम नाटक-सिनेमा देखते ही नहीं?'

हीरक हंसा। बोला, 'यह सच है कि मैं फिल्म वगैरह नहीं देखता। यही नहीं, बल्कि इनके विषय में जानकारी रखने का भी मुझे अवकाश नहीं मिलता। फिर भी नाटक में क्या रहता है, यह तो मैं जानता ही हूं।'

'अखबार भी नहीं पढ़ते? अखबार में भी तो मेरे चित्र छपते हैं।'

हीरक ने कहा, 'ज़रूर छपते होंगे, पर मुझे अखबार की वे खबरें पढ़ने की फुरसत नहीं मिलती। शेयर मार्केट की खबर देखने में ही मेरा रोज़ दो घण्टे का समय लग जाता है।'

'क्या सचमुच तुम मेरा नाम नहीं जानते? मुझे तो विश्वास ही नहीं हो रहा है।'

हीरक ने कहा, 'इतने दिन तक तो सचमुच ही नहीं जानता था; हां, आज यहां आकर लड़कों के मुंह से पहली बार तुम्हारा नाम सुना; लेकिन तब भी यह नहीं समझ आया था कि वह तुम्हीं हो।'

मंजरी ने कहा, 'ओह, तो इसका मतलब है, इतने दिन तक सच-मुच ही मेरी धारणा गलत थी!

'कैसी गलत धारणा?'

'मैं सोचती थी कि बंगाल के जितने भी लोग हैं, सब मेरा नाम जानते हैं; मेरी सूरत से परिचित हैं। यहां के जितने भी लड़के, लड़कियां, बूढ़े और जवान हैं, मेरा नाम सुनते ही सब मुझे पहचान सकते हैं।'

'हीरक ने कहा, 'खैर, तुम इस बात को इतना तूल मत दो। दरअसल; मुझे सिनेमा देखने का टाइम ही नहीं मिलता।'

पर बंगाल की सड़कों पर तो तुम भी घूमते-फिरते हो; क्या मेरा पोस्टर भी तुम्हारी नज़र में नहीं पड़ा?'

हीरक ने कहा, 'ओह, मैं देख रहा हूं, तुम अभी भी वैसी ही हो। वैसी ही घमण्डी!'

'मेरा घमण्ड अभी तुमने देखा ही कितना है? वह तो बलाई सान्याल जानता है अच्छी तरह।'

'यह बलाई सान्याल कौन है?'

'वह मेरा प्रोड्यूसर है। फाइनेन्सियर और डिस्ट्रीब्यूटर भी है। यानी कि वह सब कुछ है। मेरे ज़रा-सा मुस्करा भर देने से वह निहाल हो जाता है।'

'और वह सज्जन जो तुम्हारे साथ आए हैं, वे कौन हैं? वही जो तुम्हारे डायरेक्टर कहलाते हैं?'

'उनका नाम सत्य मल्लिक है। वे कोई खास नहीं हैं। उनकी कम्पनी के साथ तो मैं यों ही दया करके हीरोइन का रोल निभाने चली

आई हूं।'

'क्यों, दया करके कैसे? क्या तुम उनसे रुपये नहीं लोगी?'

मंजरी मुस्कराई और बोली, 'यों साधारणतः मैं दया नहीं करती। यह मैं अच्छी तरह जानती हूं कि मेरे दया करने से मेरे प्रोड्यूसर को लाखों रुपयों का मुनाफा होता है। आज अगर एक कन्ट्राक्ट पर मैं हस्ताक्षर करती हूं तो कल अखबार का प्रमुख आकर्षण वही खबर होती है।'

हीरक ने कार चलाते हुए पूछा, 'अब यह बताओ कि तुम जाओगी कहां?'

मंजरी ने जवाब दिया, 'जहां तुम ले जाओगे।'

'मान लो, मैं तुम्हें अपने घर ही ले जाऊं; तब?'

'मुझे इसमें कोई आपत्ति नहीं है। सुना है, तुमने मेरे मेकअप-रूम के लिए काफी बड़ा आईना दिया है?'

'बस यही; और कुछ नहीं सुना?'

'और क्या सुनती?'

'तुमने यह नहीं सुना कि अब मेरे पास भी बहुत रुपये हैं? यह नहीं सुना कि मैं लोहे का कारोबार करता हूं? क्या यह नहीं सुना कि मेरी कम्पनी की फैक्टरी में हज़ारों की संख्या में लोग काम करते हैं?'

मंजरी मुंह बाए हीरक की ओर एकटक देखे जा रही थी। हीरक ने फिर कहना शुरू किया, 'उस दिन अगर ताई घर से न भगा देतीं तो शायद यह सब कुछ नहीं होता। तब संभव था कि कदमफूली के अन्य लड़कों की तरह मैं भी आज पंडाल बनाकर मेहनत करके नाटक करता फिरता। या फिर बारहयारीतल्ला में मनिहारी की कोई छोटी-मोटी दुकानं कर लेता अथवा नदी किनारे बंसी लेकर मछली पकड़ता।'

मंजरी ने कहा, 'तुम्हारे चले जाने के बाद मैं भी गांव से भाग गई थी। क्या तुम्हें पता है?'

'नहीं तो! भागी क्यों?'

'तुम्हारी खोज में ही भागी थी।'

'यह क्या कह रही हो?'

मंजरी ने कहा, 'हां, यह सच है। पता नहीं उस वक्त क्या मन में आया कि जो काम आज तक नहीं किया था, वही कर बैठी। हमारे वंश में आज तक किसीने ऐसा नहीं किया।

'ओह, यह बात है? फिर उसके बाद?'

'उसके बाद पता नहीं कैसे और क्या-क्या हुआ? मैं कदमफूली से पैदल चलकर सीधी नैनागंज स्टेशन पहुंची और ट्रेन में बैठ गई। उस समय आधी रात थी। मुझे बहुत डर लग रहा था। मैंने सोचा, यह मैं क्या कर रही हूं? अगर अभी मुझे कोई पकड़ ले, या मेरी इज़्ज़त लूट ले, तो? पर मां और पिताजी पर मुझे बेहद गुस्सा आ रहा था, क्योंकि उन लोगों ने तुम्हें निकाल दिया था, इसलिए वापस घर लौटना भी नहीं चाहती थी।'

'उसके बाद?'

'उसके बाद ट्रेन चल पड़ी। मेरे पास न टिकट था, न कुछ सामान आदि। उसी ट्रेन से रिफ्यूजी लड़के-लड़कियों का एक दल पाकिस्तान से आ रहा था। उसमें मैं भी शामिल हो गई। उनमें से किसीके पास भी टिकट नहीं था। अतः मुझे भी लोगों ने उसी दल में से एक समझा। मैं भी पाकिस्तान से निकाले लोगों के साथ एक हो गई। रास्ते में कोई भी मुझे चैलेंज नहीं कर सका। मैं उनके साथ-साथ कलकत्ता चली गई और उन्हींके साथ एक रिफ्यूजी कॉलोनी में ठहर गई। सभीने यह समझा कि मेरे मां-बाप या अपना कोई भी साथ नहीं रहा। उन लोगों ने सोचा कि शायद दंगे के समय उन सभीका खून कर दिया गया है।'

'उसके बाद?' गाड़ी ड्राइव करते-करते ही हीरक सारी बातें ध्यान से सुन रहा था। बोला, 'उसके बाद क्या हुआ?'

उसके बाद तुम्हारी वही अन्नपूर्णा एक दिन मंजरी सेन बन गई। मेरा नाम हुआ, रुपये हुए; मेरी कोई भी इच्छा या लालसा बाकी नहीं रही। और अब तुम मुझे यहां देख ही रहे हो।'

'इसके पहले तुम कदमफूली कभी नहीं आई?'

मंजरी ने कहा, 'कभी नहीं। यही पहली बार आई हूं।'

'क्या ताऊजी-ताईजी ने तुम्हारी कोई खोज-खबर नहीं ली? क्या उन्होंने थाने में खबर तक नहीं दी?'

मंजरी ने कहा, 'हो सकता है, उन्होंने मेरी खोज की हो। संभव है, उन्होंने पुलिस में भी खबर दी हो। या फिर ऐसा भी हो सकता है कि लोकलाज के डर से किसीको कुछ बताया ही न हो। या मुमकिन है, कोई झूठी अफवाह उड़ा दी हो। शायद यह कह दिया हो कि मैं मामा के घर जाने के बाद अचानक मर गई। सब कुछ मुमकिन है। पर इस बारे में मुझे ठीक-ठीक कुछ भी पता नहीं है।'

'उसके बाद क्या हुआ?'

मंजरी ने जवाब दिया, 'उसके बाद और क्या होता? उसके बाद तो अब मैं यहां तुम्हारे सामने हूं ही।'

'क्या ताऊजी-ताईजी किसीको भी नहीं पता कि तुम यहां नाटक करने आई हो?'

मंजरी ने कहा, 'मुझे ही क्या पता था कि मैं यहां आ रही हूं, खास इसी कदमफूली में? और न यह पता था कि यहां आकर तुमसे फिर मुलाकात हो जाएगी। मेरे डाइरेक्टर सत्य दा ने पहले से कुछ भी नहीं बताया था मुझे। फिर रास्ते में जब मैंने कदमफूली का नाम सुना तो काफी चाहा कि यहां नहीं आऊं। पर सत्य मल्लिक को भी तो पता नहीं था कि यही कदमफूली मेरी जन्मभूमि है।'

'तो तुम्हारे बारे में यहां किसीको कुछ पता नहीं?'

'नहीं, अभी तक तो किसीको कुछ पता नहीं है। मैंने किसीको भी नहीं बताया। जब कार इधर आने लगी थी तब मुझे शक हुआ था कि यह मुझे किधर ले जा रहे हैं। बस, तब से वही पुरानी बातें सोच रही हूं। सोच रही हूं कि आज तकदीर मुझे कहां ले आई है। बाहर जब सब लोग चीख-चिल्ला रहे थे, गाली-गलौज कर रहे थे, खिड़कियों पर पत्थर फेंक रहे थे; तब मेरा उधर बिल्कुल भी ध्यान नहीं था। मैं तो बस बैठी-बैठी अपनी ही बातें सोचे जा रही थी। मैं हंसूं या रोऊं; कुछ

भी समझ में नहीं आ रहा था।'

हीरक ने कहा, 'अरे, बातों ही बातों में हम बहुत दूर निकल आए! बिल्कुल नैनागंज की तरफ! चलो, अब घर की ओर लौट चलें।'

'घर?' मंजरी अवाक् रह गई। बोली, 'तुम्हारे घर?'

हीरक ने कहा, 'हां, मेरे घर जाने में तुम्हें कोई एतराज़ है?'

'नहीं, एतराज़ भला क्यों होगा! पर तुम्हारे घर में कौन-कौन है

'मेरी पत्नी है। बस,और कोई नहीं।'

'और लड़के-बच्चे? क्या बेटा-बेटी कोई नहीं है तुम्हारे?'

'हां, है, एक लड़का। उसको अमरीका भेज दिया है। वहीं पढ़ता है वह।'

'तो सचमुच ही तुम मुझे अपनी पत्नी के पास ले चल रहे हो?'

'क्यों, ले जाने में क्या बुराई है?'

'नहीं, बुराई तो कुछ नहीं है। पर वहां ले जाकर तुम मेरा परिचय क्या दोगे? क्या यह कहोगे कि मैं सिनेमा-स्टार 'मंजरी सेन' हूं!'

हीरक ने कहा, 'जो परिचय तुम कहोगी, वही दे दूंगा।'

'अगर तुम मेरा असली परिचय दोगे तो क्या तुम्हारा कुछ नुकसान नहीं होगा?'

'नुकसान?' कहकर न जाने मन ही मन हीरक क्या सोचने लगा।

मंजरी ने कहा, 'क्या तुम अपनी पत्नी से कह सकते हो कि शादी से पहले तुम मुझसे प्रेम करते थे? क्या उसे बता सकोगे कि मेरे ही कारण मां ने तुम्हें घर से निकाल दिया था? बता सकोगे कि मेरे पिता के पास ही तुम्हारा पैतृक मकान दो हज़ार रुपयों में गिरवी पड़ा था? सब कुछ खोलकर उसे बता सकोगे न? अच्छी तरह सोचकर देख लो।'

हीरक चुपचाप कार चलाता रहा।

मंजरी ने फिर कहना शुरू किया, 'सबसे अच्छा तो यही रहेगा कि मुझे जहां से लाए हो, वहीं वापस पहुंचा आओ।'

हीरक ने रास्ते के एक ओर कार रोक दी। फिर पॉकेट से सिगरेट

केस निकालकर एक सिगरेट सुलगाई। सामने पश्चिम की ओर पेड़ों के ऊपरी छोर पर शाम का सूरज अटका हुआ था। हीरक ने एक बार उस तरफ देखा। फिर एक लम्बा-सा कश लेकर धुआं उगल दिया। पिछली सीट पर बन्दूक आड़ी रखी हुई थी। हीरक ने कातर होकर उसकी तरफ देखा। कहां तो जा रहा था मज़े से झील की ओर शिकार करने और यहां क्या से क्या हो गया! वैसे तो यह बन्दूक हीरक के जीवन में हरदम साथ रही है। इसी बन्दूक से उसने कितनी ही बार चिड़िया, बाध और हिरण वगैरह का शिकार किया है। पर आज तक उसे मनुष्य का शिकार नहीं करना पड़ा था। आज यह पहला अवसर है। आज यह पहला अवसर है, जब उसे मनुष्य का शिकार करके आना पड़ा है। उस दिन की अन्नपूर्णा आज एकदम से मंजरी सेन बनकर उसकी ज़िन्दगी में आ गई है। सिर्फ मंजरी सेन ही नहीं, बल्कि अब उसके साथ रुपये, ख्याति, इज़्ज़त और प्रतिष्ठा सभी कुछ मौजूद है।

हठात् हीरक ने कहा, 'इससे तो अच्छा है अन्न चलो, हम कहीं भाग चलें।'

'क्यों? मुझे अपने घर ले जाते डर लगता है?'

हीरक ने कहा, 'हां।'

'किस बात का डर?'

हीरक ने कहा, 'तुमने जो-जो बातें अभी कही हैं, वे मैं अपनी पत्नी से नहीं कह सकूंगा। माया तो मुझसे पूछेगी ही कि तुमसे मेरा परिचय किस तरह हुआ? तुमसे मेरा क्या सम्बन्ध है?'

'फिर ऐसा करो, तुम झूठ बोल देना। तुम पहले से मुझे जानते हो, यह बात ही दबा देना। कहना कि संकट से मुझे छुटकारा दिलाने की गरज़ से ही तुम मुझे अपने घर ले आए हो। क्यों, ऐसा नहीं कह सकोगे?'

पता नहीं हीरक क्या सोचने लगा। कुछ देर बाद बोला, 'नहीं, मैं ऐसा नहीं कह सकूंगा।'

'तब फिर? शायद पत्नी से तुम बहुत डरते हो?'

हीरक ने जवाब दिया, 'हां, डरता हूं।'

'तो फिर अब तुम्हारा क्या इरादा है?'

हीरके बहुत देर तक सिगरेट के धुएं के छंल्ले बनाता रहा। फिर बोला, 'सुनो अन्न, मुझे ऐसा महसूस होता है कि मैंने आज तक जो कुछ भी किया है, वह गलत था।'

'ऐसा क्यों कहते हो?'

'अन्न, तुम्हें मालूम ही है कि मेरी जगह कोई दूसरा व्यक्ति होता तो मुझ जैसी स्थिति में अपने को परम सुखी मानता। गत वर्ष हमारी कम्पनी ने सत्रह लाख रुपये इन्कम टैक्स में दिए हैं। इसके अलावा खुद मैंने भी पर्सनल-टैक्स के रूप में तीन लाख रुपये दिए हैं। अब इससे अधिक मेरे जैसा आदमी भला क्या कर सकता था, बोलो तो? किसी दिन इसी हीरक ने स्यालदह स्टेशन पर चाय की दुकान के सामने डेली-पैसेंजरों से एक-एक पैसे की भीख मांगी थी। सिर्फ इतना ही नहीं, पैदल चल-चलकर अखबारों की फेरी तक की है मैंने। लोगों के घरों में नौकर का काम किया है। कारखानों में इन्हीं हाथों से हथौड़ी भी चलाई है मैंने। और उसके बाद, अचानक ही युद्ध छिड़ गया।'

इतना कहकर हीरक ने मंजरी की ओर मुंह घुमाकर देखा। पूछा, 'क्या बात है, कुछ बोल नहीं रही हो तुम?'

मंजरी ने जवाब दिया, 'मैं सब सुन रही हूँ, तुम कहे जाओ। हां फिर, उसके बाद?'

हीरक ने फिर कहना शुरू किया, 'उसके बाद से अब तक मैं रुपये कमाने में ही लगा रहा हूं। रुपये कमाता हूं और खर्च करता हूं। पर अपने बारे में सोचने का मौका मुझे आज तक नहीं मिला। मैंने सोचा था कि सिर्फ रुपयों के बल पर ही मैं सारी दुनिया को खरीद सकूंगा। पर आज तुमने मुझे उलझन में डाल दिया है।'

"मैंने?"

'हां, तुमने। कदमफूली में मैं इससे पहले भी बहुत बार आया हूं। अपने पिता के पुराने मकान को मैंने पैलेस में बदल दिया है। इस कदम-

फूली ने मुझे जितनी यातनाएं दी हैं, उन सबका मैंने पूरा-पूरा प्रतिशोध लेना चाहा है। मुझे ऐसा महसूस होता रहा है कि सारी दुनिया ही मेरे विरुद्ध कोई षड्यन्त्र रच रही है। इसीलिए मैंने प्रतिज्ञा की थी कि खुद के पैरों पर खड़े होते ही समूची दुनिया से मैं अपना प्रतिशोघ लूंगा। पर आज तुमसे मुलाकात होने के बाद से मुझे ऐसा लग रहा है अन्न, मानो मैं हार गया हूं। सचमुच ही मेरी पराजय हुई है।'

मंजरी हंसने लगी। बोली, 'ऐसा क्यों कहते हो? क्या मैंने सच-मुच ही तुम्हारी बहुत क्षति की है?'

हीरक ने कहा, 'नहीं, मैं तो यह देख रहा हूं कि मैं दुनिया में कुछ भी नहीं कर पाया। सिर्फ अपने स्टाफ के सामने ही मैं फरिश्ता माना जाता हूं, पर अपनी फैक्टरी के बाहर मेरा कोई अस्तित्व नहीं। जबकि···'

'जबकि क्या?'

'जबकि तुमको सिर्फ एक नज़र देखने भर के लिए हज़ारों की संख्या में लोगबाग तनी हुई बन्दूक के सामने भी निर्भय होकर सीना ताने खड़े रहते हैं। सिर्फ एक बार तुमको देखने के लिए! दूर से ही सही, पर लोग तुम्हें एक बार देखना चाहते हैं। शहर होता तो पता नहीं तुम्हारा क्या हाल होता? जहां सिनेमा-नाटकों की भीड़ लगी रहती है, वहां तो लोग तुम्हें चीर-फाड़कर चट कर जाते।' .

मंजरी ने कहा, 'इस वक्त इन बातों को जाने दो।'

हीरक ने पूछा, 'हां, तो बताओ, कहां चलें?'

मंजरी ने कहा, 'यहां से बहुत दूर, कहीं भी ऐसी जगह चलो, जहां कोई मुझे पहचान न सके।'

'पर ऐसी जगह मिलेगी कहां?'

मंजरी ने कहा, 'चलो, ढूंढकर देखें कि ऐसी जगह कहीं मिलती है या नहीं।'

हीरक ने कार स्टार्ट की। गाड़ी चल पड़ी। सामने दोनों ओर सूना मैदान फैला पड़ा था और हाई-वे वाली चौड़ी सड़क सीधी नैनागंज की

ओर चली गई थी। कार तो यों भी यहां के लिए एक अद्भुत और नई वस्तु थी। कार लेकर इस अंचल में अधिक आना-जाना कोई नहीं करता, अतः खेत में काम करते हुए किसान-मज़दूर हाथ का सब काम छोड़कर मुंह बाए एकटक इनकी ओर देखने लगे।

'हीरक, देखो वे लोग कितने सुखी हैं! हैं न?'

'कौन लोग?'

हीरक ने एक नज़र उधर देखा। नंगे बदन पर सिर्फ कमर में एक कपड़ा लपेटे हुए तथा सिर पर एक साफा बांधे हुए थे वे सब किसान। किसी-किसी किसान की पत्नी भी खेत पर आई हुई थी। वे दोनों गांव के इन किसानों को जानते थे। मंजरी और हीरक इसी कदमफूली एवं नैनागंज में पैदा हुए थे, यहीं बड़े हुए थे। फिर भी इतने दिनों बाद आज उनकी नज़रों में यह सब नया-नया-सा लग रहा था।

हीरक ने कहा, 'लेकिन अन्न, वे लोग हमें सुखी मानते हैं।'

'ओह, उनके मानने से क्या होता है! वे लोग रात को निश्चिंत होकर सो तो सकते हैं न! मेरी तरह इतनी परेशानियां या चिन्ताएं तो नहीं सताती उनको।'

हीरक ने आश्चर्य से पूछा, 'कैसी बातें करती हो तुम? क्या रात को तुम्हें नींद नहीं आती?'

मंजरी ने जवाब दिया, 'नहीं।'

'क्यों?'

जवाब मिला, 'पता नहीं : मुझे खुद भी नहीं मालूम। इसके अलावा बाहर के किसी भी व्यक्ति को इस बात का पता नहीं। नदी पार करके लाहा बाबू के मकान के सामने जिन लोगों ने मुझे सिर्फ एक बार देखने के लिए इतना बड़ा हंगामा खड़ा कर दिया था, काश, वे लोग जान पाते कि मुझसे वे लोग कितने अधिक सुखी हैं!'

'तुम दवा क्यों नहीं लेती? डाक्टर को क्यों नहीं दिखातीं?'

मंजरी ने कहा, 'दिखाया था।'

'क्या कहा उसने?'

मंजरी बोली, 'पहले तो उसने मुझे एक गुलाबी रंग की टैबलेट दी थी। पर वह मैं बहुत अधिक लेने लगी; इसलिए उसे बदलकर अब वह एक दूसरी सफेद रंग की टैबलेट दे रहा है। उसका कहना है, पहली-वाली गोली से शायद 'हार्ट' कमज़ोर हो जाता है।'

'ये गोलियां तुम रोज़ लेती हो?'

मंजरी ने जवाब दिया, 'बिना लिए रह भी तो नहीं सकती।'

'क्यों, तुम्हें भला ऐसी कौन-सी तकलीफ है?'

मंजरी कहने लगी, 'मैंने यही बात डॉक्टर से भी पूछी थी कि मुझे कौन-सी तकलीफ है? मेरे पास तो रुपये भी बहुत हैं, मेरा स्वास्थ्य भी भला-चंगा है। मुझे किसीकी नौकरी भी नहीं करनी पड़ती। न घर गृहस्थी का ही मुझपर कोई बोझ या झंझट है। मुझे रुपये देने के लिए सभी दिन-रात मेरी खुशामद करते रहते हैं। जिस दिन किसी सिनेमा-हाउस में मेरी कोई नई फिल्म रिलीज़ होती है, उस दिन हॉल के सामने की भीड़ को कंट्रोल करने के लिए पुलिस बैठानी पड़ती है। फिर मुझे क्या तकलीफ है?'

'तो डाक्टर ने क्या कहा?'

'डॉक्टर ने जो कुछ कहा, मैं उसका कुछ भी मतलब नहीं समझ पाई। डॉक्टर का कहना है कि मुझे जितना मिलना उपयुक्त था, उससे बहुत अधिक मिल गया है। इसीलिए मुझे इतनी तकलीफ होती है।'

'इसका मतलब?'

'मतलब पता नहीं क्या है। शायद मेरा इतना नाम नहीं होता, इतने रुपये मेरे पास न होते, तभी अच्छा रहता। तभी शायद मैं उन लोगों की तरह सुख से सो सकती।'

'कहीं बाहर घूमने क्यों नहीं जातीं; जिस तरह मैं घूमता-फिरता हूं?"

'कोई जगह भी तो ऐसी नहीं छोड़ो, जहां मैं न गई होऊं। इण्डिया में, इण्डिया के बाहर, समुद्र के उस पार, पहाड़ों के शिखर पर; सब जगह तो मुझे ले जा चुका है बलाई सान्याल।'

'वही तुम्हारा प्रोड्यूसर बलाई सान्याल?'

'हां, वही। इसमें उसीका तो फायदा है। मेरे स्वास्थ्य के बारे में मुझसे अधिक उसीको तो सिरदर्द रहता है।'

हीरक ने कहा, 'ओह! आसामी तो अच्छा ही मिला है तुम्हें!'

'क्या वह सिर्फ मेरे भले-बुरे को ध्यान में रखकर ही यह सब करता है? मेरे स्वस्थ रहने का अर्थ है, उसकी अधिक कमाई होना। पर इस बार तो शायद बलाई सान्याल भी हार मान गया होगा।'

'वो कैसे?'

'इतनी मुश्किल से वह मुझे संभाल-संभालकर रखता है। फिर भी मैं उसकी आंखों में धूल झोंककर इस सत्य मल्लिक के साथ नाटक करने निकल पड़ती हूं। उसकी समझ में नहीं आता कि मैं क्यों नगर के बाहर ऐसे गांवों में नाटक करने आती हूं। जबकि शहर की व्यस्तता से ही थक-कर मैं हांफ जाती हूं, मेरा दम घुटने लगता है।'

'पर आज रात को यदि तुम्हें नींद न आई तो क्या करोगी? गोलियां कहां से मिलेंगी तुम्हें?'।

मंजरी ने कहा, 'मेरे पास हरदम गोलियां रहती हैं। इस समय भी मेरे सूटकेस में रखी हैं। मैं उन्हें साथ ही ले आई हूं।'

'पर तुम्हारा सूटकेस तो लाहा बाबू के घर में है।'

'ओह, हां!' इतनी देर बाद मानो मंजरी को सब कुछ याद आया। उसे याद आया कि वह कदमफूली में आई है, और 'रूप और रूपो' की हीरोइन है। उसे यह भी याद आया कि उसको लाहा बाबू के मकान में न पाकर सभी हताश हो जाएंगे। जिन्होंने नाटक देखने के लिए टिकट खरीदा है, वे सभी उसे न पाकर चीख-पुकार मचाएंगे। अब सब याद आने लगा उसे। पर फिर भी उसे लगा, यही ठीक है, यह भाग आना ही उसके हित में अच्छा रहा है।

मंजरी ने कहा, 'उधर भी तो एक रास्ता है न, हीरक?'

हीरक ने कहा, 'उधर तो फूलवाड़ी है।'

'तो ठीक है, फूलवाड़ी की ओर ही चलो न!'

हीरक ने पूछा, 'फूलवाड़ी में जाकर क्या करोगी।?'

मंजरी ने कहा, 'करना कुछ नहीं है, बस, वहां जाना चाहती हूं।'

'पर वहां तो कहीं रहने की जगह है नहीं। वह तो एकदम निर्जन जगह है।'

मंजरी ने कहा, 'रहने की जगह न हो तो न सही, पेड़ की छांव तो होगी न वहां।'

'पेड़ के तले रहोगी?'

'क्यों, पेड़ की छांव क्या खराब जगह है?'

'यदि वहां गरमी अधिक हुई तो?'

'तुम्हारी गाड़ी तो है ही। तुम्हारी गाड़ी में ही सो जाऊंगी।'

'और यदि भूख लगेगी, तब?'

मंजरी ने कहा, 'भूख लगेगी तो कार से चलकर नैनागंज से खा आएंगे। वहां की मूड़ी और गुलाबजान बहुत बढ़िया होते हैं।'

'तुम मूडी खाओगी?'

"क्यों? क्या मूड़ी खराब चीज़ है? जानते हो, कितने ही दिनों से नमक-पानीवाला बासी भात खाने की मेरी इच्छा हो रही है, पर मैं खा नहीं सकती। तेल में तली चीज़ें खाने की इच्छा होती है, पर मैं वे भी खा नहीं सकती। तुम्हें मालूम है, कई बार तो मुझे भरपेट भात खाने को भी नहीं दिया जाता?'

हीरक विस्मित-सा हो गया यह सब सुनकर। बोला, 'क्यों? भर पेट खाने को क्यों नहीं दिया जाता? बताओ तो, कौन नहीं खाने देता तुमको?'

'और कौन? वही बलाई सान्याल। हमारा प्रोड्यूसर। उसे डर है कि तेल की तली चीज़ें खाने से मेरा शरीर बिगड़ जाएगा। भात खाकर अगर मैं मोटी हो गई तो नुकसान बलाई सान्याल का ही होगा न। मेरे कारण ही तो बलाई सान्याल की कमाई होती है। मैं अगर लाखों कमाती हूं तो बलाई सान्याल मुझे खटाकर करोड़ों रुपये कमाता है।'

'यह बात है? तुम्हारा बलाई सान्याल करोड़ों रुपयों का मालिक है?'

"सिर्फ अकेला बलाई सान्याल ही नहीं, बल्कि हमारी सिनेमा-लाइन में बलाई सान्याल जैसे और भी तो बहुत-से लोग हैं, जो करोड़ों रुपयों के मालिक हैं।'

हीरक ने कहा, 'चलो तब फूलवाड़ी की तरफ ही चलें!'

अब 'हाई-वे' का रास्ता छोड़ कर उनकी कार बगलवाले छोटे रास्ते पर चल पड़ी। कच्चा मिट्टीवाला रास्ता! सर्दी शुरू हो जाने के कारण कीचड़ सूखकर धूल में परिवर्तित हो गया था। पहियों के दबाव से धूल उड़-उड़कर मंजरी के आंख-मुंह पर जमने लगी।

हीरक ने मंजरी की ओर देखकर कहा, 'देखो, तुम्हारा मेकअप खराब हो ज़ाएगा।'

मंजरी ने कहा, 'होने दो। तुम चलो।'

20

वंशीवदन अपने कमरे में था। अचानक पुकार सुनकर वह भीतरी बरामदे में गया तो माया ने पूछा, 'वंशी, साहब कहां गए हैं।'

वंशीवदन ने कहा, 'जी, वे तो दोपहर के ही गए हुए हैं।'

'यह तो मुझे भी पता है। पर वे कहां गए हैं और अभी तक लौटे क्यों नहीं?'

वंशीवदन ने पूछा, 'एक बार ढूंढ़ने जाऊं?'

साधारणतः यहां आने के बाद गुप्ता साहब दो-एक दिन घर में ही बिताते और यहां के किसी भी व्यक्ति से नहीं मिलते। जब वे घर में सोकर या उठ-बैठकर सब तरह से ऊब जाते तो उनका मन छटपटाने लगता। गुप्ता साहब कामकाजी जीव हैं, यह वंशीवदन अच्छी तरह जानता है। कभी-कभी तो वे कुदाल लेकर स्वयं ही बाग की मिट्टी

खोदने लग जाते या फिर चहारदीवारी के किनारे-किनारे पौधे रोपने लगते। ऐसा था गुप्तां साहब का स्वभाव। कभी तो वे खानसामा-बाबर्ची साथ लाते, और कभी वंशीवदन के हाथ का ही बनाया खाना उन्हें स्वादिष्ट लगता। वंशीवदन उनको मनमौजी स्वभाव का व्यक्ति मानता था। उसके बाद शिकार की बारी आती थी।

बहुत पहले एक बार गुप्ता साहब का खास नौकर मोहन उनके साथ आया था। साहब के साथ मोहन सारी दुनिया में घूम चुका था।

मोहन के मुंह से ही वंशीवदन ने गुप्ता साहब के मनमौजी स्वभाव की कहानी सुनी थी। उनके मिज़ाज के बारे में उसने मोहन से काफी सुन रखा था। साहब को कैसा और क्या-क्या खाना पसन्द है, यह भी जान लिया था उसने। मोहन जब उनके साथ नहीं आता तो वंशीवदन का डर के मारे बुरा हाल हो जाता था। वह इस भय से कांपता रहता कि पता नहीं साहब उसके हाथ का खाना पसन्द करेंगे या नहीं।

'मोहन कहा करता था, जानते हो वंशी, साहब के पास बहुत रुपये हैं?'

वंशीवदन जवाब देता, 'ज़रूर होंगे। अन्यथा इस वज्र देहात में कोई मोटर में बैठकर आता है?'

नहीं भई, मेरे कहने का यह मतलब नहीं है। मैं तो यह कह रहा हूं कि उनके पास अधिक रुपये हैं, इसीलिए झंझट भी बहुत हैं। इन्हीं झंझट-झमेलों से ऊबकर हमारे साहब यहां भाग आते हैं।'

वंशीवदन के दिमाग में ये सब बातें नहीं घुसतीं। वह कहता, 'जब रुपये हों तो फिर झंझट-मुसीबत किस बात की, मोहन? देखो न, हम-लोगों के पास रुपये नहीं हैं, इसीलिए इतनी मुसीबत है। पर साहब को किस बात की तकलीफ है?'

मोहन को गुप्ता साहब की सब झंझटों-मुसीबतों का ज्ञान था। साहब पर कितने मामलों-मुकदमों का बोझ रहता है, उनका कितना बड़ा ऑफिस है, जिसमें नित्य कितने-कितने लोग नौकरी के लिए धरना दिए बैठे रहते हैं; आदि-आदि बहुत-सी बातें हैं, जिनका मोहन को

ज्ञान था।

पर इतना सब वंशी को नहीं मालूम था। उसने तो इन्हीं साहब को, जब वे बहुत छोटे थे, तब से देखा है। उन दिनों उसके लिए यही साहब मुन्ना थे। उसके बाद मुन्ना से मुन्ना बाबू हुए। और फिर बाद में मोहन के मुंह से ही सुन-सुनकर वंशीवदन उन्हें मुन्ना बाबू से साहब कहने लगा।

साहब पूछते, 'वंशी, क्या तुम मछली का बहुत ही स्वादिष्ट शोरबा बना सकते हो?'

पहले-पहल तो वंशी को शर्म आती थी। पर बाद में साहब एवं मालकिन से अपने खाने की प्रशंसा सुन-सुनकर उसका साहस बढ़ गया। अतः जितने दिन साहब यहां रहते, वंशी गांव की खास-खास चीज़ें उनके लिए पकाता था।

साहब कहते, 'वाह वंशी, तुम तो खाना पकाने में बहुत माहिर हो!'

वंशी कहता, 'मोहन जैसा खाना तो मुझे बनाना नहीं आता, साहब!'

हीरक कहता, 'अब मैं मोहन को छोड़ दूंगा और तुम्हें ही हर जगह अपने साथ ले जाया करूंगा।'

माया कहती, 'तब तो बस, हो गए निहाल!'

हीरक पूछता, 'क्यों? क्या वंशी नहीं बना सकेगा?'

माया कहती, 'सकेगा क्यों नहीं; पर उसे तुम्हारे मिज़ाज़ का अन्दाज़ तो है नहीं। जिस दिन तुम्हारे तेवर से उसका पाला पड़ेगा, वह नौकरी छोड़कर भाग जाएगा।'

यह सच भी था। बात अस्वीकार करने लायक नहीं थी। हीरक गुप्त के मिज़ाज की जानकारी कदमफूली के लोगों को नहीं थी। वह तो उसकी फैक्टरी का स्टाफ ही जानता था। गुप्ता साहब को देखते ही उनके मेरुदण्ड तक में आतंक से कंपकंपी छूटने लगती थी। इंजीनियर और फोरमैनों का दिल कांप उठता था। वे मन ही मन भगवान को याद करते रहते।

फैक्टरी में बराबर ही यूनियनें बनाने की मुसीबतें उठती रहती हैं, बहुत बार स्ट्राइक हो जाता है, कितनी बार पुलिस को बुलाना पड़ता है और कितनी ही बार खून-खराबा तक हो जाता है। इन्हीं सब झंझटों के कारण कितनी ही बार फैक्टरी से सीधे घर आकर गुप्ता साहब ने घर में भयानक महाभारत छेड़ा है। घर में घुसते ही जो उनके सामने आया है, उसे उन्होंने नौकरी से निकाल दिया है। आखिर में जीवन की पीड़ा की सारी कड़वाहट माया पर आकर गिरती। वे माया को सामने पाकर मन का सारा जहर उसपर उंड़ेल देते और साधारण-सी बात को लेकर भयानक से भयानक काण्ड कर बैठते। एक दिन डाक्टर ने उनको एक तरह की टैबलेट दी और कहा, 'रात को सोने के पहले रोज़ एक खा लीजिएगा, मिस्टर गुप्ता!'

पहले-पहल तो उन्होंने अपने को संयत करने की कोशिश की, पर बाद में उन्हें गोलियां खानी ही पड़ीं। और इन गोलियों का बहुत फायदा भी हुआ। मिज़ाज ठण्डा भी रहने लगा तो उन्होंने गोलियां लेनी बन्द कर दीं, पर एक बार फिर कारखाने में 'लेबर-ट्रबल' हुआ तो उन्हें दुबारा वही गोलियां खानी पड़ीं। तभी उन्हें कुछ शान्ति मिली।

इसके बाद फिर डॉक्टर को बुलाने की ज़रूरत न पड़ी। वे स्वयं ही दुकान से गोलियां खरीदकर लाने लगे।

माया ने एक बार उन्हें मना भी किया, पर हीरक नहीं माना। आखिरकार एक बार वे सख्त बीमार पड़े। डॉक्टर ने सारी बात सुनकर कहा, 'आपने यह क्या किया? क्या इस तरह की गोलियां कहीं इतनी ज़्यादा खाई जाती हैं? इससे हार्ट कमज़ोर भी तो होता है!'

हीरक ने कहा, 'पर डॉक्टर साहब, रात को मुझे नींद क्यों नहीं आती?'

डॉक्टर ने कहा, 'टेन्शन से। टेन्शन कम होते ही आपको नींद आ जाएगी।'

बात सुनकर गुप्ता साहब स्वयं ही बुदबुदाने लगे, 'टेन्शन! टेन्शन!' पर टेन्शन है किस बात का? न तो उन्हें कोई अभाव है, न

दुःख है और न ही किसी प्रकार की पीड़ा है। वे तो सीढ़ी दर सीढ़ी उन्नति के शिखर की ओर ही बढ़े जा रहे हैं। अभी उन्हें और भी ऊंचा उठना है और ऐसी जगह पहुंचना है, जहां पहुंचकर पतन की बात सोचना भी असंगत है। फिर टेन्शन क्यों होने लगा?'।

डॉक्टर ने समझाकर कहा था, 'आप जिस तरह सोचते हैं, दरअसल बात वह नहीं है। आपको सक्सेस होने से ही टेन्शन होता है। और मिस्टर गुप्त, यही आपका असली रोग है।'

माया ने पूछा था, 'तो फिर ये ठीक कैसे होंगे, डॉक्टर साहब?'

डॉक्टर ने जवाब दिया था, 'यदि आप स्वयं इन्हें रिलेक्स कर सकें, तभी ये ठीक हो सकते हैं। अगर कभी-कभी आप ऐसी जगह जा सकें, जहां टेलीफोन न हो, अखबार न हो; यानी सिटी से बहुत दूर किसी समुद्र के किनारे या फिर किसी निपट देहात में जहां आप लोगों को कोई नहीं जानता हो, तो वहां इन्हें दिमागी शान्ति मिलेगी।'

अतः उसी समय हीरक पहली बार कदमफूली में आया था। यहां आकर काम-धन्धे की बात उसे याद नहीं आती। रुपयों का ध्यान भी नहीं आता कभी। यहां न तो अखबार के लिए अनावश्यक उत्तेजना ही थी और न ही ट्रीक-कॉल का आधुनिक अत्याचार था। बहुत ही निश्चिन्त जीवन था यहां पर उसका।

बाद में जब भी फैक्टरी से उसका मन ऊबकर छटपटाने लगता झमेले बढ़ जाते, तो वह सीधा यहीं चला आता था। कई दिनों तक यहां रहकर वह आराम से अपना समय बिताता, पक्षियों का शिकार करता, भरपेट खाता और सो जाता। और इन सबके बाद भी जब समय बचता। तो अंधेरे आकाश के नीचे माया के साथ बैठकर घरेलू बातचीत करता।

वास्तव में देखा जाए तो हीरक के कदमफूली आने का यही संक्षिप्त इतिहास है।

पर यह पहला मौका है, जब व्यतिक्रम घट रहा है। अचानक ही मिसेज़ गुप्त को लगा कि ऐसा तो कभी नहीं हुआ। शिकार को तो हीरक हमेशा ही जाता है, पर थोड़ी देर तक ही वह झील के किनारे रहता है।

कभी शिकार करने में वह सफल हो जाता है तो कभी असफल; पर इतनी देर तो उसे कभी नहीं लगती।

वंशीवदन को बाहर भेजकर माया खिड़की के पास आकर खड़ी हो गई। गांव में साधारणत: पक्के मकान नहीं होते। टिन के छप्परों की संख्या ही अधिक होती है। माया ने देखा, दूर पर कदमफूली के ज़मीदार विष्णु राय की हवेली टूटी-फूटी हालत में खड़ी है। उसके एक तरफ पता नहीं किसका घर है, जिसका फूस का छप्पर दिखाई पड़ रहा है। छप्पर पर कोहड़े की बेल फैली पड़ी है; और उसके उस पार नेशनल हाई-वे का लम्बा रास्ता नैनागंज के बाज़ार की ओर चला गया है। कितनी ही गायें, भैंसें और बकरियां मैदान में घास चरती हुई घूम रही हैं।

उस तरफ देखते रहना माया को बहुत अच्छा लगा। समूची पृथ्वी पर ढूंढ़े भी शायद ऐसी एकान्त शान्त जगह नहीं मिलेगी। पर यहां भी गांव के लड़कों ने नाटक करना शुरू कर दिया है! लगता है, धरती पर जितनी शान्ति बची है, वह भी निश्चिह्न हो जाएगी।

एकाएक उसने देखा कि वंशीवदन अकेला ही पैदल घर की ओर चला आ रहा है।

मिसेज़ गुप्त को मानो इतना-सा विलम्ब भी सहन नहीं हो रहा था। जल्दी से वह खिड़की छोड़कर दो तल्ले के बरामदे में आ खड़ी हुई और नीचे की ओर देखते हुए वंशी का इन्तज़ार करने लगी। वंशीवदन बेचारा बूढ़ा आदमी ठहरा। इतनी-सी दूर पहुंचने में ही उसे काफी समय लग गया। और जब वह पहुंचा, तब तक मानो मिसेज़ गुप्त की सहन-शक्ति सीमा पार कर गई थी।

'क्या हुआ, वंशी? साहब कहां हैं?'

वंशी ने ऊपर की ओर देखते हुए जवाब दिया, 'साहब तो नैनागंज की ओर चले गए, मालकिन!'

'नैनागंज? क्यों, नैनागंज क्यों चले गए?'

वंशी ने कहा, 'यह तो पता नहीं। मैं पहले झीलं की तरफ ही गया

था। पर वहां मुझे गाड़ी नहीं दिखाई पड़ी। और जब गाड़ी नहीं मिली तो मैं लौटकर वापस आने लगा। तभी अचानक देखा कि साहब की कार गड़ाई नदी की ओर से आकर नैनागंज की तरफ मुड़ गई।'

'मुड़ गई? इसका मतलब?'।

'जी, साहब की कार सीधे रास्ते से नहीं आई थी। ब्राह्मण-मुहल्ले के बिल्कुल बीच रास्ते से होकर उनकी गाड़ी आ रही थी।'

'उसके बाद? क्या तुमसे मुलाकात हुई?'

'नहीं मालकिन, मुलाकात कैसे होती? मैंने सोचा, शायद गाड़ी सदर रास्ते पर आएगी, पर आई नहीं। सीधी उत्तर दिशा की ओर चली गई।

'क्यों? उत्तर की ओर क्या है?'

'जी, उत्तर की ओर से भी तो नैनागंज जाया जा सकता है। इसीलिए मैंने सोचा कि वे नैनागंज के सिवाय और कहां जाएंगे?'

'तो तुमने आवाज़ क्यों नहीं दी?'

'आवाज़ कैसे देता? वे तो सर्राटे से गाड़ी निकालकर ले गए।'

माया ने कहा, 'नैनागंज में साहब को ऐसा क्या काम पड़ गया? यदि कुछ खरीदारी की आवश्यकता थी तो रामधनी को भेज देते। रामधनी कार ड्राइव करके ले जाता।'

वंशी ने कहा, 'सो तो ठीक है, पर मैंने देखा कि साहब कार चला रहे थे, और बगल में पता नहीं कौन बैठा था।'

'बगल में? बगल में भला कौन होता? क्या रामधनी साहब के साथ गया है?'

'नहीं मालकिन, वह तो सो रहा है। एक लड़की को मैंने उनकी बगल में बैठे देखा था।'

'लड़की? क्या कहा, लड़की को देखा था? क्या कह रहे हो तुम? कहीं तुम्हारी आंखें तो खराब नहीं हो गईं?'

'नहीं मालकिन, आंखें भला क्यों खराब हो जाएंगी? मैंने स्वयं अपनी आंखों से स्पष्ट देखा है।'

'लड़की कौन थी? क्या तुम उसे पहचानते हो? क्या तुम्हारी कोई जानी-पहचानी थी वह?'

वंशी ने कहा, 'नहीं मालकिन, मेरी पहचान की नहीं थी वह लड़की। एक नया ही चेहरा था। गांव की कोई लड़की नहीं थी।'

'पर वह है कौन; यह जानने का प्रयत्न एक बार भी क्यों नहीं किया तुमने? देखने में कैसी है? उम्र कितनी है?'

वंशी ने कहा, 'जी, देखने में वह बहुत ही खूबसूरत लग रही थी।'

बहुत खूबसूरत है? उम्र कितनी होगी?'

'जी, ठीक-ठीक तो अन्दाज़ा नहीं लगा पाया, फिर भी मुझे वह जवान-सी ही लगी। दोनों ही जने खूब बतियाते हुए जा रहे थे। मैंने बहुत ज़ोर से गला फाड़कर साहब को पुकारा भी था, पर फिर भी उन्होंने नहीं सुना।'

वंशी की बातें सुनकर मिसेज़ गुप्त अवाक् रह गई। हीरक के साथ गृहस्थी बसाए इतने दिन हो गए, जिसमें कितने ही आंधी-तूफान आए, दुःख-सुख, सौभाग्य आदि के अवसर भी आए; तब भी एकसाथ ही रहे दोनों। आज तक कभी ऐसी विपदा का सामना नहीं करना पड़ा था माया को।

उसने वंशी से जो कुछ सुना, वह उसे बहुत ही अविश्वसनीय लगा। इसीलिए मिसेज़ गुप्त ने फिर पूछा, 'तुमने अच्छी तरह देखा था न, वंशी? कहीं गलतफहमी तो नहीं हुई?'

वंशी ने कहा, 'जी, मैं भला गलत क्यों देखने लगा! कार में यहां और कौन घूमता है? साहब के सिवाय और किसीके पास कार है ही नहीं।'

'यह भी तो हो सकता है कि तुमने किसी पुरुष को ही उनकी बगल में बैठे देखा हो?'

'जी! यह कैसे हो सकता है?'

अब मिसेज़ गुप्त क्या करे; यह उसकी समझ में नहीं आया। बोली, 'फिर भी एक बार तुम रामधनी से भी पूछकर देखो। शायद उसे कुछ

मालूम हो।'

रामधनी 'आऊट-हाऊस' में सो रहा था। वंशी उसको मालकिन के सामने बुला लाया।

उसने भी यही कहा, 'मुझे तो कुछ भी मालूम नहीं, मेमसाहब।'

'क्यों रे, तुमने कभी किसी औरत को साहब के साथ देखा है?'

'नहीं, मेमसा'ब।'

'अच्छा, वहां नहीं तो किसी और जगह उनके साथ किसी लड़की को देखा है कभी?'

'नहीं, मेमसा'ब।'

'अच्छा तुम जाओ।'

रामधनी साहब का बहुत पुराना ड्राइवर था। सच कहा जाए तो हर वक्त साहब के साथ ही रहता था। जब भी हीरक घर से बाहर निकलता, वह स्वयं कार ड्राइव नहीं करता था; बल्कि अधिकतर रामधनी ही कार चलाता था। माया ने सोचा, जब साहब के बारे में रामधनी को भी मालूम नहीं, तो फिर किसे मालूम होगा?

रामधनी वापस जा ही रहा था कि माया ने देखा, उधर बगीचे की ओर से पता नहीं कौन-कौन-से लोग चले आ रहे हैं। मिसेज़ गुप्त उनको पहचान नहीं सकी। वंशी से पूछा, 'वंशी, ये लोग कौन हैं?'

वंशी उन लोगों की ओर देखते ही उन्हें पहचान गया। बोला, 'ये तो वही गांव के लड़के हैं, जो यहां नाटक करवा रहे हैं।'

निरापद एवं उनके साथी तब तक बगीचे में प्रवेश कर चुके थे।

21

उस दिन सत्य मल्लिक को ही सबसे अधिक चिन्ता हुई थी। रूपक'

पार्टी का नाम-यश जो कुछ भी था, वह सब एकमात्र मंजरी सेन की वजह से ही था। मंजरी सेन की दया से ही 'रूपक' इतने दिनों से कमा-खा रहा था। दुनिया में बहुत-से लोग ऐसे होते हैं जो अपना समय व्यर्थ गंवाने से डरते हैं। सत्य मल्लिक भी उन्हीं लोगों में से एक है। समय का क्या मूल्य है, यह बचपन में ही वह अपनी पाठ्यपुस्तक में पढ़ चुका था। अपने वास्तविक जीवन में वह और कुछ माने या न माने, पर उसने एक चीज़ अवश्य ध्यान में रखी कि समय रहते ही दोनों हाथों से जो कुछ हो सके उतना कर लो। रुपये, यश और इज़्ज़त दोनों हाथों से जितने इकट्ठे कर सको, कर लो। उसके बाद चाहे नशे में चूर सुध-बुध खोकर ही क्यों न पड़े रहो। फिर तो जिस चीज़ की भी तुम्हें ज़रुरत पड़ेगी वह सब तुम्हें मिलेगा। लेकिन इस समय के मामले में ज़रा-सी भी ढिलाई बरती कि तुम पिछड़ जाओगे। तब तुम्हारी ओर कोई आंख उठाकर भी नहीं देखेगा।

सत्य मल्लिक की रूपक-पार्टी की उन्नति का भी यही इतिहास है। जिस दिन उसने मंजरी सेन को पाया है, उसी दिन से वह उसका उपयोग कर रहा है। इससे मंजरी देवी का जो नफा-नुकसान होना था, सो हुआ ही; पर सत्य मल्लिक को कुछ कम लाभ नहीं हुआ। सत्य मल्लिक के पास तो यश और पैसा हुआ हो; साथ ही साथ 'रूपक' पार्टी के अन्य लोगों के पास भी धन की कमी नहीं रही। उनके पास भी सब कुछ हो गया। सत्य मल्लिक ने एक कार खरीद ली। चाहे वह टूटी-फूटी ही क्यों न हो, पर यह तो कहा ही जा सकता है कि उसके पास अपनी कार है। उसके बाद दुनिया में, समाज में, गणमान्य के रूप में वह प्रसिद्ध भी हुआ। यह सब कुछ मंजरी सेन की बदौलत ही हुआ था।

पर दुनिया में एक दुसरे किस्म के लोगों का भी दल है, जो समय बरबाद करने में ही अपने को बड़ा समझते हैं। सुबह से शाम तक काम से जी चुराकर ही मानो वे जीवित रहना चाहते हैं। लगता है, जैसे काम का नाम सुनते ही ज़िन्दगी के पिछले दरवाज़े से भागकर उनके प्राण बचते हों। पर कभी-कभी यह भी देखने में आता है कि ऐसे लोग भी कई

बार जीवन में उन्नति कर जाते हैं। उनको भी इज़्ज़त मिलती है। पता नहीं, कहां से यश का सेहरा भी उनके सिर पर बंध जाता है। मंजरी सेन भी ऐसे ही लोगों में से एक थी।

मंजरी सेन ने कभी सत्य मल्लिक से काम की मांग की थी। काम इसलिए चाहा था क्योंकि वह जीवित रहना चाहती थी। अन्नपूर्णा नाम को मिटाकर मंजरी नाम से एक नया जीवन नये अध्याय से शुरू करना चाहा था उसने। रुपया, पैसा, इज़्ज़त, प्रतिष्ठा, कुछ भी तो नहीं था उसके पास। पर इन सबकी चिन्ता तो उसे बाद में तब हुई थी, जब एक-एक कदम वह उन्नति के शिखर पर पहुंचती जा रही थी।

इसीलिए अगर सत्य मल्लिक मंजरी को खो बैठा, तो जितना नुकसान मंजरी का नहीं होगा, उससे अधिक उसका होगा। इसलिए लाहा बाबू के मकान में जब मंजरी नहीं मिली तब वह गुस्से की जगह हताश ही अधिक हुआ।

उसने कहा, 'अब क्या होगा? कहीं शाहगंज के गुण्डे तो नहीं उठा ले गए मंजरी देवी को?'

पुलिस का दारोगा एक प्रौढ़ बंगाली था। वह बोला, 'वह हमारा एरिया तो है नहीं, अतः अगर ऐसी बात है तो वहां के पुलिस स्टेशन को खबर भेजनी पड़ेगी। पर यह तो बाद की बात है, इस वक्त तो इतना समय है नहीं। सूटकेस, स्नो, कीम, पाउडर, साड़ी और ब्लाउज़ आदि सब ज्यों के त्यों कमरे में पड़े हैं। इसका अर्थ है, वह कहीं भागी नहीं है, बल्कि इसे किडनैपिंग कह सकते हैं। तो फिर मंजरी देवी गई कहां? भला कहां जा सकती है वह?'

निरापद ने कहा, 'सर, मैं तो उन्हें मिस्टर गुप्त के सहारे यहां छोड़कर गया था। लेकिन वे भी पता नहीं कहां चल दिए हैं?'

सत्य मल्लिक ने पूछा, 'वही मिस्टर गुप्त थे, जिनके घर से तुम आदमकद आईना ले आए थे?'

'हां।'

'उनका घर कहां है?'

'हमारी कदमफूली में ही है। वह जो बारहयारीतल्ला है न, उनके बहुत नज़दीक है उनका घर।'

सत्य मल्लिक ने कहा, 'तो फिर उन्हीं के घर पर चला जाए। हो सकता है, मंजरी देवी वहीं गई हों!'

पुलिस इंस्पेक्टर की भी यही राय थी। सभी उस तरफ चल दिए। निरापद, खैंदा, हाबला आदि सभी बड़ी मुसीबत में फंस गए थे। इतनी मेहनत और इतना बड़ा आयोजन, उन्हें सब व्यर्थ होते दीख रहे थे। अगर हीरोइन न मिली, तो यह सब व्यर्थ हो जाएगा। अब क्या होगा? जिन लोगों ने टिकट खरीदा है, उनके द्वारा तो समूचा पंडाल ही जला दिया जाएगा।

सबसे अधिक परेशानी निरापद को हो रही थी। वही तो इन सब का सरदार है, न। सारी ज़िम्मेदारी, परेशानी उसीकी है। ख्याति एवं बदनामी सबके लिए लोग उसीको ज़िम्मेवार ठहराएंगे।

मौका पाकर निरापद ने पूछा, 'अब क्या होगा, सत्य दा?'

सत्य मल्लिक को गुस्सा आ गया। वह बोला, 'तुम्हीं लोगों के कारण यह सारा काण्ड हुआ है। अब नाटक होगा कि नहीं; यही देखो।'

किसीका भी दिमाग उस समय ठीक नहीं था। पुलिस को देखकर गांव के कुछ और लोग भी साथ हो लिए। उनके गांव में इससे पहले भी नाटक हुए थे, पर कलकत्ता की पार्टी का कोई नाटक आज तक नहीं हुआ था। और आज जब होने की बात भी हुई तो क्या उनकी समूची आशाओं पर पानी फिर जाएगा? वे सब के सब हतप्रभ-से खड़े सारा वार्तालाप सुन रहे थे।

सत्य मल्लिक की यूनिट के लोग भी सूखा-सूखा-सा चेहरा लिए साथ चल रहे थे। यह सच है कि सत्य मल्लिक ने रुपये अग्रिम ही ले लिए थे, पर सिर्फ रुपयों का नुकसान ही तो बड़ा नुकसान नहीं होता। सबसे बड़ा नुकसान तो मंजरी देवी का गायब होना था। अगर मंजरी देवी को कहीं कुछ हो गया तो वह हानि सिर्फ रूपक की ही नहीं होगी, बल्कि वह देश के सभी लोगों की हानि मानी जाएगी। पूरे बंगाल में यह

खबर आग की तरह फैल जाएगी। उसे जिस रूप में वह यहां लाया था उसी तरह भली-चंगी कलकत्ता पहुंचा दे, तो जान में जान आए।

इतनी देर में वे लोग दल-बल सहित हीरक गुप्त के मकान के सामने पहुंच गए थे।

शोर-गुल सुनकर वंशीवदन बाहर आया और बोला, 'क्या चाहते हैं बाबू, आप लोग?'

पुलिस को साथ देखकर वह और भी घबड़ा गया था। दरवाज़ा पूरा खोलकर बोला, 'आइए, भीतर आइए आप लोग।'

मिसेज़ गुप्त घर के भीतर से सब देख रही थी। उसने वंशीवदन को भीतर बुलवाया और पूछा, 'वे लोग किसलिए आए हैं, वंशी?'

वंशी ने जबाब दिया, 'वे लोग साहब की खोज में आए हैं।'

'क्यो? साहब से ऐसी क्या आवश्यकतामा पड़ी है उन्हें?'

'साहब लाहा बाबू के मकान पर गए थे, वहां नाटक-कम्पनी की एक लड़की थी। वह अब नहीं मिल रही है।'

मिसेज़ ने कहा, 'तो वे लोग यहां गुप्ता साहब को ढूंढ़ने आए हैं, या उस लड़की को?'

वंशीवदन ने कहा, 'वे लोग एक बार आपसे मिलना चाहते हैं।'

'पर मुझसे मिलने से क्या होगा? जाओ, तुम्हीं उन सबसे कह दो न कि गुप्ता साहब घर में नहीं हैं।'

'मैंने कह दिया था मालकिन पर मेरी बात कोई नहीं मान रहा है। नैनागंज के दारोगा साहब भी उनके साथ आए हैं।'

माया चुप रही। वंशी सबको भीतर बुला लाया। भीतर आते ही सबसे पहले सत्य मल्लिक ने बात शुरू की। बोला, 'देखिए, हम लोगों के 'रूपक' की हीरोइन मंजरी देवी यहां नाटक करने आई थी। पर वह मिल नहीं रही है। इसलिए हम लोग आपके पास आए हैं।'

मिसेज़ गुप्त ने कहा, 'यह तो मैं सुन चुकी हूं, पर इस मामले में भला मैं क्या कर सकती हूं?'

सत्य मल्लिक ने कहा, 'आपको कुछ करने के लिए नहीं कह रहे हैं

हम लोग। इन सबका कहना है कि गुप्ता साहब लाहा बाबू के मकान पर गए थे, जहां मंजरी देवी ठहरी हुई थीं। हम लोग उस समय पुलिस बुलाने गए हुए थे। लौटकर आए तो देखते हैं, वहां कोई नहीं है। गुप्ता साहब भी नहीं हैं और मंजरी देवी भी नहीं हैं। अतः हमने सोचा कि शायद मिस्टर गुप्ता उसको लेकर अपने घर आए हों।'

मिसेज़ गुप्त ने गंभीरतापूर्वक उत्तर दिया, 'मिस्टर गुप्त का ऐसा स्वभाव नहीं है। यह बात यहां के सभी लोग जानते हैं।'

सत्य मल्लिक ने फिर कहा, मेरे कहने का तात्पर्य यह नहीं था। मैं कह रहा था कि मिस मंजरी सेन मिल नहीं रही हैं, उनको हम सब जगह ढूंढ़ चुके हैं। इसलिए हम लोग यह जानने आए हैं कि शायद वे मिस्टर गुप्त के साथ यहां आई हों।',

मिसेज़ गुप्त बोलीं, 'मिस्टर गुप्त शिकार करने गए हैं। मुझे पूरा विश्वास है कि वे लाहा बाबू के मकान की ओर नहीं जा सकते।'

इतनी देर बाद अब निरापद ने मुंह खोला। बोला, 'पर उनको मैं खुद ही लाहा बाबू के घर पर बुलाकर ले गया था। उनके पास बन्दूक थी, इसलिए मैंने सोचा था कि बन्दूक देखकर गुण्डे भाग जाएंगे।'

'गुण्डे? गुण्डे कहां से आ गए?'

'शाहगंज की ओर से। फिल्म-एक्ट्रेस को देखने के लिए हमला कर दिया उन लोगों ने।'

मानो इतनी देर बाद मिसेज़ गुप्त की समझ में सारी बात आई। पर फिर भी उन्होंने अपने चेहरे के भाव से यह दर्शाया नहीं।

निरापद ने फिर कहा, 'देखिए, आप इसे अन्यथा न लीजिएगा। हम लोगों की बहुत रुपयों की टिकटें बिक चुकी हैं। लगभग तीन हज़ार रुपये लगाकर यह सारा इन्तज़ाम किया है। गुप्ता साहब ने भी दया करके पांच सौ रुपये चन्दा दिया है। अब अगर हीरोइन न मिली, तो हम लोग बहुत बड़ी आफत में फंस जाएंगे। इसलिए आपके पास आए हैं।'

मिसेज़ गुप्त ने कहा, 'लेकिन अब तो आप सबने देख लिया न कि

आपकी हीरोइन यहां नहीं है। अब आप जो ठीक समझे, करें।'

इसके बाद किसी के पास कुछ कहने को नहीं रहा। सब लोग चले जाने को मुड़ ही रहे थे कि तभी घर के सामने एक जीप आकर रुकी। जीप में एक ड्राइवर था और उसके बगलवाली सीट पर एक व्यक्ति बैठा था। भीड़ देखकर वह व्यक्ति कुछ आश्चर्यचकित-सा हुआ।

जीप से उतरकर व्यक्ति पास आया और पूछने लगा, 'क्या मिस्टर गुप्ता का घर यही है।'

वंशीवदन आगे बढ़ आया, 'जी, आप कहां से आए हैं?'

'हम लोग कलकत्ता से आए हैं।'

कलकत्ता की बात सुनकर सत्य मल्लिक को थोड़ा आश्चर्य हुआ। पूछा, 'कलकत्ता से आप यहां किसलिए आए हैं? मैं भी तो कलकत्ते से ही आया हूं।'

'आपका शुभ नाम?' सत्य मल्लिक ने बताया, 'मेरा नाम सत्य मल्लिक है।'

'सत्य मल्लिक! रूपक! अजी महाशय, आपको ही तो हम लोग ढूंढते फिर रहे हैं।'

'मुझे ढूंढ़ रहे हैं! मुझसे क्या काम है आपको?'

उस व्यक्ति ने कहा, 'मैं वी॰ एस॰ प्रोडक्शन का कर्मचारी हैं। मेरा नाम भूपेन राहा है।'

सत्य मल्लिक वी॰ एस॰ प्रोडक्शन का नाम सुनते ही समझ गया कि मामला क्या है। अतः पूछा, 'क्या बात है, कहिए?'

भूपेन राहा ने कहा, 'आपके कारण हमारे स्टुडियो में हलचल मच गई है। मंजरी देवी को आप ही यहां ले आए हैं न!'

सत्य मल्लिक ने पूछा, 'तो उससे क्या हुआ?'

'क्या नहीं हुआ, यह पूछिए! मंजरी देवी के लिए हमें सारी शूटिंग कैंसिल करनी पड़ी है। सारे आर्टिस्टों को अतिरिक्त रुपये देने पड़े हैं, जब कि शूटिंग हुई ही नहीं। बलाई बाबू आगबबूला होकर मुझे शुट करने को दौड़े फिर रहे हैं। और आप पूछते हैं कि क्या हुआ?'

सत्य मल्लिक ने कहा, 'पर मैं मंजरी देवी को ज़बर्दस्ती तो पकड़ नहीं लाया हूं; वह खुद ही मेरे साथ आई है।'

'लेकिन आपको मालूम होना चाहिए कि आपके कारण ही हमारा चार लाख का प्रोडक्शन अटक गया है। डिस्ट्रीब्यूटर्स बैठे-बैठे अपना कपाल ठोंक रहे हैं।'

'तो क्या उसका ज़िम्मेवार मैं हूं?'

भूपेन राहा ने कहा, 'जिम्मेवार कौन है, यह बात तो बाद में होगी मिस्टर; अभी आप चुपचाप मंजरी देवी को हमारे हवाले कर दीजिए। हम उन्हें अभी साथ ले जाएंगे। यहां से गौहाटी जाते-जाते ही तो पूरा एक दिन लग जाएगा। उसके बाद वहां से प्लेन द्वारा कलकत्ता...।'

सत्य मल्लिक ने कहा, 'पर भाई, हम भी तो मंजरी देवी को ही ढूंढ़ने के लिए यहां आए हैं।'

'मंजरी देवी को ढूंढ़ने के लिए? इसका मतलब?'

'मतलब यह कि मंजरी देवी सुबह से मिल नहीं रही है।'

भूपेन राहा मानो आकाश से गिरा हो। बोला, 'मिल क्यों नहीं रही है, मिस्टर? हम लोग मंजरी देवी के लिए कहां-कहां मारे-मारे फिरते रहे हैं, यह मालूम है आपको? कलकत्ता छोड़े चार दिन हो गए; इन चार दिनों में हम न पेटभर खा पाए हैं और न नींदभर सो पाए हैं। जहां किसीने मंजरी देवी की मौजूदगी के बारे में बताया, हम पागलों की तरह वहीं दौड़ते-फिरे हैं।'

अब सत्य मल्लिक को भी कुछ डर लगा। उसने पूछा, 'मिस्टर बलाई सान्याल कहां हैं?'

भूपेन राहा ने कहा, 'उनको रात में नींद ही कहां आती है, मिस्टर? इन कुछ दिनों में ही उनका ब्लड-प्रेशर बढ़ गया है। हम लोग जितना ही उन्हें समझाते हैं कि आप चिन्ता मत करिए, वे उतने ही नर्वस हुए जा रहे हैं। हमारा समूचा प्रोडक्शन डिपॉर्टमेंट ही नर्वस हो गया है।'

निरापद ने पूछा, 'लेकिन आप लोगों को यहां का ठिकाना कहां से

मिला?'

भूपेन राहा ने कहा, 'ओह, यह क्या सहज ही हमें मिला है? पहले तो हम लोग ढूंढ़ते-ढूढ़ते रूपक के ऑफिस गए, पर वहां देखा कि कोई नहीं है। तब फिर मुहल्ले के लोगों से मुलाकात की। उनसे पता चला कि रूपक-दल गौहाटी गया है तो वहां से हम गौहाटी गए। वहां सुना कि आप लोग कूचबिहार गए हैं। फिर कूचबिहार से जलपाईगुड़ी। अन्त में वहां सुना कि आप लोग इस कदमफूली में आए हैं। बाप रे, आपको ढूंढते-ढूंढ़ते तो हमारी जान ही निकल गई, मिस्टर!'

'आप लोगों के साथ और भी कोई है क्या?'

'है क्यों नहीं, महाशय जी! इस कदमफूली को ढूंढ़ लेना भला किसी अकेले आदमी के वश की बात है? और तो और, रेलवे टाइम-टेबल में भी इसका नामोनिशान नहीं है। भला ऐसी जगह को ढूंढ़ लेना आसान था? बलाई बाबू तो खुद हमारे साथ आना चाहते थे। पर हम काफी कह-सुनकर उनको जलपाईगुड़ी में ही छोड़ आए हैं। हमने उनसे कहा, अब आपको तकलीफ करने की ज़रूरत नहीं है। ज्योंही हमें मंजरी देवी का पता लगेगा, त्योंही आपको ट्रंक-कॉल या टेलीग्राम कर देंगे। और अब यहां पहुंचे हैं, तो यह खबर मिली कि मंजरी देवी लापता हैं! मैं अभी तुरन्त नैनागंज के पोस्ट-ऑफ़िस जाऊंगा-बलाई बाबु को ट्रंक-कॉल करने के लिए।'

पुलिस-इंस्पेक्टर ने कहा, 'मंजरी देवी यहां थीं, यह सच है; पर अब वे यहां नहीं मिल रही हैं। उन्हींको खोजने के लिए मैं दल-बल सहित यहां घूम रहा हूं।'

'ढूंढ़ने पर भी नहीं मिल रही हैं! आपका मतलब क्या है? किसी जीते-जागते प्राणी का उड़कर हवा में मिल जाना तो संभव नहीं है न!'

'नहीं भई, वे उड़ी नहीं हैं। हमने उनको एक हवेली में एकान्त में ठहराया था। आज शाम तक वे वहीं पर थीं। फिर नदी पार के कुछ लोगों ने हवेली पर हमला कर दिया। हम लोग पुलिस बुलाने गए थे,

और जब लौटकर आए तो देखते हैं कि उनका सारा असबाब तो ज्यों का त्यों पड़ा है, सिर्फ वही गायब हैं।'

भूपेन राहा बोल पड़ा, 'यह खबर अगर मैं सान्याल साहब को दे दूं तो सुनते ही उनको थ्रम्बोसिस हो जाएगा। अब तक उनको दो बार स्ट्रोक हो चुका है।'

वंशीवदन ने कहा, 'देखिए, जब आप लोग इतने परेशान हो रहे हैं, तो मैं एक बात आपसे पूछता हूं। ज़रा यह तो बताइए कि वो देखने में कैसी है?'

'कौन?'

'और कौन? जिसके बारे में इतनी देर से बहस हो रही है, वही। क्या वह देखने में बहुत सुन्दर है? क्या उसका रंग गोरा है?'

सत्य मल्लिक ने पुछा, 'क्या तुमने मंजरी देवी को कहीं देखा है?"

वंशीवदन ने कहा, 'मेरी आंखें तो अब वैसी तेज़ रही नहीं, पर फिर भी लगता है कि उस तरह की चेहरे वाली एक लड़की को मैंने देखा है।'

'कहां? कहां देखा है तुमने?'

'जी, मैं अपने साहब को ढूंढ़ने जा रहा था। पर जब ये कहीं नहीं मिले, तो मैं ब्राह्मण-मुहल्ले से होकर वापस घर लौट रहा था। तभी अचानक मैंने देखा कि हमारे साहब तो कार चला रहे हैं, और उनकी बगल में एक उजली गोरी-ली लड़की बैठी है।

'लड़की? कैसी थी देखने में?'

'जी, बहुत सुन्दर थी।'

'वे लोग किस तरफ गए हैं? हां, हां, जल्दी बताओ, किस तरफ गए हैं वे?' सब एकसाथ बोल पड़े।

वंशी ने बताया, 'वे लोग हाई-वे की ओर ही गए हैं।'

अब और कुछ पूछने का समय नहीं था। सबके सब यह खबर सुनते ही उछल पड़े।

'इतनी देर तक क्यों नहीं बताया तुमने? हम सब इतनी दूर से

आए हैं और तुम चुप रहकर मज़ा ले रहे थे?'

सत्य मल्लिक ने इन्स्पेक्टर की ओर देखते हुए कहा, 'तब फिर चलिए, उधर ही चला जाए। इतनी देर बाद तो सुराग मिला।'

भूपेन ने कहा, 'पर वे आखिर जा कहां सकते हैं?'

वे कहां जा सकते हैं, यह कोई नहीं बता सका; पर जिस तरह भी हो उनको ढूंढ़ निकालना सभीके लिए अत्यन्त आवश्यक था। अगर वे लोग नहीं ढूंढ़ पाए, तो जितनी हानि निरापद की थी, उतनी ही सत्य मल्लिक की भी थी। पर सबसे ज़्यादा हानि बलाई सान्याल की थी। उसकी चार लाख की फिल्म के बारह बज जाएंगे। यूनिट के सारे लोगों को उपवास करना पड़ेगा, एवं सान्याल साहब को फिर स्ट्रोक होगा।

भूपेन राहा की जीप खड़ी थी। वह बोला, 'आइए, सब लोग किसी तरह इसीमें ठूंसकर बैठ जाएं।'

सत्य मल्लिक ने पूछा, 'आपके साथ आपकी पार्टी का और कोई नहीं आया है?'

'आया कैसे नहीं?' हमारे प्रोडक्शन के छः व्यक्ति यहां आए हैं। तीन तो मेरे साथ आए हैं? और तीन जलपाईगुड़ी में सान्याल साहब के पास हैं। यहां की स्थिति की खबर मुझे इसी वक्त जलपाईगुड़ी पहुंचानी होगी। अपनी पार्टी के तीन व्यक्तियों को मैं नैनागंज में ही छोड़ आया हूं। उनके साथ मिस्टर सान्याल के ट्रंक-कॉल का आदान-प्रदान अनवरत चल रहा है।'

'तो फिर चलिए, देखें, कहां मिलते हैं वे लोग?'

सब लोग जीप में बैठकर हाई-वे की ओर चल दिए।

22

वंशीवदन के भीतर कमरे में पहुंचते ही मिसेज़ गुप्त ने पूछा, 'वे लोग चले गए, वंशी?'

'जी मालकिन, उनको ढूंढने नैनागंज की ओर गए हैं।'

मिसेज़ गुप्त ने खिड़की की राह से बाहर देखा। बगीचे के पेड़ों के उस पार हाई-वे दिखाई पड़ रहा था, जहां काफी लोगों से भरी हुई एक जीप 'पों-पों' करती दौड़ी जा रही थी। ज़िन्दगी में पहली बार आज मिसेज़ गुप्त का मन भारी हो आया। उसने सोचा, ऐसे तो नहीं थे वे कभी! पहले तो कभी ऐसा नहीं हुआ!

'अच्छा वंशी, तुमने ठीक से देखा था न?'

वंशी ने कहा, 'जी मालकिन, मैंने बहुत अच्छी तरह देखा था। भूल कैसे होती भला?'

'लेकिन पहले तो ऐसा कभी नहीं हुआ वंशी! आज तक तो ऐसी बात न कभी देखी थी, न सुनी थी।'

वंशीवदन ने कोई जवाब नहीं दिया। मिसेज़ गुप्त पति के साथ लन्दन, पेरिस, अमरीका, बम्बई, मद्रास, दिल्ली कितनी ही जगह गई थीं। कितने ही नाइटक्लबों और कितनी ही पार्टियों में पति का साथ दिया था उन्होंने। पर इस तरह की घटना तो कभी नहीं घटी। फिर इस वज्र देहात कदमफूली में ही ऐसा कांड क्यों कर बैठे वे? वह लड़की कौन हो सकती है? मान लो, वह कोई सिनेमा-स्टार ही है, तो अचानक उसपर इतना आकर्षण कैसे हो गया उनका? क्या उसकी उम्र अब काफी हो गई है? मिसेज़ गुप्त ने सोचा, शायद उसकी उम्र सचमुच बढ़ गई है, इसीलिए वे धीरे-धीरे उससे दूर खिसकते जा रहे हैं।

यह सब सोचते-सोचते उसकी दोनों आंखें क्रमशः धुंधली होने लगीं; अब जीप उसे दिखाई नहीं दे रही थी। सामने हाई-वे की तरफ जाते-जाते मानो वह क्षितिज के उस पार छिप गई हो।

23

किसी जमाने में कदमफूली के निकट बसी हुई फूलबाड़ी उन्नत अवस्था में थी। हीरक जब छोटा था तो बहुत बार स्कूल से लौटते समय फूलबाड़ी से होता हुआ घर आता था। गड़ाई नदी वहां बहुत-सी जगह घेरकर काफी गहरी और चौड़ी हो गई थी। उसीके एक बगल घाट बना हुआ था। घाट तो था ही, साथ ही नहानेवालों के लिए पक्की इंटों से बना हुआ एक स्नान-गृह भी था, जहां स्कूली लड़के बड़ की जटाओं से लटककर झूला झूलते थे।

पर फूलबाड़ी इधर ध्वंस हो चुकी थी। काफी साल पहले ही चेचक के प्रकोप से गांव का गांव खत्म हो गया था। नैनागंज जैसे-जैसे समृद्ध होता गया, वैसे-वसे फूलबाड़ी के लोग वहां जाकर बसने लगे। फलबाड़ी का वह हाट-बाज़ार, वे ज़मींदार, ताल्लुकेदार एवं रैय्यत आदि सब यहां से चले गए। फूलबाड़ी का सम्पूर्ण ऐश्वर्य लेकर नैना-गंज काफी बढ़ गया। फिर नैनागंज में रेलवे स्टेशन हो जाने के बाद तो जैसे फूलबाड़ी की समूची इज़्ज़त ही चली गई।

हीरक जब छोटा-सा था, तब फूलबाड़ी मृत्यु-शय्या पर थी। आम, जामुन, कटहल आदि के जंगल में अगर कोई हिम्मत करके घुस भी जाता तो उसे बहुत ही डर लगता; एक गाय तक उधर चरने के लिए नहीं जाती थी। अगर कोई मनुष्य उस तरफ चला भी जाता तो शाम होने से पहले ही नैनागंज लौट आता।

हीरक ने कहा, 'इतनी ही देर में शायद कदमफूली में तुम्हारी काफी छानबीन हो चुकी होगी।'

'हुंह! होने दो।'

'पर अन्न, यह तो सोचो; अगर तुम उन्हें न मिली तो उन लोगों का सारा प्ले हो नष्ट हो जाएगा। बहुत रुपयों की टिकट बिकी हैं। मैंने स्वयं भी तो पांच सौ रुपये चन्दे में दिए हैं।'

'तुमने बेकार ही इतना चन्दा क्यों दे दिया? क्या तुम सचमुच

नाटक देखना चाहते थे?'

हीरक ने कहा, 'नहीं। बल्कि मेरे पास इतने रुपये हैं, यह दिखाने के लिए मैंने चन्दा दिया था।'

'सच, आश्चर्य की बात है यह! पर आखिर तुमने इतने रुपये इकट्ठे कैसे कर लिए?'

हीरक ने कहा, 'तुम विश्वास करो, मैंने रुपये इकट्ठे नहीं किए; बल्कि रुपयों के ढेर के ढेर मेरे पास खुद चलकर आ जाते हैं।'

'ज़रा सुनूं तो, वो कैसे?'

हीरक ने कहा, 'यह ठीक-ठीक याद नहीं मुझे। मेरे पास रुपये इस तरह आते जा रहे हैं, यह भी पहले मुझे मालूम नहीं था। अचानक एक दिन मैंने सोचा, इतने रुपये मेरे पास कैसे और कहां से आ गए?'

घाट की सीढ़ियों पर ढलते सूरज का प्रकाश पड़ रहा था। यहां पैर फैलाकर कुछ तिरछी हो, एक सीढ़ी का सहारा लेकर, अन्नपूर्णा बैठ गई।

हीरक ने कहा, 'ठहरो, मैं गाड़ी में से कुशन ले आऊं। फिर आराम से बैठना।'

हीरक गाड़ी में से एक डनलोपिलो का कुशन ले आया और अन्न की पीठ के पास रख दिया। फिर कहा, 'ज़रा उठो। तुम्हारी पीठ के पीछे कुशन रख दूं। फिर देखना, कैसा आराम मिलता है!'

वह उठ गई और बोली, 'और तुम? तुम नहीं बैठोगे आराम से?'

हीरक भी पास ही बैठ गया। बोला, 'मेरी किस्मत में आराम लिखा ही नहीं है, अन्न!'

'क्या मतलब? क्या तुम कभी आराम नहीं करते? तुम तो इतनी जगह घूम चुके हो, देश-विदेश जा चुके हो, बड़े-बड़े होटलों में रह चुके हो; फिर भी तुम यह कहना चाहते हो कि तुम्हें ज़िन्दगी में कभी आराम नहीं मिला?'

हीरक ने कोई जवाब नहीं दिया।

'भला बताओ तो, तुम्हें ज़िन्दगी में आराम क्यों नहीं मिला?'

'यह तो पता नहीं। पर जहां-जहां मैं जाता हूं, रुपये वहीं मेरा पीछा करते हैं। या तो मेरे पीछे-पीछे रुपये आ जाते हैं, नहीं तो ट्रंक-कॉल आ जाता है। इतने से भी बात नहीं बनती तो मेरा एटर्नी आ जाता है। इससे भी बढ़कर कोई हुई तो मेरा एकाउण्टेण्ट मेरे पीछे चला आता है। इसीलिए मुझे जैसे ही मौका मिलता है, मैं कदमफूली चला आता हूं। अगर मैं चाहूं तो चाहे जितने रुपये खर्च करके यहां भी अपने मकान में टेलीफोन लगवा सकता हूं, पर ऐसा मैंने किया नहीं। मैंने अपनी फैक्टरी में कह दिया है कि अगर कोई मर भी जाए, तब भी मुझे कदमफूली में किसी प्रकार की सूचना भेजने की ज़रूरत नहीं। क्योंकि मैं यहां सिर्फ आराम करने के लिए आता हूं।'

अन्न का चेहरा करुण हो आया। वह सिर्फ इतना ही कह सकी, 'आराम? यहां आने से क्या तुम्हें आराम मिल जाता है?'

'नहीं। यहां भी आराम नहीं मिलता। क्योंकि यहां मेरे साथ माया रहती है।'

'माया! माया कौन?'

'मेरी पत्नी। तुमने मेरी पत्नी को कभी देखा नहीं है न?सच, ऐसी अच्छी पत्नी सभीको नहीं मिलती। लेकिन सभीकी पत्नियां इतनी बुरी भी नहीं होतीं।'

'यह क्या कहते हो? एक ओर तुम पत्नी की बडाई करते हो और दूसरी ओर बुराई भी करते हो! आखिर बात क्या है?'

हीरक ने जवाब दिया, 'कभी-कभी इच्छा होती है कि मैं पत्नी से भी कहीं दूर चला जाऊं।'

'भला ऐसी इच्छा क्यों होती है? क्या तुम्हारी पत्नी देखने में कुरूप है?'

'नहीं। बल्कि बहुत ही खूबसूरत है। मैंने बहुत सारे रुपये कमाने के बाद शादी की है। अतः उसके कुरूप होने का कोई सवाल ही नहीं उठता। बहुत देख-सुनकर अपनी मर्ज़ी से ही शादी की थी मैंने। फिर भी पत्नी से कभी-कभी दूर रहने को जी चाहता है इसलिए कि पत्नी के

साथ रहने से ज़िम्मेदारियों की बात मन में बनी रहती है। उसके साथ रहने से ही बैंक में जमा रुपयों की, इन्कम-टैक्स आदि की याद मन से नहीं जाती। उसके कारण ही एटर्नी, एकाउण्टेण्ट, कोर्ट, लेबर, ट्रीब्यूनल आदि की समूची बातें दिमाग में ही चक्कर काटती रहती हैं।'

'अच्छा, कदमफूली आकर तुम क्या करते हो? किस तरह अपना समय गुजारते हो?'

"शिकार कर लेता हूं। नींद आती है तो सो लेता हूं। और अगर इतने से भी मन को शान्ति नहीं मिलती, तो दवा की गोलियां खाता हूं।'

'क्या कहा, तुम भी गोलियां खाते हो?'

'हां, देखो!' कहकर हीरक ने पॉकेट से एक पैकेट निकाला, और कहा, 'यह देखो!'

इसके बाद अन्न की ओर देखकर फिर कहा, 'माया को पता चल जाता है तो वह विरोध करती है। पर सक्सेस का मतलब क्या है, यह तो माया जानती नहीं। मुझे लगता है कि इस ज़िन्दगी में तो अब ये गोलियां मुझसे छूटने से रहीं।'

इतना कहकर वह पैकेट में से एक गोली निकाल खाने ही वाला था कि अन्न ने उसका हाथ पकड़ लिया और बोली, 'नहीं मत खाओ।'

'यह तुम कह रही हो?'

अन्न ने कहा, 'हां, मैं खुद भुक्तभोगी हूं; इसीलिए तुमसे कहती हूं कि यह मत खाओ। जितनी देर तक बिना खाए रह सकते हो उतना ही अच्छा है।'

'हां, अच्छा तो है। लेकिन तुम्हें नहीं मालूम कि जब चारों तरफ से वकील, एकाउटेण्टण्ट आदि मुझे घेर लेते हैं, तो मेरी क्या हालत होती है?'

अन्न ने कहा, 'क्या मुझे ही नहीं मालूम? मुझे तो खुद वकील, एटर्नी खाए जाते हैं।'

'तो क्या तुम भी ब्लैक का रुपया लेती हो?'

'मैं तो नहीं लेना चाहती, पर बलाई सान्याल ज़िद करके मुझे लेने

पर मजबूर कर देता है।'

'ऐसा क्यों? तुम अगर ब्लैक का रुपया लेती हो तो इससे उसको क्या फायदा है!'

'ज़रूर कोई फायदा है। मैं तो इतने दांव-पेच समझती नहीं। शुरू से ही वह मुझे ज़बर्दस्ती रुपये लेने पर मजबूर करता रहा है।'

हीरक ने कहा, 'अच्छा, अब इन सब बातों को जाने दो। इतने दिनों बाद मिले हैं; आयो, कोई दूसरी बात करें।'

अन्न ने कहा, 'सच, मैंने तो सपने में भी नहीं सोचा था कि यहां मेरी तुससे दुबारा मुलाकात हो जाएगी। मैंने तो सोचा था कि तुम ज़िन्दगी-भर के लिए यह गांव छोड़कर चले गए हो।'

हीरक ने कहा, 'हां, चला ही गया था। मैंने भी कभी कल्पना नहीं की थी कि दुबारा लौटकर यहां आऊंगा। पर डॉक्टरों ने शहर एवं सभ्यता से दूर रहने को कह दिया, तो कदमफूली आना ही पड़ा।'

'यहां आकर तुमने क्या देखा?'

'सबसे पहले तो यह खबर मिली कि तुम यहां नहीं हो। मैंने समझा, शायद ताई से नाराज़ होकर तुमने भी घर छोड़ दिया है। पर असलियत क्या है यह किसीसे पूछ भी तो नहीं सकता था। अतः मन ही मन तुम्हारे बारे में सोचता रहता था।'

'तुमने एक बार भी मेरी खोज-खबर नहीं ली कि मैं कहां चली गई हूं?'

'कहां और किससे पूछता? और दूसरी बात यह कि अब मेरी जो हालत रहती है, वह तो तुम्हारे सामने है। अगर कभी कलकत्ता में होता, तो अब तक ऐटर्नी, वकील, ट्रक-टेलीफोन सब मिलकर मुझे पागल कर देते। किसीसे बात तक करने का मौका नहीं मिलता मुझे। लेकिन अन्न, तुम भी तो मुझे ढूंढ़ सकती थीं?'

अन्न ने कहा, 'शुरू-शुरू में तो शरणार्थियों के दल में शामिल होकर कलकत्ता गई और वहां तुम्हें ढूंढने की कोशिश की। पर आखिर लडकी हूं न; जहां भी जाती, लोगों की नजरों में पड़ने का डर लगा

रहता। और उसके बाद जब फिल्मी दुनिया में मेरा नाम हो गया, तब मेरी हालत भी ठीक तुम्हारे जैसी हो गई।'

हीरक कुछ देर चुप रहा, फिर दूर क्षितिज की ओर देखकर उसने कहा, 'अब थोड़ी-सी देर के बाद ही शाम हो जाएगी, अन्न!'

अन्न बोली, 'ओहं, समझ गई! तुमको घर लौटना है न? शायद पत्नी की याद आ रही है?'

हीरक ने जबाब दिया, 'नहीं ऐसी बात नहीं है। मुझे तो यहीं बहुत अच्छा लग रहा है। मैंने तो तुम्हारे बारे में सोचकर ही ऐसा कहा था।'

'पर, मुझे भी तो यहां बहुत अच्छा लग रहा है। बहुत दिनों बाद तुमसे भेंट हुई है। मेरी तो इच्छा हो रही है कि बस, अब कलकत्ता लौट ही नहीं और यहां इसी तरह लेटी रहूं?'

हीरक ने पूछा, 'सच कहती हो?'

अन्न ने जवाब दिया, 'विश्वास करो, ज़िन्दगी में ऐसा आराम कभी नहीं मिला मुझे। तुम्हें मालूम नहीं है कि मुझे एक-एक घंटे पर कॉफी पीने की आदत है, लेकिन इस वक्त कॉफी की याद नहीं आ रही है। कॉफी तो दूर रही, अब तो ऐसा लगता है कि खाना भी न मिले तो कोई हर्ज़ नहीं।'

हीरक ने आश्चर्य से पूछा, 'अन्न, क्या तुम सच कह रही हो? सचमुच तुम ऐसा महसूस करती हो?'

'हां, बिल्कुल सच कह रही हूं, मुझे और कुछ नहीं चाहिए। इसी जंगल में तुम्हारे साथ रहकर दो जून खाना और पहनने को कपड़ा मिल जाए, तो बस मुझे और किसी चीज़ की आकांक्षा नहीं।'

'लेकिन तुम्हारे नाम, यश एवं रुपयों का क्या होगा? उन सबका मोह छोड़ पाओगी?'

अन्न ने कहा, 'तुम मुझे नहीं जानते, इसीलिए ऐसा कह रहे हो। कभी-कभी तो ऐसी इच्छा होती है कि सब कुछ छोड़कर कहीं भाग जाऊं। न हो तो किसी समुद्र के किनारे मछुओं की बस्ती में जाकर

उन्हींके परिवार की एक सदस्या बनकर रहूं। या फिर···?'

हीरक ने बीच में ही टोककर कहा, 'अच्छा, तुम अच्छी तरह सोच लो। अगर मैं इसका इन्तज़ाम कर दूं तो?'

अन्न चौंककर उठी और हीरक की ओर देखने लेगी। बोली, 'क्या मतलब?'

'मतलब यह कि तुम और मैं दोनों कहीं ऐसी एकान्त जगह जाकर रहें, तो क्या तुम रह सकोगी?'

अन्न की दोनों आंखें आश्चर्य से फैल गई। बोली, 'मज़ाक तो नहीं कर रहे हो?'

'मज़ाक क्यों करूंगा, अन्न! मैं भी तो तुम्हारी ही तरह ज़िन्दगी से भागता फिरता हूं। जिस तरह तुम नाटक के बहाने शहर से दूर देहातों में घूमती हो, मैं भी तो उसी तरह अपना सारा कारोबार छोड़-कर यहां कदमफूली में आकर छिपा रहता हूं।'

'लेकिन तुम मुझे लेकर कहीं चले गए, तो तुम्हारी फैक्टरी को कौन संभालेगा?'

'कोई नहीं संभालेगा। वह जाए जहन्नुम में!'

'ज़रा सोचो तो, तुम्हारे वकील, एटर्नी,एकाउण्टेण्ट, तुम्हारी फैक्टरी के इंजीनियर, ओवरसियर फोरमैन आदि का क्या होगा?'

'वे सब भी जहन्नुम में जाएं! जिस प्रकार तुम्हारे बिना तुम्हारी फिल्म इण्डस्ट्री की हानि होगी, बस उसी तरह मेरे कारोबार की भी होने दो।'

अन्न ने कहा, 'हां, यह तो तुमने सच कहा। पर बलाई सान्याल सिर धुनेंगे, उनका ब्लड-प्रेशर बढ़ेगा।'

'तो फिर?'

अन्न ने कहा, 'तो फिर क्या, मैं तो बच जाऊंगी न! बलाई सान्याल का गुज़ारा शायद रुपयों के बिना नहीं होगा। पर मुझे रुपयों की ज़रूरत नहीं है। मैं अब बिना सोए नहीं रह सकती। अब मैं इन नींद की गोलियों से छुटकारा चाहती हूं, सच कहती हूं, तुम मुझे बचा लो!'

हीरक ने कहा, 'तो फिर चलो, उठो।'

'लेकिन तुम तो मेरे जैसे अकेले हो नहीं। तुम्हारी पत्नी है, लड़का है। उनका क्या होगा?'

हीरक ने कहा, 'मैंने उनकी व्यवस्था पहले से ही कर रखी है। अगर मैं कहीं चला भी जाऊं, तो रुपयों के कारण उनको कभी तकलीफ नहीं होगी।'

'उनको छोड़कर जाने में सचमुच क्या तुम्हें कोई तकलीफ नहीं होगी?'

हीरक ने पूछा, 'तो क्या इतनी देर से मैं जो कुछ कह रहा हूं, उसे तुम झूठ समझती रही हो?'

अन्न बोली, 'अच्छा, तब चलो; अब चल ही दें।'

हीरक ने भी कहा, 'ठीक है, चलो, उठो।'

अन्न ने कहा, 'बहुत दिनों पहले घर छोड़कर मैंने जीवन का एक नया अध्याय शुरू किया था। अब फिर से कोई नया अध्याय शुरू होने दो। फिर भी वैसे ही पूछती हूं कि मुझे कहां ले चल रहे हो तुम?'

'चलो, पहले यहां से तो निकल चलें। फिर जहां जी चाहेगा, चले चलेंगे। मेरे पॉकेट में चेकबुक है ही, साथ में कार भी है।'

दोनों जाकर कार में बैठ गए। अन्न ने पूछा, 'बाद में अफसोस तो नहीं करोगे?'

'इतने दिनों तक ज़रूर अफसोस किया है, लेकिन आज से अब कभी अफसोस नहीं करूंगा।'

'मैं क्या सोचती हूं, जानते हो? एक छोटा-सा, प्यारा-सा घर बनाएंगे नदी के किनारे।

'···और उसकी टिनवाली छत होगी, जिसपर हम फूस का छप्पर डालेंगे; और छप्पर इतनी नीची होगी कि सिर नीचा करके हमें घर में घुसना पड़े।

'और हां, हम एक गाय भी पालेंगे।'

हीरक ने पूछा, 'लेकिन अन्त में तुम्हें तो कभी अफसोस नहीं होगा

न, अन्न?'

अन्न ने कहा, 'तुम मेरी चिन्ता मत करो। मैंने दृढ़ निश्चय कर लिया है। मैं उसपर अडिग रहूंगी।'

'और तुम्हारी यह ख्याति? क्या तुम अपनी ख्याति का ओह छोड़ सकोगी?'

'मेरी ख्याति ही तो मेरा सिरदर्द है।'

'और, तुम्हारा पैसा?'

'अब तो मुझे ऐसा लगता है कि वह पहलेवाली ज़िन्दगी ही अच्छी थी, जब न इतना नाम था और न पैसे थे। बस, सिर्फ मुहल्ले की क्लबों में शौकिया नाटक करती फिरती थी। लेकिन हां, तुम खूब अच्छी तरह सोच लो; कहीं ऐसा न हो कि बाद में तुम्हीं टूट जाओ।'

हीरक ने कहा, 'अगर ऐसी बात होती तो मैं न कदमफूली में आता और न आज इस फूलबाड़ी में आता। यह मैं अच्छी तरह जानता हूं कि यहां आकर मैं इतना समय नष्ट न करके अगर एक फैक्टरी को संभालता तो मेरी बहुत-सी प्रोब्लम्स तो मिटतीं ही, साथ ही रुपये भी बहुत आते। लेकिन उस स्थिति में होता यह कि मैं खुद को नहीं बचा पाता।'

कार फूलबाड़ी को पार कर अब हाई-वे की ओर चल दी।

हीरक ने सुझाव दिया, 'अब चलो, कलकत्ता का रास्ता पकड़ें।'

'कलकत्ता? अब कलकत्ता किसलिए जाओगे?'

हीरक ने कहा, 'नहीं भई, कलकत्ता नहीं; ग्रैंड-ट्रीक रोड से होते हुए सीधे किसी ऐसी देहाती जगह चलेंगे जहां कोई आदमज़ाद नहीं रहता हो।'

हीरक ने कार के ऐक्सीलरेटर पर दबाव डाला। गाड़ी हवा से बातें करने लगी।

24

बलाई सान्याल की आधी पार्टी उस सयम नैनागंज में छटपटा रही थी। भूपेन राहा तो कमदफूली चला गया और बाकी लोग कभी तो जलपाईगुड़ी में बैठे बलाई सान्याल के साथ पोस्टऑफिस के टेलीफोन द्वारा बातें करते और कभी सड़क पर आकर चाय की दुकान पर चाय पीते।

बलाई सान्याल ने सबसे कह दिया था, 'अब तुम लोगों को टेलीफोन करने की ज़रूरत नहीं। मैं खुद ही वहां आ रहा हूं।'

अतः अब उनके करने लायक यहां कुछ नहीं रह गया था। बस, इकट्ठे बैठकर चाय पीने एवं गप्प हांकने के सिवाय और कोई काम नहीं था उनको।

अचानक उनको लगा कि जीप गाड़ी इधर ही आ रही है। सबको लगा कि अवश्य भूपेन भैया ही लौटकर आ रहे हैं और उनके लौट आने के बाद ही आगे की कोई व्यवस्था की जाएगी।

पर नहीं, जीप में भूपेन दा नहीं थे। जब जीप बिल्कुल पास आ गई तब पता चला कि जीप में खुद बलाई सान्याल बैठे हैं।

यूनिट के तीन व्यक्ति जलपाईगुड़ी में बलाई बाबू के साथ रह गए थे। वे लोग भी उनके साथ आए थे। इनमें से कुछ लोग ट्रेन से, कुछ एरोप्लेन से तथा कुछ जीप गाड़ी से सफर करके यहां तक आए हैं। बलाई बाबू समूचे बंगाल, बिहार एवं आसाम में प्रसिद्ध हैं। जहां-जहां सिनेमा हाउस हैं, वहां-वहां बलाई बाबू की खातिर होती है। वे लोग बलाई बाबू को अप्रसन्न नहीं रख सकते। जब नैनागंज में मैडम की कोई खबर नहीं मिली, तो जलपाईगुड़ी में और अधिक रहने का धैर्य वे नहीं रख पाए। बोले, 'एक बार मैं खुद ही नैनागंज जाता हूं।'

जलपाईगुड़ी के एक्जीब्यूटर ने काफी मना किया था। उसने कहा था, 'आप यह हाई ब्लड-प्रेशर लेकर वहां बिल्कुल मत जाइए।'

पर बलाई सान्याल बोले, 'आप यह क्या कहने लगे मिस्टर, मेरा तो

जी-जान ही वहां लगा हुआ है! मेरी डेढ़ लाख रुपयों की आर्टिस्ट वहां रहे, तो फिर मैं भला यहां कैसे आराम कर सकता हूं?'

इसके बाद अब और कहने-सुनने को कुछ बाकी नहीं रहा। उसी वक्त वे जीप पर सवार होकर निकल पड़े। वे मन ही मन झुंझला रहे थे। उफ्, आजकल फिल्म बनाना तो आग से खेलने जैसा हो गया है। पहले ऐसी बात नहीं थी। अब तो आर्टिस्टों की खुशामद करते-करते ही प्रोड्यूसर हैरान हो जाते हैं। खैर, जो भी हो; जो कुछ किस्मत में लिखा है वह तो होकर रहेगा। यही सोचते-सोचते बलाई सान्याल पांच सौ मील पार करके नैनागंज आ पहुंचे थे।

ननी उनके सामने आ खड़ा हुआ। ननी उनकी प्रोडक्शन-कम्पनी का असिस्टेण्ट है।

उसको देखते ही बलाई सान्याल ने एक डांट पिलाई। बोले, 'तुम लोग क्या करते रहे यहां बैठे-बैठे! भूपेन कहां गया?'

'जी, हम लोगों को यहां बैठाकर भूपेन भैया कदमफूली गए हैं।'

'यह तो मैंने कल टेलीफोन पर ही सुन लिया था। लेकिन भूपेन ने वहीं रहने का मौरूसी पट्टा लिखा लिया है क्या? कदमफूली के समाचार जानने में कितने दिन लगेंगे? अच्छा, नैनागंज के सिनेमा-हाउस में पता लगाया तुम लोगों ने?'

ननी ने कहा, 'हां, लगाया था, सर। इन्हीं लोगों ने तो बताया था कि यहां भी मंजरी देवी के नाम पर नाटक के टिकट काफी बिक रहे हैं।'

बलाई सान्याल ने पूछा, 'वह सब तो मुझे मालूम है। लेकिन भूपेन ने क्या कहा यह बताना मुझे? कोई खबर भेजी उसने?'

'नहीं सर, कोई खबर नहीं भेजी। हम लोगों को यहां बैठाकर वह खुद कुछ लोगों को साथ लेकर कल कदमफूली चला गया। बस, उसके बाद से उसने हमें कोई समाचार नहीं भेजा। हमने आपको सुबह फोन पर यह बता भी दिया था।'

बलाई सान्याल ने कहा, 'तुम सबके सब मूर्ख हो! एक साधारण-सा काम नहीं कर सके तुम लोग। अब तुम लोगों से कुछ भी होने की

उम्मीद नहीं है। चलो, मेरे साथ सिनेमा हाउस चलो।'

नैनागंज के एकमात्र सिनेमा हाउस के मालिक बंगाली नहीं थे, बल्कि एक पंजाबी सज्जन थे। नैनागंज में सिनेमा हाउस बनाकर उन्होंने बहुत ही लाभदायक काम किया था। हिन्दी और बंगला फिल्मों से मोटी रकम कमाकर ये महाशय चन्द दिनों में ही पैसेवाले हो गए थे। बलाई सान्याल के आगमन की खबर सुनते ही उन्होंने उनको बड़े प्यार से अपने ऑफिस में बैठाया और पूछा, 'क्या हुआ, सान्याल साहब ?आपकी अगली फिल्म कहां तक पहुंची ?'

बलाई सान्याल ने कहा, 'आप फिल्म का हाल तो अपनी आंखों के सामने देख ही रहे हैं! पुराने जमाने में फिल्म बनाई, आर्टिस्ट को रुपये दिए और बस, सारे झंझट खत्म हो जाते थे, पर आज का जमाना तो देखिए! इस बुढ़ापे में भी आर्टिस्ट के पीछे-पीछे दौड़ना पड़ रहा है मुझे।'

एक्जीब्यूटर ने कहा, 'पर आपकी मंजरी देवी क्या अभी तक यहीं बैठी हैं? कल पहली बार मैंने लोगों के मुंह से सुना कि मंजरी देवी यहां आ रही हैं और यही मैंने आपके आदमियों को बता भी दिया था।'

'अरे भाई, इधर मेरे आदमी कदमफूली में आसन जमाकर बैठ गए हैं और उधर जलपाईगुड़ी में बैठे-बैठे मेरा ब्लड-प्रेशर बढ़ने लगा था। क्या बताएं भाई, उधर मेरे रुपयों का श्राद्ध हो रहा है और इधर आर्टिस्ट गायब है! क्या करूं, क्या न करूं, मेरी तो कुछ समझ में नहीं आता। इसलिए घबराकर यहां चला आया हूं।'

एक्जीब्यूटर ने कहा, 'तब फिर आपके प्रोडक्शन मैनेजर को आने दीजिए; देखें, वह क्या खबर लाता है।'

बलाई सान्याल ने भी कहा, 'हां, इसीलिए तो यहां बैठा हूं।'

उसके बाद बलाई बाबू ने हांक लगाई, 'ननी, अब और कितनी देर इन्तज़ार करेंगे यहां? इससे तो अच्छा है कि हम सब भी कदमफूली हो चलें।'

ननी बेचारा क्या कहता; सिर्फ इतना ही कह सका, 'भूपेन दा अगर

पीछे से आ गए, तो?'

'आ जाएगा, तो आने दो। हम कहीं भागकर तो जा नहीं रहे। एक चक्कर लगा लेने में हर्ज़ क्या है? जल्दी चलो, तुम लोगों के सभी कामों में ढिलाई ही ढिलाई है। चलो!'

और सच में, सबने चलने की तैयारी कर ली। बलाई सान्याल ब्लड-प्रेशर के मरीज़ थे। उन्होंने छाती पर हाथ रखकर कहा, 'मैडम अगर कदमफूली में आई है, तो चाहे जिस तरह भी हो, मैं उसे वहां से लेकर ही जाऊंगा। यह सब भूपेन के वश की बात नहीं है।'

जीप का तो इन्तज़ाम था ही। मिस्टर बलाई सान्याल ड्राइवर के बगल वाली सीट पर विराजमान हो गए, और उससे पूछा, 'कदमफूली यहां से कितने मील दूर है?'

ड्राइवर ने बताया, 'यही कोई पांचेक मील होगा।'

जीप हाई-वे से होकर चल पड़ी। हाई-वे के दोनों ओर दूर-दूर तक बड़ के पेड़ दिखाई पड़ रहे थे। ये पेड़ अधिक बड़े नहीं हुए थे, अतः चारों ओर ईंट की जाली से घिरे हुए थे। उन्हीं जालियों में से हरएक पर 'रूपक' का 'रूप और रूपो' का एक-एक पोस्टर चिपका हुआ था। पोस्टरों में खास आकर्षण के तौर पर मंजरी सेन का ही नाम मोटे-मोटे हरफों में छापा गया था।

बलाई सान्याल यह देखकर भड़क उठे और अपने-आप ही बड़बड़ाने लगे, 'देखो, देखो न उसकी हिम्मत! सब उसी छोकरे की करतूत है यह! उसी सत्य मल्लिक नामक शख्स की। अपना सर्वनाश तो कर ही रहा है, साथ-साथ मैडम का भी सर्वनाश कर डालेगा। और मेरी तकदीर में तो खैर पूरा घाटा लिखा ही है।'

एकाएक बलाई सान्याल को दूर से एक गाड़ी आती दिखाई पड़ी।

फूलबाड़ी का रास्ता हाई-वे से होकर भीतर की ओर चला गया था। आने वाली गाड़ी ने फूलबाड़ी की तरफ से हाई-वे की ओर ही मोड़ लिया था।

25

हीरक उस वक्त अपने में ही मगन स्वयं से बातें किए जा रहा था। अन्न भी सब ओर से निश्चिन्त होकर आत्मविश्लेषण में विभोर थी। इतने दिनों की समूची थकावट और बोरियत मानो इस फूलबाड़ी में आते ही मिट गई थी। अभी भी दोनों के सामने लम्बी ज़िन्दगी पड़ी है। अगर तुमसे कोई गलती हो ही गई है, तो फिर उस गलती की समाधि यहीं पर क्यों न बने! और क्यों न नये रास्ते पर नये तरीके से कदम बढ़ाया जाए! जहन्नुम में जाए तुम्हारा नाटक और तुम्हारी पत्नी! तुम खुद अपनी मर्ज़ी के मालिक हो, इसलिए तुम्हें अपनी इच्छानुसार जीवन जीने की पूरी आज़ादी है। ऐसा होने पर भी अगर तुम अपनी मर्ज़ी का जीवन नहीं जिओगे, तो तुम्हारी सामाजिकता अनवरत तुम्हारा शोषण करती रहेगी। तुम्हारी ज़िम्मेदारी तुम्हारी रातों की नींद चुरा लेगी। और तुम्हारी ज़िन्दगी? वह सिर्फ तुम्हारे यश के पीछे मृग-तृष्णा सदृश्य दौड़ती रहेगी। यह मृगतृष्णा न तुम्हें आराम करने देगी और न ही चैन से सोने देगी। तुम्हारा कर्म तुम्हें एक हाथ से अपार धन-राशि देता है तो दूसरे हाथ से तुम्हारी रातों की नींद भी छीन लेता है; और अगर यश देता है तो आत्मीय स्वजनों से तुम्हें दूर भी ले जा पटकता है। ऐसी स्थिति में तुम किस तरफ जाओगे?

बहुत अच्छी तरह सोचकर देख लो कि इतने दिनों तक तुमने क्या पाया है? तुम्हारे चारों तरफ जो लोग तुम्हारी प्रशंसा की स्तुति गाते रहते हैं, क्या वे वास्तव में तुम्हारे मित्र हैं? क्या वे लोग तुम्हारे शुभाकांक्षी हैं? यह जो तुम्हारा स्टाफ है, जो तुम्हें देखते ही सलाम करता है, वह क्या सचमुच ही तुम्हारी भलाई चाहता है? तुम्हारे वकील, एटर्नी, बैरिस्टर आदि क्या तुम्हारे निःस्वार्थ सेवक हैं? तुम्हारे ही रुपयों से जो शराब पीते हैं, और तुम्हारी ही कृपा पर अपनी जीविका चलाते हैं, क्या उनमें से किसीने भी कभी यह जानने की कोशिश की है कि तुम्हें रात में नींद क्यों नहीं आती?

और हीरक, तुम्हारी पत्नी? उसको तुम कहां तक समझ पाए हो? तुम्हारी धन-दौलत के वैभव एवं प्रतिष्ठा आदि को बाद देकर सिर्फ तुम्हारे स्वयं के नगण्य अस्तित्व को लेकर क्या वह संतुष्ट रह पाएगी? तुमने कब और किस प्रकार परखा है उसे? खैर, इन सबसे परे तुम्हारे पास मन नाम की भी तो कोई चीज़ है! क्या उसने इन सब चीज़ों को पाकर कभी तृप्ति अनुभव की है? फिर इतना अगाध ऐश्वर्य पाकर भी तुम्हें फायदा क्या है?

और तुम? तुम, मंजरी सेन! तुम्हें सिर्फ देखने के लिए हज़ारों-लाखों की संख्या में जो लोग सिनेमा हाउस के सामने क्यू लगाकर टिकट कटाते हैं, क्या वे सब तुम्हारे शुभाकांक्षी हैं? तुमसे पहले और भी तो बहुत-सी फिल्म-स्टार हुई थीं। उन सबको उन्होंने क्यों भुला दिया? जब उन लोगों ने उन्हें भुला दिया है, तो तुमको नहीं भूल जाएंगे, इसका क्या प्रमाण है? और सच ही तो, इतने दिनों तक तुमने क्या और कितना कुछ पाया है? यदि कहो कि रुपये, तो सुन लो; बलाई सान्याल ने जितने रुपये अजित किए हैं, उसने जितना रुपया पाया है; क्या उतना ही रुपया तुमने भी पाया है? रुपयों के कारण ही किसी दिन तुमने दूसरों के सामने हाथ फैलाया था और अब उन्हीं रुपयों की बहुतायत से तुम्हारा मन छटपटा रहा है। शायद यह रुपये ही तुम्हारे जीवन का काल बन गए हैं।

बहुत देर तक वे दोनों उस एकांत वातावरण में मानो अपने-अपने अतीत की परिक्रमा करने निकल पड़े थे। दोनों ही अपने-अपने जीवन की कहानी की शुरुआत तक जा पहुंचे थे। दोनों ही सोच रहे थे कि उनकी शुरूवाली ज़िन्दगी ही अच्छी थी, जब वे उद्वेगहीन शान्ति में अपना जीवन व्यतीत करते थे। तब न इन्कम-टैक्स था और न किसी प्रकार की प्रतियोगिता थी। बस, सिर्फ जीवित रहने की कामना भर थी। और आज फूलबाड़ी में बैठकर उन दोनों ने फिर से उसी प्रकार का जीवन जीन की मनोकांक्षा की थी।

घाट की सीढ़ियों पर पड़ते हुए सूर्य के प्रकाश में मंजरी ने अनजाने

में ही मानो मुक्ति का आस्वाद पा लिया हो। उसे ऐसा महसूस हुआ, मानो शहर से गांव ही अच्छा है। और गांव की अपेक्षा यह निर्जन जंगल और भी अच्छा है।

'अन्न, तुम रो रही हो?'

अन्न की तरफ देखकर हीरक हतप्रभ रह गया।

अन्न ने कहा, 'तुम सोचते होगे कि मुझे अभिनय करने की आदत है, और मुमकिन है इसे भी तुम मेरा अभिनय ही समझो। लेकिन यकीन मानो हीरक, आज से पहले कभी इस तरह मैंने अपने को अपने ही आगे दया का पात्र नहीं समझा था।'

हीरक ने कहा, 'लेकिन तुम जी छोटा न करो, अन्न! मैंने तुमसे कहा न कि मैंने भी दृढ़ निश्चय कर लिया है।'

और उसके बाद उसी मनोदशा में हीरक ने कार ड्राइव करते हुए कहा, 'एक बात कहूं मंजरी, हम चाहे कहीं भी क्यों न भाग जाएं; पर कोई न कोई तो हमारा पीछा अवश्य करेगा।'

'तब फिर कहां चलोगे; बताओ?'

हीरक ने कहा, 'समझ में नहीं आ रहा है कि कहां जाएं? तुम्हें तो सभी पहचानते हैं और मुझे भी फैक्टरी के लोग ढूंढ ही निकालेंगे। ऐसा लगता है कि इंण्डिया छोड़कर गए बिना हमें कोई रिहाई नहीं देगा।'

'इण्डिया से बाहर कैसे जाओगे?'

हीरक ने कहा, 'मेरे पास उसका इन्तज़ाम है। मेरी पॉकेट में एक्सेपोर्ट-लाइसेन्स मौजूद है।'

'और क्या मेरे 'वीसे' का इन्तज़ाम भी कर लोगे?'

'हां, कुछ समय तो लगेगा, लेकिन इन्तज़ाम कर अवश्य लूंगा।'

अन्न ने कहा, 'सच, ऐसा सोचने में ही कितना अच्छा लगता है! कितना सुख मिलता है! अब रातों को जागना नहीं पड़ेगा! अब मुझे मेकअप नहीं करना पड़ेगा; न ही फ्लैश-बल्ब की रोशनी में कैमरे के सामने खड़ा होना पड़ेगा।'

हीरक ने कहा, 'लेकिन सोचता हूं कि तुम्हें बाहर ले जाकर कहीं

मुझे बेवकूफ तो नहीं बनना पड़ेगा?'

क्यों? तुमने ऐसी बात क्यों कही?'

हीरक ने कहा, 'क्योंकि मैंने सुना है कि जो अभिनय करते हैं, उनके लिए वही एकमात्र सत्य है और बाकी सारी दुनिया झूठी है। लेकिन मेरे सम्बन्ध में ऐसी बात नहीं; क्योंकि मैं रात-दिन लोहे-लक्कड़ में ही अपना समय गुज़ारता रहा हूं।'

अन्न ने उसे रोकते हुए कहा, 'बस करो, अब पिछली बातों को मत दोहराओ!'

हीरक ने कहा, 'फिर भी, तुम ज़रा सोचो तो! तुम्हारे नाटक के इतने टिकट बिक चुके हैं, अब अगर तुमने नाटक नहीं किया तो उनका कितना नुकसान होगा! सर्वनाश ही समझो!'

अन्न ने कहा, 'मेरे कारण इस प्रकार के सर्वनाश पहले भी बहुत बार हो चुके हैं।'

'लेकिन बाद में किसी प्रकार का पश्चात्ताप तो नहीं करोगी न इसके लिए?'

अन्न ने घूमकर हीरक के चेहरे की ओर देखा। बोली, 'क्यों? क्या तुम्हें बाद में पश्चात्ताप होगा?'

हीरक ने जवाब दिया, 'नहीं। अगर तुमने मेरा साथ दिया, तो मैं अपने दिल में शक्ति महसूस करूंगा।'

'मैं तुम्हारे साथ हूं, हीरक! और हर दम तुम्हारे साथ रहूंगी।'

दोनों को ऐसा लग रहा था, मानो इतने दिनों तक वे गलत राह पर चल रहे थे और अब जाकर अपनी असली मंज़िल पर पहुंच पाए हैं। ज़िन्दगी में और भला उन्हें क्या चाहिए? ज़रूरत से ज़्यादा पा जाने की पीड़ा का मूल्य तो वे इतने दिनों से चुकाते आ ही रहे हैं। कभी एकाऊण्ट्स के गोरख-धन्धे में और कभी सक्सेसनेस की चक्की में ज़िन्दगी को पीसकर, उसका सारा रस निचोड़कर, अपने बेजान शरीर को वे घसीट-घसीटकर बिस्तर पर पटकते रहे हैं।'

पर अब हीरक को कोई भी बांधकर नहीं रख सकता। एक छोटा-

सा नीड़! एक छोटा-सा आसमान! और पांव के नीचे कदम भर धरती! बस, इतने से ही वह अपना संसार खुद तैयार करेगा। वे अपने लिए अब परम सन्तोष का संसार, अनाकांक्षी संसार, ख्यातिहीन संसार बनाएंगे। और उस संसार में रहेंगे सिर्फ वे दो प्राणी! एक वह स्वयं और दूसरी उसकी अन्न! उसी संसार में वे अपने अस्तित्व का उजाला ढूंढ़ निकालेंगे। उसी उजाले को वे अपना मूलधन मानकर हंसने-रोने के बीच अपनी दुनिया की सृष्टि करेंगे। यह सब सोचने में हीरक को बहुत अच्छा लग रहा था।

हीरक ने देखा, अन्न कार की सीट का सहारा लिए आंखें मूंदे बैठी थी। क्या वह सो गई है? सोने दो बेचारी को! उसको नींद आ गई, यह बहुत ही अच्छा हुआ। हीरक को इस तरह सहज ही नींद नहीं आती। पॉकेट में स्लीपिंग-पिल्ज़ का पैकेट पड़ा है। ज्यों ही उसे ज़रूरत पड़ेगी, वह एक गोली मुंह में डाल लेगा। उसके बाद दो घण्टे के लिए निश्चिन्त! तब न तो कोई समस्या रहेगी न कोई अशान्ति महसूस होगी।

उसने हौले से पुकारा, 'अन्न!'

वह सचमुच ही सो रही थी। उसको सोने दो! हीरक ने और भी ज़ोर से गाड़ी चलाई। एक्सीलरेटर पर और अधिक दबाव दिया। गाड़ी ने और ज़ोर से गति पकड़ी। यद्यपि आज इस तेज़ गति की ज़रूरत नहीं थी। बॉयलर और कोक-ऑवेन आज खाली पड़े थे। आज प्रोडक्शन बन्द पड़ा था। सिर्फ आज की ही बात नहीं, अब हमेशा के लिए उनका प्रोडक्शन बन्द हो जाएगा! कल से दिल्ली से उसके पास पत्र आने शुरू होंगे। फाइनेन्स-मिनिस्टर का पत्र आएगा, एक्सपोर्ट-लाइसेन्स की मिनिस्ट्री से पत्र आएगा। सब जगहों से पत्र आने लगेंगे। क्या हुआ? तुम्हारा टारगेट कैसे फुलफिल नहीं हुआ? सारा फाइव-ईयर-प्लान गड़बड़ हुआ जा रहा है! कहां गए मिस्टर गुप्त? वो तुम्हारे मैनेजिंग डायरेक्टर कहां गए? कहां गए तुम्हारे डायरेक्टर्ज-बोर्ड के चेयरमैन? उसकी कम्पनी के डायरेक्टर्ज़ उसे चारों तरफ टेलीग्राम और ट्रंक-कॉल करेंगे। चेयरमैन कहां गए? व्हेवर इज़ ही? योर मिस्टर गुप्त?

'ही इज़ ऑन लीव, सर! वे छुट्टी पर गए हैं।'

'कहां पर, किस जगह गए हैं?'

'उन्होंने किसीसे भी बताने को मना किया है।'

'मना करने का क्या मतलब? इधर मिलियन डॉलर के फॉरेन-एक्सचेंज का प्रश्न है और उन्होंने पता बताने को मना किया है? वाह, यह खूब रही!'

'हां, वे रिलैक्स करने गए हैं। कह गए हैं कि कोई उन्हें डिस्टर्ब न करे।'

'बट यू मस्ट इनफॉर्म हिम! उनको खबर देना ज़रूरी है।'

'हम किस तरह खबर दे सकते हैं, सर? वहां तो पोस्ट ऑफिस तक नहीं है। टेलीफोन नहीं है। खबर भेजने का कुछ भी साधन नहीं है।'

'तो फिर मैनेजर को वहां भेजिए।'

'लेकिन सर, ऐसा करने से वे बहुत नाराज़ होंगे। वे नहीं चाहते कि उनके विश्राम के समय कोई उन्हें डिस्टर्ब करे।'

'डैम इट! जहां मिलियन डालर का सवाल है, वहां क्या उनका आराम इतना महत्त्वपूर्ण है? बल्कि सच तो यह है कि अगर उनको यह खबर नहीं दी गई, तो वे आप लोगों पर ही नाराज़ होंगे। जाइए, इसी वक्त किसीको भेजिए। मैसेंजर भेजिए।'

'लेकिन सर, वे तो यहां से दूर हैं। बहुत दूर एक निपट विलेज में। वहां मैसेंजर के पहुंचने में भी तो काफी समय लगेगा।'

'लगेगा तो लगने दो। कोई इण्डिया के बाहर तो नहीं हैं न?'

'नहीं, सर! हैं तो बंगाल में ही। बंगाल के एक विलेज में उनकी जन्मभूमि है; वहीं वे फैमिली के साथ गए हैं।

'डैम केयर! अगर उनके आने में देर हुई तो संभव है, करोड़ों-करोड़ रुपयों का प्रोडक्शन ही बन्द हो जाए! इण्डिया-गवर्नमेंट का हैवी नुकसान हो जाएगा। ऑल स्टील बर्क्स स्ट्राइक कर देंगे। क्विक! क्विक!!'

हीरक ने गाड़ी और तेज़ चलानी शुरू कर दी। उसने स्पीड काफी बढ़ा दी।···और दूर भाग चलो, हीरक! यहां से बहुत दूर। सब मिलकर तुम्हें पीछे की ओर घसीटने का प्रयत्न कर रहे हैं। एक तो वह माया ही है, जो बराबर वंशीवदन द्वारा मेरी खोज-खबर ले रही होगी।

माया को शुरू-शुरू में, हो सकता है, कुछ तकलीफ हो। वह मुझे खूब ढूंढ़ेगी, पुलिस में खबर कर देगी। कदमफूली छोड़कर वापस कलकत्ता चली जाएगी। फिर कलकत्ता के ऑफिस में जाकर मद्रास ट्रंक-कॉल करेगी। मद्रास से जवाब आएगा, 'नहीं तो, मिस्टर गुप्त यहां तो नहीं पाए। लेकिन उनको ढूंढ़ने के लिए आदमी भेजा है हमने।'

'कहां भेजा है?'

"दिल्ली।'

'दिल्ली क्यों?'

'सिर्फ दिल्ली ही नहीं, बल्कि बम्बई, कलकत्ता, सब जगह उन्हें ट्रंक-कॉल किया जा रहा है।'

पर अचानक पुलिस द्वारा खबर मिलती है कि, 'सिर्फ मिस्टर गुप्त ही नहीं, बल्कि उनके साथ फेमस सिनेमा-स्टार मिस मंजरी सेन भी गायब है।'

'यह सब बकवास है? ऑल नॉनसेन्स! ऑल सिली टॉक!'

हीरक ने एक्सीलरेटर पर और ज़ोर से दबाव डाला। गाड़ी और तेज़ गति से आगे बढ़ने लगी। अब कोई डर नहीं है। एक बार सिर्फ कलकत्ता के रिज़र्व बैंक तक पहुंचने भर की देर है, फिर सारी समस्याएं हल हो जाएंगी।···उसके बाद होरक, तुम कहां जाओगे? कहां जाना चाहोगे? फिलीपाइन्स? टोकियो? हॉलैण्ड? रशिया? या अमेरिका?

नहीं, नहीं! अब किसी भी बड़े शहर में नहीं। अब तो किसी ऐसी जगह चल, जहां सिर्फ घना जंगल हो। जहां सिर्फ नदी या समुद्र हो, वहां चल।

किसी कवि ने लिखा है, 'वह जंगल मुझे वापस लौटा दो।' यह पंक्ति उसकी बचपन में पढ़ी हुई थी। पर उस समय उसे यह बात अच्छी

नहीं लगी थी। उस समय तो वन में रहते हुए भी उसकी आंखें कलकत्ता की ओर लगी हुई थीं। गांव को तो उस दिन भूल जाना चाहा था उसने। अब वापस उसी वन में लौट जाने की इच्छा हो रही थी। कभी-कभी आदमी को सब कुछ छोड़कर ही सब कुछ मिलता है। ··· चलो फिलीपाइन्स, या फिर चलो हवाई-द्वीप, या फिर और कहीं भी ऐसी जगह चलो, जहां रुपये, टैक्स, ऑडिटर, इन्कम कुछ भी न हो। जहां स्ट्राइक या प्रोडक्शन या किसी प्रकार की भी समस्या न हो, वहीं चलो।

मिस्टर गुप्त की नज़रों के सामने जैसे समूचा विश्व-ब्रह्माण्ड ही उलट-पलट होने लगा। क्या भूचाल आनेवाला है? नहीं! नहीं! नहीं!

अचानक मिस्टर गुप्त चीख पड़ा, 'नहीं, मैं हीरक नहीं हूं! एकाउण्ट्स की गड़बड़ी की बात मुझसे कहने मत आओ। मैं इस कम्पनी का कोई नहीं हूं। इस कम्पनी को मैंने ही स्टार्ट किया था, यह सही है; पर अब मैंने अपनी समूची सम्पत्ति का अपनी मर्ज़ी से ही त्याग कर दिया है। अब मैं सैलरी भी नहीं चाहता। एलाउन्स भी नहीं चाहिए मुझे। प्रॉफिट भी नहीं चाहिए। यहां तक कि इन्टरेस्ट या डिविडेण्ड भी नहीं चाहिए। मुझे कुछ भी नहीं चाहिए। यह सही है कि किसी दिन मैंने इन्हीं सबकी आकांक्षा की थी। पर अब इन सबको छोड़कर मैं चला!'

जैसे वंशीवदन की आवाज़ उसके कान में पड़ी, 'नहीं मालकिन, मैं तो सब जगह उन्हें ढूंढ आया; पर साहब कहीं नहीं मिले।'

'और उन लोगों के नाटक की वह लड़की, जो यहां आई हुई थी, यह मिली कि नहीं?'

'नहीं, वह भी नहीं मिल रही है। सब उसे भी ढूंढ़ रहे हैं।'

माया ने कहा, 'तब तुम कुछ इन्तज़ाम करो। मैं यहां से जाना चाहती हूं।'

'आप कहां जाएंगी, मालकिन?'

'जहां मेरी मर्ज़ी। इसकी तुम्हें चिन्ता करने की ज़रूरत नहीं है। तुम मेरे जाने का इन्तज़ाम कर दो।'

हीरक ने कार के एक्सीलरेटर पर और दबाव डाला। कार सर्राटे के साथ हाई-वे के समतल चिकने पथ पर दौड़ चली।

एकाएक अन्न जाग पड़ी। जागकर वह चारों ओर नज़र दौड़ाकर देखने लगी। बोली, 'हीरक, हम कहां हैं?'

हीरक ने बताया, 'नैनागंज के नज़दीक।'

अन्न बोली, 'अगर यहां एक कप कॉफी मिल पाती तो अच्छा रहता।'

हीरक ने कहा, 'कॉफी नहीं भी मिली, तो चलो देखें, शायद चाय-वाय यहां मिल जाए।'

26

निरापद-दल की जीप नैनागंज की ओर बढ़ी जा रही थी। सत्य-मल्लिक, पुलिस-इन्सपेक्टर आदि सब उस जीप में बैठे-बैठे सामने की ओर नज़रें दौड़ा रहे थे।

सबसे अधिक चिन्ता भूपेन राहा को थी। दरअसल, वह प्रोडक्शन का चीफ भी तो था। उससे नीचे हैं ननी और गोवर्धन। बहुत-से लोगों की जीविका, जीवन-यात्रा इस मैडम पर ही निर्भर है। इसीलिए तो भूपेन राहा को इस निरे देहात में दौड़े आना पड़ा था। चलते-चलते उसे अचानक दूर एक गाड़ी दिखाई पड़ी। वह बोला, 'सामने वह किसकी गाड़ी आ रही है?'

निरापद ने कहा, 'वह गाड़ी गुप्ता साहब की नहीं है। गुप्ता साहब

की तो बन्द गाड़ी है।'

निरापद का कहना ठीक ही था, क्योंकि गाड़ी के नज़दीक पहुंचते ही भूपेन राहा ने चिल्लाकर कहा, 'अरे यह तो बलाई बाबू आ रहे हैं!'

'कौन? बलाई सान्याल?'

सत्य मल्लिक जिस बात से डर रहा था, आखिर वही होकर रही। मिस्टर बलाई सान्याल साक्षात् सामने हाज़िर हो ही गए। वे और अधिक सब्र नहीं कर पाए थे।

बलाई सान्याल भूपेन राहा को देखते ही गाड़ी से उतर पड़े। उनका शरीर मोटा और थुल-थुल था। एक तो कड़ाके की धूप, तिसपर हाई ब्लड-प्रेशर। इस कारण उनका बदन कुछ-कुछ लाल-सा लग रहा था। मंजरी सेन के गायब हो जाने के कारण शूटिंग बन्द करके पूरा का पूरा दल जो कलकत्ता से बाहर निकला, तो अब तक उनमें से कोई भी वापस कलकत्ता नहीं लौटा था। बलाई सान्याल तो ब्लड प्रेशर के कारण जलपाईगुड़ी में ही ठहर गए थे और अपने दल के अन्य लोगों को उन्होंने नैनागंज भेज दिया था। परन्तु आखिर लाखों रुपयों का मामला था। बलाई बाबू जानते थे कि प्रोडक्शन असिस्टेण्ट पर ही भरोसा करके हाथ पर हाथ धरे बैठने से उनका काम नहीं चलेगा। यही सोच-कर वे खुद यहां तशरीफ ले आए।

भूपेन को सामने देखते ही उन्होंने पूछा, 'क्यों? क्या हुआ? मैडम मिली?'

भूपेन बगलें झांकते हुए बोला, 'आप इन्हीं लोगों से पूछ लीजिए न, सर! ये सब भी मैडम को ही ढूंढ़ने निकले हैं। यह देखिए, ये हैं थाने के दरोगा साहब, और ये हैं 'रूपक' के डायरेक्टर श्री सत्य मल्लिक।'

'ओह, तो आप ही हैं सत्य मल्लिक? वाह मिस्टर, आखिर आपने मेरा सत्यानाश करके ही दम लिया न! मेरी डेढ़ लाख रुपये की हीरो-इन को इस मूढ़ देहात में लाकर आपने मेरा कितना बड़ा नुकसान किया है, यह जानते हैं आप? उफ़ आप तो मिस्टर, आदमी का खून तक कर सकते हैं; पर अब मैं क्या करूं, यह बताइए? मैं हाई-ब्लड-प्रेशर का

मरीज़ हूं। मुझे दौरे पड़ते रहें, क्या आप यही चाहते हैं?'

इतनी देर बाद पुलिस के दरोगा ने मुंह खोला। बोला, 'देखिए, इस वक्त आप उन सब बातों को जाने दीजिए। जो होना था, वह तो हो चुका है। उसके लिए अब चिन्ता करने से क्या फायदा? हमें खबर मिली है कि मिस्टर गुप्त नामक कोई सज्जन उन्हें लेकर कहीं चले गए हैं। हम सब उन्हींकी खोज में जा रहे हैं।'

'यह आप क्या कह रहे हैं.? ये मिस्टर गुप्त कौन हैं? उसको कहां ले गए वो? दोनों कहीं भाग गए हैं क्या? ओह, क्या मुसीबत है! मेरा तो सर्वनाश हो गया! हाय, मेरा ब्लडप्रेशर बढ़ रहा है!'

'अरे नहीं, आप बिल्कुल फिक्र न करें। कदमफूली में मिस्टर गुप्त की पत्नी है; उसे छोड़कर वे आखिर कहां जा सकते हैं?'

'पर मंजरी से उनकी मुलाकात कैसे हुई? आउट-डोर शूटिंग के समय मैं मैडम को कितनी हिफाज़त से रखता हूं। पुलिस के पहरे का सख्त इन्तज़ाम रखता हूं। और आप हैं कि आपने मेरी डेढ़ लाख रुपये की आर्टिस्ट को जिस-तिसके साथ मिलने दिया। आपने अपना सर्वनाश तो किया ही, साथ ही मेरा और मैडम का भी सर्वनाश किया है। लेकिन मिस्टर, इन सबमें सबसे अधिक सर्वनाश मेरा ही किया है आपने। आपके कारण ही मेरी चार लाख रुपयों की फिल्म यों बीच में अटकी रह गई। अब मैं क्या करूं?'

इन्सपेक्टर ने कहा, 'पर अब यहां खड़े रहने से तो कुछ फायदा नहीं। चलिए, नैनागंज की ओर चला जाए। मिस्टर गुप्ता नैनागंज की ओर ही तो जाते हुए देखे गए हैं।

बलाई सान्याल ने कहा, 'तो क्या वे अभी तक वहां बैठे होंगे? मेरी ऐसी किस्मत ही कहां, मिस्टर? हाय.! हाय! इतनी देर में तो वे अवश्य ही नैनागंज से भी आगे चल दिए होंगे।'

"फिर भी चलिए, देखने में क्या हर्ज़ है?'

निरापद ने कहा, 'लेकिन बलाई बाबू, आप एक बार हमारी विपत्ति पर भी तो गौर कीजिए। हमारी तीन हज़ार रुपयों की टिकट बिक

चुकी हैं। अब अगर नाटक न हुआ, तो आप ही बताइए, क्या होगा? हम लोगों के पंडाल को लोग जलाकर खाक कर देंगे। आपको नहीं मालूम, शाहगंज के लोग एक नम्बर के गुण्डे हैं!'

इतनी देर तक बलाई सान्याल ने निरापद को नहीं देखा था। उसकी बातें सुनकर अब उनकी नज़र उसपर पड़ी। पूछा, 'तुम कौन हो!'

निरापद ने बताया, मैं कदमफूली 'संस्कृति संघ' का सेक्रेटरी निरा-पद हाज़रा हूं।'

बलाई सान्याल बिगड़ उठे। बोले, 'बस, अपने पास रखो अपने तीन हज़ार रुपयों का मामला। कहां मेरे चार लाख रुपयों पर बन आई है, मेरा ब्लडप्रेशर दो सौ से ऊपर पहुंच रहा है, और तुम हो कि मुझसे अपनी तुलना कर रहे हो? मेरी जितनी भी बरबादी हुई है, उसकी जड़ तुम्हीं तो हो।'

पुलिस-इन्सपेक्टर ने कहा, 'देखिए, आप लोग झगड़ा बाद में कर लीजिएगा। इस वक्त तो सबसे पहले अपराधी को ढूंढ़ निकालने की आवश्यकता है।'

इस बार सब लोग वापस गाडी में बैठ गए। दोनों ही गाड़ियां उत्तर की ओर विद्युत् गति से दौड़ पड़ी।

जिस व्यक्ति को ढूंढ़ने के लिए इतनी दौड़-धूप, इतना अर्थ व्यय किया जा रहा था, और इतनी परेशानियां उठानी पड़ रही थीं; वह उस वक्त कहां और किस हालत में था, यह किसीको को भी मालूम नहीं था। बलाई सान्याल आश्चर्य में डूबे हुए बहुत देर तक यही सोचते रहे कि यह आखिर हुआ कैसे? अगर मेहनत करने से अधिक पैसे आते हों, तो फिर मैडम और अधिक मेहनत क्यों नहीं करती? इधर सत्य-'मल्लिक सोच रहा था कि मंजरी यहां नाटक करने आकर किसके हत्थे चढ़ गई! हीरक गुप्त? पता नहीं वह कहां का कौन-सा साहबजादा था, जो आर्ट के बारे में तिलभर भी ज्ञान नहीं रखता; फिर भला उससे मंजरी का क्या सम्बन्ध था? उसके साथ आखिर वह गई क्यों?

मिस्टर बलाई सान्याल नैनागंज में जिस जगह से रवाना हुए थे,

वापस वहीं पहुंच गए। गाड़ी के वहां रुकते ही उन्होंने देखा कि सिनेमा हाउस का पंजाबी मालिक उनकी तरफ चला आ रहा है।

'यह लीजिए सान्याल बाबू, मिल गई आपकी आर्टिस्ट!'

बलाई सान्यालं उछल पड़े यह खबर सुनकर। पूछा, 'कहां मिली? कहां है? कहां है?'

'मेरी चाय की दुकान में।'

'आपकी चाय की दुकान में? मतलब?'

'हां, वे मेरे सिनेमा हाउस के ही स्टाल में चाय पी रही हैं। यद्यपि मैंने उनसे कुछ बात नहीं की है, पर मैंने उनको पहचान लिया है। अपने स्टाल-होल्डर को उनपर नज़र रखने को कह आया हूं।

बलाई सान्याल ने पूछा, 'मैडम के साथ कौन है?'

उनको मैं नहीं पहचानता। हां, उनके पास एक कार है। ऐसा लगता है कि वे गांव में भीतर दूर तक गए थे और दोनों ने एकसाथ वहां बहुत समय व्यतीत किया है, और अब टायर्ड होकर मेरी दूकान में चाय पीते ही वे फिर कार में बैठकर चल देंगे।'

सत्य मल्लिक, निरापद, पुलिस-इन्पेस्क्टर आदि सभी आश्चर्य-चकित होकर उनकी सारी बातें सुन रहे थे।

इतनी देर बाद निरापद के मन में आशा की किरण कौंधी। उम्मीद बंधी। बोला, 'तो फिर मिल गई न? आपने ठीक से देखा तो है न? या यों ही अफवाह उड़ा रहे हैं?'

सिनेमा हाउस का मालिक पंजाबी सज्जन था, पर बहुत दिनों से बंगाल में रहते-रहते बंगला भाषा, बंगाली चाल-चलन आदि सीख गया था।

वह बोला, 'मैं उनको कमरे में चाय पीने के लिए बैठा आया हूं। उन्हें चाय देकर मैं आपको ही ढूंढ़ने जा रहा था। वह देखिए, उनकी कार सामने खड़ी है।

सबने उधर देखा। सचमुच, गुप्त साहब की कार बीच सड़क पर खड़ी थी।

बलाई सान्याल सबसे आगे बढ़ गए। उनके बाद सत्य मल्लिक, और फिर निरापद, भूपेन राहा, इन्स्पेक्टर भी धीरे-धीरे आगे बढ़े। उन सबके पीछ-पीछे ननी, गोवर्धन आदि चल रहे थे।

27

विष्णुपद राय को सारे काण्ड की खबर पहले ही मिल चुकी थी। नाटक के पीछे मुहल्ले के पागल लड़कों का किया काण्ड! इतने-इतने रुपये देकर यहां के छोकरों ने एक नाटक-कम्पनी बुलाई थी, और उनकी आटिस्ट लड़की भाग गई! और भागी भी विकास गुप्त के लड़के हीरक गुप्त के साथ।

वे शाम से ही छटपटा रहे थे। कल नाटक है। उनको भाषण देता पड़ेगा और इधर इन छोकरों का कुछ अता-पता ही नहीं है।

एक बार तो सोचा कि खुद बारहयारीतल्ला जाकर पता लगा आएं, पर फिर सोचा कि ऐसा करने पर लोग क्या कहेंगे!

विष्णु बाबू यही सब सोचते हुए अपने कमरे में बैठे-बैठे छटपटा रहे थे। कभी-कभी उठकर बाहर की ओर झांक लेते।

अचानक पीछे से उनकी पत्नी ने कमरे में प्रवेश किया। बोली, 'क्या हुआ, जी?'

विष्णु बाबू ने पीछे की ओर मुड़कर कहा, 'अब और क्या होगा?'

'क्यों, क्या तुमने कुछ नहीं सुना?'

विष्णु बाबू ने कहा, 'मुहल्ले के लड़कों का काण्ड तो देखो! इतने रुपयों की टिकटें बेच डाली और अब कहते हैं कि उनके नाटक की लड़की भाग गई है!'

बड़ी बहू ने कहा, 'मैंने भी यही सुना है।'

विष्णु बाबू ने कहा, 'पर किसके साथ भागी, क्या यह भी सुना तुमने? अरे, अपने उसी हीरक के साथ! °

'हीरक के साथ? क्या कहते हो?'

'हां, मैंने तो उसी समय कह दिया था कि इस छोकरे के चाल-चलन ठीक नहीं हैं। रुपये हो गए तो क्या हुआ, चरित्र तो अच्छा नहीं है न।'

पत्नी ने कहा, 'हां जी, पर उसकी तो शादी हो चुकी है। सुना है, हवेली में उसके साथ उसकी बहू भी रहती है।'

विष्णु बाबू ने कहा, 'जैसी उसकी इच्छा, वैसा उसे करने दो। मेरा क्या है? मरने दो, मैं कुछ कहने थोड़े ही जा रहा हूं। उसके बाप का दस्तावेज़ मैंने उसे लौटा दिया, यही पाप किया। उन दिनों उसे घर लाकर खिला-पिलाकर आदमी बनाया, बस इसीसे आज इतना सिर-दर्द है।'

उसके बाद अचानक अपने आप ही बुदबुदाने लगे, 'मरने दो, मेरा क्या है! मैं तो किसी बात के बीच में नहीं पड़ूगा, बाबा। किसकी लड़की को कौन चोरी करके ले गया, उससे तुम्हें क्या मतलब है, और मुझे भी क्या मतलब है? जाए जहन्नुम में मेरी बला से!'

पत्नी ने कहा, 'मल्लिक-परिवार की लड़कियां नाटक देखने के लिए पिता के घर आई हैं। उनको तो बहुत अफसोस हो रहा है।

'क्यों? अफसोस किसलिए कर रही हैं? नाटक की लड़की के भाग जाने की वजह से?'

पत्नी ने कहा, 'नहीं। बेचारी लड़कियां इतने शौक से नाटक देखने के लिए ही तो यहां आई हैं, वही न देखने को मिले तो उन्हें दुःख होगा ही।'

विष्णु बाबू बिफर उठे। बोले, 'उनसे कहो, वे अपने रुपये वसूल कर लें। विकास गुप्त के बेटे ने मुझे नीचा दिखाने की गरज से पांच सौ रुपये का चन्दा दिया है, यह भी पता है तुम्हें?'

'पांच सौ रुपये!'

'हां, नहीं तो क्या मैं झूठ बोल रहा हूं ?"

विष्णु बाबू की घरवाली बहुत दिनों से इस गृहस्थी के अन्दरूनी हाल अपने में समाए हुए थी। जब वह इस घर में बहू बनकर आई थी, उस वक्त इसका चेहरा कुछ और ही था। पारिवारिक सदस्यों, ऐश्वर्य, वैभव तथा धन-दौलत आदि से यह गृहस्थी उन दिनों परिपूर्ण थी। उसके बाद एक-एक कर सब कुछ उसकी आंखों के सामने ही ध्वस होता गया। एक-एक कर सब कुछ निःशेष हो गया। दुनिया ही लुट गई इस गृहस्थी की।···और उस दिन को घटना का तो पति को भी कुछ पता नहीं चला था। यहां तक कि घर के किसी और सदस्य को भी उस बात का पता नहीं चल सका था। उस दिन विष्णु बाबू की घरवाली ने अकेले में ही आंसू बहा-बहाकर सारी रात बिताई थी।

घर के मालिक तो सिर्फ बैठक में बैठे हुए ब्याज के कारोबार, महाजनी एवं रुपये-पाना-पाई के हिसाब-किताब में ही व्यस्त रहते थे; और जब उनका सारा कामकाज और हिसाब-किताब चुकता हो जाता तब जाकर वे बहुत रात गए सोने के लिए अन्दर आते।

बहुत रात बीते कभी-कभी अगर विष्णु बाबू की नींद टूट जाती, तो वे देखते कि उनकी पत्नी बार-बार पहलू बदल रही है। तब वे पूछ लेते, 'क्यों ? क्या नींद नहीं आ रही है ?'

पत्नी जबाब देती, 'नहीं।'

'मच्छर काट रहे हैं क्या ?'

'नहीं।'

'तब फिर ? शायद दोपहर में खूब आराम से जी भरकर सो चुकी हो ?'

उस दिन भी उनकी पत्नी उनको यह नहीं कह सकी कि, 'नहीं, वह दोपहर में नहीं सोई।' वह यह भी नहीं कह पाई कि, 'किसी भी रात उसे नींद नहीं आती' या 'वह हर रात आंखों में ही बिता देती है ,

सिर्फ एक दिन विष्णु बाबू ने इतना कहा था, 'क्या अन्न के बारे में सोच रही हो ?'

उनकी पत्नी ने मुंह छिपाकर उस प्रश्न का जवाब टाल देने की कोशिश की थी।

इसी बीच राम साहब फिर कहने लगे थे, 'नहीं, ! नहीं तुम उस मुंह-जली के बारे में इतना मत सोचा करो। खबरदार, जो कभी उसका नाम भी ज़ुबान पर लाई। अगर मैंने भूल से भी तुम्हारे मुंह से उसका नाम सुन लिया, तो तुम्हें भी घर से निकाल बाहर करूंगा। ठीक उसी तरह जैसे मैंने हीरक को निकाला था।'

एक बार बिगड़ जाने पर राय साहब को फिर अपने ऊपर अख्तियार नहीं रहता। इसी गुस्से ने रायवंश के सर्वनाश को न्योता देकर बुलाया था। यही गुस्सा उनकी सारी बरबादी की जड़ बन गया। जो कुछ था, उस सबका विध्वस कर चुकने के बाद, उसी ध्वस-स्तूप पर खड़े होकर अब जैसे उनका सारा आक्रोश स्वयं पर ही फटा जा रहा है। वे हमेशा बातों ही बातों में कहते, 'मैं क्या किसीका गुलाम हूं, जो किसी के आदेशानुसार चलूं?'

पर उनकी पत्नी ने किसी दिन भी इस बात का कोई प्रत्युत्तर नहीं दिया। बस, उनकी सभी ज्यादतियां चुप्पी साधे सहन करती गई। इतने दिनों बाद आज भी अगर वह चाहती तो बीते दिनों का इतिहास सुनाकर राय साहब को पीड़ा पहुंचा सकती थी। पर उसको उनपर दया आ जाती थी। उसको लगता कि क्या फायदा होगा उनके मन को ठेस पहुंचाकर? अकारण ही आघात करके आखिर उसे क्या मिलेगा? इसके अलावा उनको जैसे अघात पहुंचाने की ज़रूरत थी, वह तो उनको अपने आप ही मिल रहा था।

अचानक मंजरी के भाग जाने की खबर कानों में पड़ते ही वह अपने पति के कमरे में जा पहुंची। पर वहां जाकर पता लगा कि उनको इसकी सूचना पहले से ही मिल चुकी है, और यह समाचार सुनकर वे प्रसन्न ही हुए हैं।

उन्होंने कहा था, 'अच्छा हुआ बड़ी बहू, बहुत ही अच्छा हुआ। उस वक्त तो किसीने मेरी बात मानी नहीं। मैंने तो उसी वक्त कह दिया

था कि सीमा से बाहर जाना अच्छा नहीं। तुमने पांच सौ रुपया चन्दा क्या दिया, बस यही समझ लिया कि मुझपर तुरप का इक्का चल दिया है। क्यों, ठीक है न?'

अचानक गिरि गोविन्द ने भीतर प्रवेश किया। बेचारा बूढ़ा बुरी तरह हांफ रहा था।

'क्या खबर लाए, गिरि गोविन्द?'

'जी, वो विकास गुप्त का लड़का नाटकवाली लड़की को लेकर भाग गया है। इसीलिए लाहा बाबू के मकान पर पुलिस आई है।'

'यह तो मैं भी सून चका हूं। पर तुम इतनी देर कहां थे?'

'जी मालिक, उन लोगों ने मुझे ये सब चीज़ें सम्हला दीं और कहा कि यह सब आपके पास ले जाकर रख दूं। उनका कहना था कि अगर यह सामान वहीं रहा तो मुमकिन है, कोई हथिया ले।'

क्या है यह सब?'

राय साहब ने देखा कि गिरि गोविन्द के हाथ में एक छोटा-सा सूटकेस और एक हैंडबैग है।

'जी, यह तो मुझे मालूम नहीं। क्लब के उसी छोकरे ने, यानी मुक्तिपद हाज़रा के लड़के निरापद ने ही मेरे हाथ में यह सारा सामान दिया था और कहा था कि यह उनके नाटकवाली लड़की का बैग है, जिसमें रुपये-पैसे-गहने आदि कुछ भी हो सकते हैं, मैं इसे आपके पास जमा करवा दूं, क्योंकि आप ही उनके प्रेज़िडेण्ट हैं।'

उनकी स्त्री चुपचाप यह सब सुन रही थी, अतः गिरि गोविन्द ने बैग और सूटकेस उन्हींकी ओर बढ़ा दिया। बोला, 'आप ही ठीक से संभालकर रख दीजिए, मालकिन। लड़कियों की चीज़ें हैं। मैं भला कहां तक संभाल सकूंगा!'

गृहिणी ने पूछा, 'गिरि गोविन्द, इसमें ताला तो बन्द है न?'

कहकर उसने बैग का मुंह खोला, और बोल पड़ी, 'हाय राम, यह देखो, बैग तो खुला हुआ है! कहीं वे लोग गहनों को लेकर बाद में इल्ज़ाम तो नहीं लगाएंगे हमपर?'

राय साहब भड़क उठे। बोले,'नहीं, नहीं इन सब छिनाल छोकरियों की चीज़ों को मत छूना। इनको छूना भी पाप है।'

पत्नी ने जवाब दिया, पर क्या मैं छू रही हूं?'

'फिर भी तुम इन सबको चीर-फाड़कर फेंक दो। मेरे घर में यह सब अनाचार नहीं चलेगा।'

इतना कहकर उन्होंने पत्नी के हाथ से बैग छीनकर कमरे से बाहर फेंक दिया। पर वह दरवाज़े से टकराकर अटक गया और उसके भीतर के रुपये, पैसे, गहने आदि सब फर्श पर चारों ओर बिखर गए। .

उनकी पत्नी सामान को बटोरने ही जा रही थी कि राय साहब सप्तम स्वर में चीख पड़े, 'फिर छू रही हो उन्हें? मैं कहता हूं, फेंक दो, फेंक दो!'

हठात् उनकी पत्नी वे सब चीज़ें उठाते-उठाते इस तरह दो कदम पीछे खिसक गई, मानो सांप देख लिया हो।

'अरे, यह क्या है? ज़रा देखिए तो, यह क्या है?'

बैग के भीतर से एक छोटा बैग निकलकर गिरा था, जिसमें से एक चीज़ बाहर निकल आई थी।

घरवाली जल्दी से उसपर झुकी।

'तुम फिर छू रही हो? मैं तुम्हें मना कर रहा हूं, फिर भी तुम मेरी बात नहीं मानती हो। मैं कहता हूं, मत छुओ उन्हें!'

पत्नी ने कहा, 'अजी, इसे देखिए तो सही! यह अपनी फोटो है न!"

'क्या कहा? अपनी फोटो? तुम्हारा दिमाग तो खराब नहीं हो गया? जो मुंह में आता है, बक रही हो! इसको फाड़कर फेंक दो।'

उसके बाद गिरि गोविन्द की ओर देखकर उन्होंने जोर से डांट लगाई, 'यह सब घर में क्यों उठा लाए! जाओ, सब बटोरकर सड़क पर फेंक आओ। जाओ!'

'आप देखिए तो सही!' कहते-कहते पत्नी ने फोटो को हाथ में उठा लिया और थर-थर कांपने लगी।

28

नैनागंज पहुंचकर हीरक ने अपनी गाड़ी बीच रास्ते में ही खड़ी कर दी थी। धूल और कीचड़ लगकर कार एकदम बदसूरत हो गई थी। यद्यपि कभी यह हाल था कि अगर अपनी कार को वह ऐसी हालत में देख लेता तो फिर कार-क्लीनर की नौकरी जानी निश्चित थी। बहुत बार ऐसा हो भी चुका था। रामधनी कार ठीक तरह से नहीं चला पाता, इसलिए कितनी ही बार वह साहब से फटकार खा चुका है। कितनी बार उसे 'फाइन' भी भरनी पड़ी है। और कभी-कभी ऐसी घटना भी घट जाती कि साहब का दिल खुश करके वह बख्शीस में मोटी रकम प्राप्त कर लेता। हीरक के मनमौजी स्वभाव से सम्बन्धित कितनी ही कहानियां फैक्टरी के स्टाफ के लोगों में प्रचलित हैं, इसका कुछ-कुछ मान स्वयं हीरक को भी था। फिर भी वह अपने उस अतीत का, जिसने इतने दिनों से उसे अपने शिकंजे में जकड़ रखा है, धो-पोंछकर नामो-निशान तक मिटा देना चाहता है। इतने दिनों से संचय करते-करते जो अतीत आज मूलधन बनकर बैंक के फिक्स्ड-डिपोजिट खाते में जमा हो रहा है, उस अतीत को वह भूल जाना चाहता है।

अन्न भी अपने ही बारे में सोच रही थी। फूलवाड़ी के उस तालाब के पक्के घाट की सीढ़ियों पर हीरक के पैरों के पास लेटकर मिली ऊष्मा को वह अभी तक अपने में महसूस कर रही थी।

एकाएक अन्न ने पूछा, 'इस वक्त तुम्हारे पास कैमरा नहीं है न?'

हीरक ने जवाब दिया, 'नहीं। क्यों?'

अन्न ने कहा, 'कैमरा होता तो फोटो खींचकर अपने पास रखते।'

"किसकी फोटो?'

'फूलबाड़ी के उस घाट की, जहां हम लोग लेटे थे। उसकी एक फोटो खींचकर अपने पास रखने से कितना अच्छा लगता! क्या ही हसीन वक्त गुज़ारा है वहां हमने? क्यों, सच कहती हूं न?'

हीरक ने कहा, 'सच, अगर पहले मुझे ऐसा पता होता तो अपने

साथ कैमरा अवश्य ले आता।'

और तुम्हारा वह कैमरा कहां गया, जिससे तुमने हम लोगों की फोटो खींची थी? याद है न?'

'कौन-सी फोटो?'

'याद नहीं है? मां, पिताजी और मैं; हम तीनों बैठे थे और तुमने फोटो खींची थी। यह उस समय की बात है, जब तुम छोटे थे।'

हीरक ने कहा, 'हां, अब याद आया। लेकिन वह मेरा कैमरा नहीं था। स्कूल के एक साथी का कैमरा लेकर उस समय मैंने चित्र खींचना सीखना शुरू किया था। अब तो मैंने बहुत बढ़िया कैमरा खरीद लिया है।'

अन्न ने कहा, 'तुम्हें मालूम है, वह तस्वीर मेरे पास अभी तक है। उसको मैं हर वक्त अपने साथ रखती हूं।'

'कहां है, दिखाओ।'

'यहां नहीं है, मेरे बैग में है। बैग भी तो नदी के किनारे वाले मकान में पड़ा रह गया।"

उसके बाद एकाएक उसे होश आया। बोली, 'चलो, अधिक देर करना उचित नहीं है। हो सकता है, कोई हमें पहचान ले। चाय के पैसे तो तुम दे ही चुके हो न?'

'हां।'

'तब फिर और देर क्यों कर रहे हो? उठो। कलकत्ता पहुंचने में तो काफी समय लगेगा। बीच में कई नदियां भी पार करनी पड़ेंगी।'

लेकिन उसकी बात खत्म होने से पहले ही कई व्यक्तियों के बात-चीत करने की आवाज़ सुनाई दी। चाय-दूकान के मालिक ने इनकी विशेष खातिर की थी और एक एकान्त कमरे में उनके बैठने का इन्त-ज़ाम कर दिया था। अन्न को कोई भी नहीं पहचान आया था, क्योंकि उसने घूंघट निकाल लिया था। पर कमरे में बैठने के बाद उसने घूंघट सरका दिया था। अब बाहर निकलने के समय उसे कोई पहचान न ले, इसलिए उसने फिर घूंघट निकाल लिया।

बाहर से न जाने किसकी आवाज़ सुनाई दी, 'ज़रा भीतर आ सकता हूं?

गुप्ता साहब ने गंभीर स्वर में पूछा, 'कौन हैं? क्या चाहते हैं?'

'मैं हूं, सिनेमा-हाउस का एक्जीब्यूटर, सर। एक व्यक्ति आपसे मिलना चाहता है।'

हीरक ने पूछा, 'कौन मिलना चाहता है? कौन है वह? हू इज़ ही? व्हाट डज़ ही वान्ट्स?'

इतना कहकर उसने पर्दा सरकाया और बाहर आ खड़ा हुआ। पर्दे के ज़रा-सा सरकते ही अन्न को बलाई सान्याल का चेहरा दिखाई पड़ा। उसे देखते ही वह चौंक उठी। बलाई सान्याल यहां कैसे पहुंच गए? उनको किसने खबर दी?।

'क्या यहां मंजरी देवी हैं? मैं उनसे ज़रा बात करना चाहता हूं।'

'आप कौन हैं? कहां से आए हैं?'

बलाई सान्याल आगे बढ़ आए और बोले, 'मैं कलकत्ता से आया हूं।'

'ठीक है। लेकिन मंजरी देवी नामक कोई लड़की यहां नहीं है।'

बलाई सान्याल ने कहा, 'लेकिन सर, मैं अपनी आंखों से उन्हें यहां देख चुका हूं।'

बलाई सान्याल के पीछे खड़े सभी लोग उत्सुक होकर उनका वार्तालाप सुन रहे थे। भूपेन राहा, निरापद, सत्य मल्लिक आदि सभी वहां मौजूद थे। पता नहीं अब क्या होगा, यही सोच-सोचकर उन सबके दिल धड़क रहे थे।

एकाएक हीरक गुप्त ने चिल्लाकर कहा, 'शट अप!"

चाय की दुकान पर जो जहां था, वह वहीं चौंक उठा।

फिर हीरक ने अपेक्षाकृत धीमी आवाज़ में पूछा, 'आपके कहने का मतलब क्या है? यही न, कि मैंने आपकी आर्टिस्ट को यहां छिपा रखा है? लेकिन मेरे साथ जो यहां है, यह मेरी आत्मीया है, और उसका नाम मंजरी सेन नहीं है।'

'मंजरी सैन नहीं, तो और क्या नाम है उसका?'

'उसका नाम है अन्नपूर्णा राय।'

'अन्नपूर्णा?'

निरापद आश्चर्य में डूब गया। अन्नपूर्णा! ऐसा लगा, मानो कहीं सुना है उसने यह नाम।

'मैं कहता हूं, आप लोग चले जाइए यहां से। अदरवाइज़, मैं पुलिस में खबरकर दूंगा।'

बलाई सान्यास रोने-रोने को हो आए। बोले, 'लेकिन सर, पुलिस तो हम लोगों के साथ ही है।'

'तब तो अच्छा ही है। आखिर आप लोग चाहते क्या हैं? मिस मंजरी सेन से बात करना ही तो चाहते हैं न? पर वे आपसे बात करना नहीं चाहें, तब?'

बलाई सान्याल ने कहा, 'मैं उनसे सिर्फ दो एक बातें निवेदन करूंगा। सिर्फ दो बातें।'

अचानक भीतर से पर्दा हटाकर मंजरी बाहर निकल आई। बोली, 'मिस्टर सान्याल, आप यहां भी मेरा पीछा नहीं छोड़ेंगे?'

बलाई सान्याल ने कहा, 'देखिए मैडम, में बहुत ही मुसीबत में फंस गया हूं। मेरा सर्वनाश हो गया है, ! मैडम!'

सत्य मल्लिक ने आगे बढ़कर कहा, 'मंजरी मंजरी··! मैं, मैं···!'

बलाई सान्याल ने सत्य मल्लिक को बीच में ही टोकते हुए कहा, 'आप चुप रहिए, मिस्टर! आप देख रहे हैं कि हम लोगों की बात हो रही है, फिर आप क्यों 'डिस्टर्ब' करते हैं?

फिर अन्न की ओर पलटकर वे बोले, 'मैडम, मैडम, मैंने आपकी ऐसी क्या क्षति की है, जो आप मेरा इस तरह सर्वनाश करने पर तुली हैं? सिर्फ आपके कारण मेरी यूनिट के सभी लोगों को उपवास करना पड़ रहा है।'

मंजरी सेन ने उसी तरह घूंघट में से जवाब दिया, 'इसमें मेरा

क्या दोष है, मिस्टर सान्याल? आपकी यूनिट उपवास कर रही है तो मैं क्या करूं?'

'मैडम, आप सब कुछ कर सकती हैं। एकमात्र आप ही तो हैं, जो मुझे इस विपत्ति से उबार सकती हैं।'

मंजरी ने कहा, 'मिस्टर सान्याल अब आप जा सकते हैं। मैं इस वक्त दूसरी जगह जा रही हूं। मुझे अभी आपसे बात करने की फुरसत नहीं है।'

फिर हीरक की ओर देखकर कहा, 'चलो, हम लोग चलें।'

इतना कहकर वह सबके बीच में से रास्ता बनाकर आगे-आगे चलने लगी। हीरक उसके पीछे चल पड़ा।

सामने ही कार खड़ी थी। मंजरी उसी तरफ चल पड़ी।

बलाई सान्याल ने पीछे से बड़े ही निरीह भाव से पुकारा, 'मैडम!'

सत्य मल्लिक भी पीछे-पीछे आ रहा था। उसने सबके सामने ही उसका हाथ पकड़ लिया, 'मंजरी!'

मंजरी ने कहा, 'सत्य दा, आप मुझे परेशान न करें। मुझे जाने दीजिए। आप लोगों ने मुझे बहुत दिन तक ठगा है और मैंने भी आप लोगों को बहुत ठगा है।'

"तुमने ठगा है? कैसी बात करती हो तुम?'

'हां, मैंने भी ठगा ही है। मैंने सबको ठगा है। मैंने स्वयं हंसकर तुम लोगों को रुलाया है और स्वयं रोकर तुम्हें हंसाया है। दरअसल, सत्य दा, मैंने खुद को भी ठगा है।'

सत्य मल्लिक ने कहा, 'तुम क्या कहती हो, मंजरी? मेरी तो कुछ समझ में नहीं आ रहा है।'

मंजरी ने कहा, 'तुम्हें समझने की ज़रूरत भी नहीं है, सत्य दा। मैं तुम्हें समझाने के लिए बोल भी नहीं रही। असल बात यह है कि आप लोग मुझे मत रोकिए। मैंने अपना भविष्य निश्चित कर लिया है।'

बलाई सान्याल ने कराहते हुए कहा, 'तो फिर आप शूटिंग नहीं करेंगी, मैडम? तो क्या मेरी फिल्म के सात रील बेकार हो जाएंगे? तो क्या मुझे चार लाख रुपयों का नुकसान उठाना पड़ेगा? आपका क्या इरादा है, मैडम? मेरा ब्लड-प्रेशर दो सौ से ऊपर हो चुका है। देखिए, अब मुझे स्ट्रोक हो जाएगा।'

मंजरी ने उनकी किसी बात का जवाब न देकर हीरक की ओर देखा। बोली, 'मुंह क्या देख रहे हो! गाड़ी में बैठो न, ये लोग तो ऐसे ही करते रहेंगे।'

हीरक ने कहा, 'आप लोग ज़रा हटकर खड़े हों। मैं कार स्टार्ट करूंगा।'

निरापद ने कहा, 'लेकिन सर, अब हम लोगों का क्या होगा? हमारी कदमफूली के सब लोग मिलकर हमें मारेंगे, पंडाल जला डालेंगे। हम उन्हें किस तरह समझाएंगे, सर?'

हीरक ने कहा, 'उनके रुपये लौटा दो। और मगर वे लोग इतने पर भी न मानें, तो मैं तुम लोगों की सम्पूर्ण क्षतिपूर्ति कर दूंगा।'

निरापद ने कहा, 'सर, आप हमारी हालत का ठीक अन्दाज़ा नहीं लगा पा रहे हैं।'

तब तक सत्य मल्लिक मंजरी सेन के बिल्कुल नज़दीक पहुंच चुका था। बोला, 'पर मंजरी, कुछ तो सोचो, क्या मेरे प्रति तुम्हारा यही प्रतिदान है? क्या तुम यह कहना चाहती हो कि मैंने तुम्हारे लिए कुछ नहीं किया? मेरे प्रति क्या तुम ज़रा भी ऐहसानमंद नहीं हो? तुम मुझे इस तरह विपदाओं में फंसाकर चली जाओगी? मेरी हालत पर क्या एक बार भी विचार नहीं करोगी? अगर तुम चली गईं, तो 'रूपक' का क्या होगा? तुम्हारे बिना मैं इस यूनिट को रखकर करूंगा ही क्या?'

बलाई सान्याल ने कहा, 'और मैडम, आप मुझे भी बता जाइए कि मैं क्या करूं? मेरे चार लाख रुपयों का इन्वेस्टमेंट नष्ट हो जाएगा!'

हीरक ने कहा, 'देखिए, मैं अब और सहन नहीं करूंगा। आई मस्ट बी रूड। आप सब हट जाइए सामने से; अब मैं कार स्टार्ट करूंगा। वी मस्ट लीव दि प्लेस नाऊ। क्विक, क्विक!'

सचमुच उस दिन इतने लोगों की जो भीड़ नेनागंज बाज़ार के मोड़ पर इकट्ठी हुई थी, वह वहां के लिए बिल्कुल नई बात थी। नैनागंज में ऐसी भीड़ किसीने आज तक नहीं देखी थी। यहां-वहां से इकट्ठे होकर लोग उस भीड़ को देखने के लिए खड़े हो गए थे उस दिन। मंजरी को लेकर उस दिन कितनी ही कपोल-कल्पित कहानियां गढ़ी गई थीं। कोई कहता कि मंजरी सेन किसीके साथ भाग रही थी, सो पकड़ी गई। कोई कहता, मंजरी सेन शराब के नशे में बहक रही थी, अतः पुलिस ने उसे 'अरेस्ट' कर लिया। पर जो सही बात थी, उसका पता कई दिनों के बाद चला। अत: अब वही सुनिए।

29

मानव जीवन में सुख और दुःख, पीड़ा और आनन्द, आशा और निराशा बहुत ही आसपास रहते हैं। इसलिए युग-युगान्तरों से अन-गिनत काव्य-कहानियों की रचना होती आ रही है। आप, मैं और दूसरे सभी किसी अदृश्य नाटककार के इशारे पर यहां अभिनय करने आए हैं, और एक दिन जब सबका अभिनय पूरा हो जाएगा, तो वापस पर्दे के पीछे चले जाएंगे।

यही नियम इतने दिनों से चला आ रहा था; यह पहला मौका था, जब उस नियम में परिवर्तन हुआ।

दृश्य बदल गया, लेकिन नायक-नायिका नहीं बदले।

इस दुनिया में आकर दो व्यक्ति अपने जीवन में चरम ख्याति, चरम धन-दौलत एवं चरम यश-इज़्ज़त पाकर भी उस दिन इन्हीं सबसे मुक्ति पाना चाहते थे। रोज़मर्रा की अनिद्रा की पीड़ा, हर समय अनिश्चितता की आशंका, यह सब व्याधियां उन्हीं लोगों को सताती हैं, जिनके पास सब कुछ ज़रूरत से ज़्यादा होता है। और उन सबके अधिक होने के कारण ही उनके खोने का भी डर लगा रहता है। इसी-लिए गरीबी का मज़ा लूटने के लिए बेचैन होकर उस दिन उन दोनों ने धन-दौलत की इस दुनिया से भागना चाहा था। पर अभी-अभी मैंने कहा न कि दृश्य परिवर्तन हो गया, लेकिन नायक-नायिका नहीं बदले।

उस दिन मंजरी को लेकर जब नैनागंज में इतनी चिल्ल-पों मची हुई थी, तभी अचानक गिरि गोविन्द वहां आ उपस्थित हुआ। हां, गिरि गोविन्द! उस दिन वह मंजरी के सामने एकबारगी ही फफक-फफककर रो पड़ा था। बोला, 'दीदी! दीदी!!'

अन्न ने गिरि गोविन्द को पहचान लिया। बोली, 'गिरि गोविन्द! तुम?'

गिरि गोविन्द ने रोते-रोते कहा था, 'दीदी, बाबू बहुत बीमार पड़े हैं, और तुम यहां बैठी हो? जब से तुम कदमफूली छोड़कर गई हो, तब से क्या तुम्हें एक बार भी अपने मां-बाप की याद नहीं आई? क्या तुम इतनी पत्थरदिल हो? क्या तुम्हारे दिल में ओह-ममता नाम की कोई चीज़ नहीं है?'

मंजरी ने कहा, 'तो तुमने मुझे पहचान ही लिया, गिरि गोविन्द?'

'पहचानूंगा कैसे नहीं? मैने बचपन में तुम्हें कितना लाड़-प्यार किया है! अब बूढा हो गया हूं न। इसलिए मेरा दिमाग या आंखें भले ही कमजोर हो गई हों, पर तुम्हारी आवाज़ थोड़े ही भूल सकता हूं!'

'लेकिन गिरि गोविन्द, सच-सच बताना कि तुमने मुझे पहचाना

कैसे? कलकत्ता जाने के बाद मेरा नाम तक बदल चुका है। यहां के और लोग तो मुझे नहीं पहचान पाए?'

'दीदी, तुम्हारे बैग में जो फोटो थी न, मालकिन ने वह देख ली है। वह फोटो देखने के बाद से ही मां रो रही हैं।'

'ओर पिताजी?'

'उनके लिए डॉक्टर बुलाने ही तो मैं नैनागंज आया था, दीदी। और यहां आकर सुना कि तुम यहीं हो। क्या एक बार घर नहीं चलोगी? मालिक अब बचेंगे नहीं। दीदी, एक बार तुम वहां चलो, सिर्फ एक बार!'

बलाई सान्याल इस नई घटना से मानो विमूढ़-से हो गए। निरापद भी विस्मित-सा रह गया। ही रक गुप्त भी स्तम्भित रह गया।

और इसके बाद ही दृश्य-परिवर्तन होता है। मानो पृथ्वी पर सब कुछ उलट-पलट हो गया।

सबसे पहले बलाई सान्याल के मुंह से ही आवाज़ निकली। बोले, 'मैडम, तो फिर मेरी फिल्म का क्या होगा?'

'पाप चुप भी रहिए।' मंजरी ने डांटकर उनको चुप करा दिया।

निरापद ने कहा, 'पर मेरा नाटक, सत्य दा? हमारे नाटक का क्या होगा?'

सत्य मल्लिक की पार्टी के सभी लोग इतनी देर से चुपचाप सब कुछ देख-सुन रहे थे। मानो उनकी सारी बातें खत्म हो गई हों।

सत्य मल्लिक ने आगे बढ़कर कहना शुरू किया, 'तो क्या मंजरी, तुम नाटक नहीं करोगी?'

अब की बार मंजरी उबल पड़ी, 'तुम चुप रहो, सत्य दा! पहले मैं अपने जीवन को महत्त्व दूं, या तुम्हारे नाटक को? क्या तुम लोग मुझे जीने नहीं दोगे? क्या मेरे पास जी, जान या मन नाम की कोई चीज़ नहीं है? क्या सिर्फ रुपये इकट्ठे करने से ही मुझे सन्तोष मिल जाएगा? क्या ज़िन्दगी-भर मैं चेहरे पर रंग पोतकर लोगों का मनो-

रंजन ही करती रहूंगी? मानो मुझे खुद के दर्द का इलाज करने की ज़रूरत नहीं है। मानो मुझे स्वाभाविक जीवन जीने की इच्छा ही नहीं होती। क्या तुम लोग यही चाहते हो कि ज़िन्दगी-भर मैं ग्लैमर में ही मग्न रहूं? जैसे मुझे गृहस्थी बसाने की आकांक्षा ही नहीं होती। जैसे इस दुनिया में मेरा कोई अस्तित्व ही नहीं है। आप लोग आखिर सोचते क्या हैं, बताइए तो सही? क्या समझते हो तुम लोग? तुम लोगों का नाटक मैं किसी हालत में नहीं करूंगी। अब मैं फिल्म-जगत् में भी कदम नहीं रखूगी।' कहते-कहते सबके सामने ही मंजरी रो पड़ी। बहुत ही निरीह भाव से उसने आंचल से मुंह ढंक लिया और व्याकुल होकर रोने लगी।

30

पता नहीं किस सदर एक फैक्टरी का मालिक गांव के एकान्त में कुछ समय विश्राम करने को जाता था। उसके ऑफिस-एक्ज़ीक्यूटिव को कह दिया जाता कि विश्राम के दिनों में मिस्टर गुप्त को किसी हालत में भी तंग नहीं किया जाना चाहिए। मिस्टर गुप्त हर साल इसी तरह आराम करने को जाते। वे अपनी पत्नी को साथ लेकर और सारी ज़िम्मेदारियों को पीछे छोड़कर चले जाते। लाखों रुपयों के डेबिट और क्रेडिट का आकर्षण भी मिस्टर एवं मिसेज़ गुप्त को नहीं डिगा सकता था। वे हर साल निश्चित रूप से विश्राम करने चले जाते थे।

पर इस बार कुछ और ही हो गया। मिस्टर गुप्त के आने के बाद से ही उनकी फैक्टरी में लेबर-ट्रबल शुरू हो गया था। पर यह खबर गुप्त साहब तक पहुंचाने की हिम्मत किसी में न थी। आखिर एक दिन

अचानक ही कस्टम्स-डिपार्टमेण्ट से सरप्राइज़ चेकिंग करने को ऑफिसर्स आ धमके और साथ ही साथ इन्कम-टैक्स का एक आदमी भी आ पहुंचा।

उस घटना के बाद एक्ज़ीक्यूटिव-सेक्रेटरी अधिक धैर्य नहीं रख सके। मिस्टर गुप्त के पी॰ ए॰ को सीधे प्लेन से कलकत्ता भेज दिया। वहां से कार ड्राइव करके वह नैनागंज पहुंचा।

'क्या बात है रंगनाथन्?'

रंगनाथन् को देखकर मिस्टर गुप्त चकित रह गए।

रंगनाथन् मिस्टर गुप्त का पी॰ ए॰ था। उसने कहा, 'सर, आपसे एक काम था, इसीलिए चला आया।'

'क्यों, क्या हुआ?'

रंगनाथन् ने एक के बाद एक सारी खबर सुना दी कि किस तरह इण्डिया गवर्नमेंट के दिल्ली ऑफिस से सी॰ बी॰ आई॰ के ऑफिसर फैक्टरी में 'सरप्राइज़ चेकिंग' के लिए आ पहुंचे हैं। सब कुछ सुनकर हीरक को लगा, मानो अचानक ही समूची धरती कांप उठी हो।

हीरक गुप्त ने कहा, 'क्या बात करते हो तुम? हमारा चीफ-एकाउण्टेण्ट कहां गया?'

'वे अपनी लड़की की शादी पर छुट्टी लेकर बैंगलोर गए थे। उनको बुलाने के लिए हमने तुरन्त आहूजा को भेजा था और वे अपनी लड़की की शादी छोड़कर उसी वक्त आ भी गए। आते ही उन्होंने आपको खबर भेजने की सलाह दी।

'एक्सपोर्ट-डिपार्टमेण्ट की फाइल और पेपर्स तो सब ठीक हैं न?'

पता नहीं क्षणभर को हीरक किस सोच में डूब गया। उसके बाद बोला, 'ठीक है, एक बार मुझे जाना ही पड़ेगा; अन्यथा वहां सब कुछ उलट-पलट हो जाएगा।'

फिर अन्न के पास जाकर कहा, 'अन्न, तुमसे मुझे एक बात कहनी है। ज़रा इधर तो आओ।'

अन्न को एक ओर ले जाकर हीरक ने कहा, 'अचानक ही मेरा

पी॰ ए॰ यहां आ पहुंचा है। मेरी फैक्टरी में सरप्राइज़ चेकिंग हो रही है। मेरा एक बार वहां जाना ही ठीक रहेगा।'

अन्न ने कहा, 'हीरक, मैं भी तुमसे एक बात कहने की सोच रही थी। अभी-अभी तुमने सुना ही है कि पिताजी सख्त बीमार हैं, और यह भी देख ही रहे हो कि बलाई सान्याल किस कदर रो-गा रहे हैं। वह ब्लडप्रेशर का मरीज़ है, अतः मैंने कलकत्ता जाकर शूटिंग शुरू न की, तो सच में उसका सर्वनाश हो जाएगा, हीरक।'

हीरक ने कहा, 'मैं भी इधर आफत में फंस गया हूं, अन्न। इनसे मिलो, ये हैं मेरे पी॰ ए॰, मि॰ रंगनाथन्। ये डेढ़ हज़ार मील से सिर्फ मेरे लिए दौड़े चले आए हैं। कारण, अचानक ही कल सुबह से ऑफिस में सरप्राइज़-चेकिंग शुरू हो गई है। सचमुच ही मेरे सिर पर जैसे आसमान टूट पड़ा है। क्या करूं, क्या न करूं···'

अन्न ने पूछा, 'क्या बात है? कुछ गड़बड़ी हो गई है क्या?'

'गड़बड़ी हुई है कि नहीं, यह सब तो वहां जाकर पता लगेगा; अभी तो अंधेरे कूप में पड़े रहने सी गति हो रही है मेरी। मैं सोचता हूं कि ऐसी हालत में इसी क्षण मेरा वहां जाना ज़रूरी है।'

'ऑल राइटं।'

हीरक ने कहा, 'तो अब फिर कब मुलाकात होगी?'

मंजरी ने कहा, 'इस बारे में मैं तुम्हें बाद में खबर दे दूंगी। तुम चिन्ता मत करना। अभी तो पहले मैं यह देखूं कि पिताजी की हालत कैसी है?'

पर बाद में खबर देना क्या संभव था? सचमुच, ख्याति एक ऐसा ही आकर्षण है! धन-दौलत का एक अपना ही मोह है! वहां हज़ारों कष्ट हैं, लेकिन उन कष्टों से भी हमारा अटूट सम्बन्ध-सा हो जाता है। यह जानते हुए भी कि उसके चलते हमें अनिद्रा का शिकार होना पड़ेगा, उसके कारण प्रतिदिन, प्रतिपल हमें अभिशाप का बोझ वहन करना पड़ेगा, लेकिन फिर भी हमारे लिए किसी एकान्त में या जंगल में चले जाना कभी संभव नहीं होगा। 'वही एकान्त फिर से लौटा दो' यह

कहकर हम उच्च स्वरों में प्रार्थना भले ही कर लें, और आडम्बर-सहित वन-महोत्सव भले ही मना लें, पर दरअसल हमारा उधर लौट जाना सम्भव नहीं। किसी हालत में भी नहीं।

31

आज भी जब टालीगंज में शूटिंग होती है, तो बलाई सान्याल वहां स्वयं हरदम मौजूद रहते हैं। मैडम पर हर समय उन्हें पहरा देना पड़ता है। मानवीय दुनिया के अन्दर वहां एक और ही दुनिया का निर्माण होता है। वहां भी हंसना-रोना और नाचना-गाना होता है। वहां भी ईर्ष्या, द्वेष एवं संघर्ष की लीला चलती रहती है। वहां भी वास्तविक जीवन जैसा ही सब कुछ रहता है, लेकिन फिर भी वहां का सब कृत्रिम, रटा-रटाया और बाहर से बनाया-सजाया हुआ सा लगता है।

बलाई सान्याल के मन में हमेशा डर बना रहता। वे प्रोड्यूसर हैं, फिर भी शूटिंग के दौरान स्वयं वहां खड़े रहते हैं और एकाग्र मन से सारा काम देखते हैं। उत्तेजनावश उनका दिल धक-धक धडकता रहता है। ब्लड-प्रेशर तो था ही; अब एक नई बीमारी ने उन्हें और आ घेरा है और वह है डायब्टीज़।

सुबह के वक्त स्टुडियो आते ही वे कहते, 'गाड़ी भेजी गई कि नहीं, हरीपद ?'

हरीपद, गोवर्धन, भूपेन राहा, सभी संत्रस्त हो उनकी सेवा में हाज़िर हो जाते।

हरीपद पूछता, 'कहां, सर ?'

उसकी बात सुनकर बलाई सान्याल भड़क उठते। कहते, 'बाप रे, तुम लोगों से मैं अब अधिक माथापच्ची नहीं कर सकूंगा। गाड़ी कहां

भेजी जाती है, यह तुमको मालूम नहीं?'

हरीपद कहता, 'हां, वह तो मालूम है, सर।'

'तब फिर? तुम लोग बात समझते क्यों नहीं?'

सारा सिरदर्द मानो बलाई सान्याल को ही था। उनके दिमाग था, इसीलिए उन्हें सिरदर्द भी रहता। एक ज़माने से वे फिल्म बनाते आ रहे हैं। सिर्फ फिल्म बनाना ही तो सब कुछ नहीं है, बल्कि आर्टिस्ट के कदमों में नाक भी रगड़नी पड़ती है। विशेषतः वह आर्टिस्ट यदि मंजरी सेन जैसी टॉप-स्टार हो।

उस दिन भी फिर से शूटिंग शुरू हुई। फिर से मंजरी सेन उस फिल्म की हीरोइन बनी। इतने दिनों की झंझटों, परेशानियों के बाद भी मंजरी सेन को छोड़ नहीं सके बलाई सान्याल। आज अगर मंजरी सेन बलाई सान्याल के मुंह पर थूकना भी चाहे, तो उसे भी निर्विकार मन से बलाई सान्याल को निगलना ही पड़ेगा, और कहना पड़ेगा, आपका थूक कितना मीठा है, मैडम!'

गोवर्धन कहता, 'सर, आप इतनी चिन्ता क्यों करते हैं, आखिर हम लोग किसलिए हैं?'

यह सुनते ही बलाई सान्याल का पारा गर्म हो जाता। वे कहते, 'खाक हो तुम लोग! सब कुछ तुम लोगों पर यकीन करके छोड़ दिया, तभी तो आज मेरी यह हालत है। क्या उस समय तुम लोग मैडम को संभाल सके थे? तब तो मुझे ही कदमफूली जाकर मैडम को ढूंढ-ढांढ़-कर वापस लाना पड़ा था। याद है न?'

और यह सच भी था। वह बात सभीको आज तक याद है। कौन तो थे एक मिस्टर गुप्त, जिनके साथ एक तरह से मैडम भाग ही गई थी। पर एकाएक ही मैडम के पिता बीमार हो गए, और यह खबर सुनते ही सारा मामला शांत हो गया था। उस एक दिन में बलाई सन्याल की पॉकेट से लगभग बीस हज़ार रुपये यों चुटकी बजाते हवा हो गए थे।

मैडम का बाप बूढ़ा था। उसका दाह-संस्कार भी तो करना पड़ा

था। एक तो वह खर्च हुआ, उसपर से श्राद्ध अलग से करना पड़ा। इन्हीं गोवर्धन, ननी, भूपेन राहा आदि ने कंधा देकर बढेको श्मशान तक पहुंचाया था। कदमफूली संस्कृति-संघ के लड़के भी क्या कम शैतान थे? उन सबने बलाई सान्याल को पकड़ लिया और बोले, 'हमारी तीन हज़ार रुपयों की टिकटें बिक चुकी हैं, वह रुपया निकालिए।'

सत्य मल्लिक तो मौका पाकर वहां से खिसक गया, पर बलाई सान्याल भला कैसे खिसक जाते! उनके तो सिर पर राहु चढ़ा हुआ था! उनकी चार लाख रुपयों के लागत की फिल्म का मामला था। अतः सहज ही तो वे मैडम की उपेक्षा नहीं कर सकते थे।

इसके अलावा, विष्णु बाबू भी तो कोई ऐरे-गैरे व्यक्ति नहीं थे। कदमफूली के ज़मींदार थे वे। इसलिए उनके मृत्यु-भोज में समूचे गांव को न्योता देकर खिलाना पड़ा था। और वह सब बलाई सान्याल न करता तो और कौन करता? और था ही कौन? बल्कि इतनी गरज थी भी किसे? मैडम तो एक भी पैसा अपनी गांठ से निकालनेवाली थी नहीं। ऐसी शिक्षा उसे मिली ही नहीं थी। वह ऐसी लड़की थी भी नहीं।

इतना सब करने के बाद मैडम को वापस कलकत्ता लौटा लाना संभव हुआ था। वह भी बलाई सान्याल के बल पर ही। अगर बलाई सान्याल की जगह और कोई होता, तो इस फिल्म की सब रील डब्बे में बन्द कर दी जातीं।

और हीरक गुप्त?

वह उस समय पत्नी सहित हाई-वे पर कलकत्ता की ओर कार में उड़ा जा रहा था।

माया ने सिर्फ एक बार पूछा था, 'वह लड़की कौन थी, जी?'

हीरक ने सिगरेट का कश लगाते हुए कहा, 'यह भला मैं क्या जानूं? मैं क्या बंगला फिल्में देखता हूं कभी? पर सुना है कि बहुत ही फेमस फिल्म-स्टार है। बहुत रुपये कमाती है।'

माया ने कहा, 'हां, हां, मंजरी सेन नाम तो मुझे भी सुना-सुना-सा

लग रहा है।

हीरक ने कहा, 'बेचारी को शाहगंज के गुण्डों ने बहुत परेशान किया था। मैं नहीं होता तो आज उसका बहुत बुरा हाल होता।'

बस, उनमें इतनी ही बात हुई थी। हीरक गुप्त के दिमाग में उस वक्त फिर से इन्कम-टैक्स, वेल्थ-टैक्स, एक्सपोर्ट लाइसेन्स आदि घूम रहे थे। फिर से उसकी तबीयत खराब होने लगी थी, और फिर से उसने स्लीपिंग-पिल्ज़ खरीद ली थीं। फिर से डेबिट और क्रेडिट तथा बैलेंस-शीट के गोरख-धंधे में उलझकर उसका दिमाग फेल होता जा रहा था।

और तब जाकर मानो बलाई सान्याल को ऐसा महसूस हुआ कि जान बची तो लाखों पाए। बेकार लोगों के चक्कर में पड़कर मैडम ने तो अपना दिमाग खराब कर ही गला था। अन्त में सान्याल साहब ने ही सब सम्हाल लिया।

मैडम ने कदमफूली से अपना सारा सम्बन्ध तोड़ दिया और अब अपनी विधवा मां के साथ कलकत्ता के फ्लैट में आकर बस गई है। प्रत्येक दिन सुबह बलाई सान्याल की कार मैडम के फ्लैट के सामने आकर खड़ी हो जाती है।

मां बेटी को जगाती है और कहती है, 'अरी ओ अन्न, उठ, उठ तो, देख तेरी सिनेमा की कार आ गई है!'

तब भी बेटी नहीं उठती।

मां फिर जगाती है और कहती है, 'उठ न बेटी! अरी अन्न, तेरी सिनेमा वाली गाड़ी देख कितनी देर से खड़ी है!"

अन्न नाराज़ हो जाती है और कहती है, 'खड़ी रहने दो। उससे मेरा क्या बनता-बिगड़ता है?'

स्लीपिंग-पिल्ज की कीमती नींद सहज ही उसकी नैन-पंखुड़ियों को छोड़कर जाने को तैयार नहीं होती। आखिर हारकर जब वह उठती है, तब तक स्टुडियो में हो हल्ला मच चुका होता है। बलाई सान्याल का ब्लडप्रेशर जल्दी-जल्दी बढ़ना शुरू हो जाता है। डायरेक्टर तैयार, लाइट तैयार, साउण्ड तैयार, कैमरा तैयार; यहां तक कि हीरो अजय

भादुड़ी भी मेकअप करके तैयार हो जाता है। सिर्फ हीरोइन ही उस वक्त नज़र नहीं आती।

और जब मैडम स्टुडियो में कदम रखती है, तब तक लंच का टाइम हो जाता है। मैडम चुपचाप मेकअप-रूम में घुस जाती है।

बलाई सान्याल आकर पूछते हैं, 'आज कैसी तबीयत है, मैडम ?'

प्रोडक्शन-मैनेजर भूपेन राहा आकर नमस्ते करता है। प्रोडक्शन-असिस्टेंट गोवर्धन एक प्लेट में ऑपेल काटकर लाता है, अंगूर, अनार, दही, आइसक्रीम और सन्देश लाता है। मेकअप करते-करते मैडम फल का एकाध टुकड़ा मुंह में डालती है और भूपेन राहा डायलॉग पढ़कर सुनाता जाता है। जो डायलॉग मैडम को पसन्द नहीं आते, उनको वह बदलने के लिए कहती है। तब दुबारा मैडम की पसन्द के अनुसार नये डायलॉग लिखाए जाते हैं। तब जाकर भीतर से मैडम की बुलाहट होती है।

और मैडम जैसे दया करके धरती पर अपने चरण-कमल रखते हुए जब फ्लोर पर पहुंचती है, तब सबके सब सतर्क हो जाते हैं। बलाई सान्याल का कलेजा धक-धक करना शुरू कर देता है। ब्लडप्रेशर क्रमशः ऊंचा बढ़ना शुरू हो जाता है।

डायरेक्टर कहता है, 'रेडी, मैडम रेडी!'

और इसके बाद मैडम को कुछ भी याद नहीं रहता। उस समय न तो कदमफूली की बात याद रहती है, न ही हीरक गुप्त की बात याद रहती है। फूलबाड़ी की बात भी याद नहीं आती। उसी फूलबाड़ी की, जिसके पोखर के किनारे बड़ के पेड़ का सहारा लेकर उस दिन उसने कैसी-कैसी बातें कही थीं वह सब कुछ भी याद नहीं रहता मंजरी को।

डायरेक्टर चिल्ला पड़ता है, 'मॉनिटर!' और तब समूचे फ्लोर पर सांय-सांय,करती स्तब्धता छा जाती है।

'लाइट्स ऑन!'

'साउण्ड स्टार्ट!'

'कैमरा!'

'क्लैप-स्टिक!'

और पलक झपकते ही मैडम मंजरी उठती है, और मानवीय जगत् में एक और ही जगत् की सृष्टि होती है। बीसवीं शताब्दी की यांत्रिक सभ्यता का मानव, मशीन की ही तरह फिर से कठपुतली का नाच शुरू कर देता है। परमार्थ की बात भूलकर वह फिर से अर्थ-उपार्जन की वेदी पर अपनी आत्मबलि देता है।

ooo